AF397238

Am liebsten träumt die gebürtige Essenerin,
Sabrina Hüsken, in Sommernächten von fernen Ländern, Kulturen und der fantastischen (Unter)Wasserwelt. So vielseitig wie die Menschen sind auch ihre Geschichten. Sie alle haben jedoch eines gemein: Eine ordentliche Portion Gefühl darf nicht fehlen. Auf Instagram nimmt sie die Community mit auf ihre Reisen und den spannenden Weg der Schriftstellerei.

Das Meer zwischen uns

Ein berührender Liebesroman
an der Küste Australiens

Für alle, die Salz auf der Haut schmecken, den Sand zwischen den Zehen, die Wärme der Sonne und den Wind im Haar spüren wollen.
Für alle, die von der pittoresken Wunderwelt unter der Wasseroberfläche nie genug bekommen.
Für alle, deren Herz sie immer zurück ans Meer führt.
Für alle, die unter chronischem Meerweh leiden.
Für euch – für uns.

Playlist

1. Salt And Sun – Jules Ahoi
2. Blue Eyes – Jordy Maxwell
3. Ocean Song – Zeck
4. Salt – Ben Camden
5. A Pocketful Of Shells – Mat McHugh
6. Little Paradise – Henry And The Waiter
7. Turquoise – Siren Williams
8. Free – Donavon Frankenreiter
9. We'Re All Going Home – The Wanderer (Acoustic)
10. Ocean Girl – L'aupaire
11. Be slow – Harrison Storm
12. Summer Nights – Jack Botts
13. Go – Cat Burns feat. Sam Smith
14. Run – Harrison Storm
15. Lemonade – Eros Atomus
16. Love Let It Flow – Jules Ahoi
17. Big Jet Plane – Angus & Julia Stone
18. Breach – Boatkeeper
19. Ocean Is Calling – Felipe Baldomir
20. The Sun Is Coming – Felipe Baldomir
21. Staring At The Sun – Pat Burgener
22. Afraid No More – Bukahara
23. Coastline – Hollow Coves
24. Sea Spray – Jack Botts
25. Salty Kisses – Siren Williams

Vorwort

Liebe Leserin, lieber Leser,

ich freue mich, dass mein Debütroman Das Meer zwischen uns den weiten Weg von Australien nach Deutschland in deine Hände gefunden hat. Die Reise bin ich selbst 2012 angetreten, denn schon seit Kindertagen verspürte ich den unerklärlichen Wunsch, dieses riesige Land, das einen gesamten Kontinent umfasst, zu entdecken. Mit seinem berühmten roten Zentrum, den schneebedeckten Bergen im Süden, Tasmanien (das Miniatur-Neuseeland), den Regenwäldern im Norden und allen Orten dazwischen übt Australien nach wie vor eine ungebrochene Faszination auf mich aus. Byron Bay beeindruckte mich mit seinem lässigen Lifestyle und den ebenso entspannten Menschen. An der Ostküste verlor ich mein Herz beim Tauchen unsterblich an die Unterwasserwelt.
Mit meiner Liebe zum Meer bin ich nicht allein. Sowohl der Tauch- als auch der Surfsport erfreuen sich seit Jahren wachsender Beliebtheit. Die Liebe zum Meer verbindet die Menschen, egal an welchem Fleck der Welt man ist. Eine Tauchbasis oder Surfschule vermittelt immer das Gefühl, auf derselben Wellenlänge zu surfen. Genau um diese Verbundenheit geht es in *Das Meer*

zwischen uns – und um so viel Mee(h)r. Aber das, liebe
Leserin, lieber Leser, darfst du selbst erleben.
Ich wünsche dir wundervolle Stunden mit Charlie und
Alex im malerischen Byron Bay.

Herzlich
Sabrina Hüsken
Mai 2024

1. Home, bittersweet home

Charlotte

Ich ruderte mit den Armen, so schnell ich konnte. Schaufelte das Wasser von mir weg, um mit der Strömung mitzuhalten, die unermüdlich dem Strand entgegenstrebte. Dann wurde mein Brett nach oben gedrückt, die Welle schwoll an und ... jetzt!

Mit einem kräftigen Ruck sprang ich aufs Brett, richtete mich aber nur halb auf, gerade so weit, dass ich mit angewinkelten Knien eine gebeugte Haltung einnahm. Mit den Fingerspitzen zog ich Rillen über die Wasseroberfläche, Kratzer, die sofort wieder verschwanden. Spuren, ausgelöscht im Moment des Entstehens.

Mein Körper war angespannt vom Haaransatz bis in die Zehen. Da war nur diese schmale, hauchdünne Barriere zwischen dem unendlichen Blau und mir. Meine Füße drückten das Brett minimal nach links. Die Wirkung dieses Mikroimpulses war verblüffend, denn schon rutschte ich die Welle hinauf. Und dann wieder – ebenfalls ausgelöst durch kleinste Bewegungen – parallel zur Strömung auf der Welle dem Ufer entgegen.

Der Wind flog durch mein Haar, hinter mir versank die Sonne rubinrot am Horizont. Ein weiterer Bilderbuchtag mit hüfthohen Wellen war bald zu Ende. Mir blieb nur eine halbe Stunde des kostbaren Tageslichts. Viel weniger, als mir lieb war, aber immerhin pure Trainingszeit. Niemand, auf den ich aufpassen musste. Keine verwaisten Bretter, deren Besitzer die Balance verloren hatten. Nur ich. Ich und das Meer.

Platsch. Ich ließ mich zurück ins Wasser fallen, sobald die Welle abgeklungen war. Nun kuschelte sich die kleine Welle sanft an den Strand, wo im Vergleich zum Mittag deutlich weniger los war.

Bauch aufs Brett, Arme und Beine ins Wasser. Sonne und Salzwasser zwangen mich, die Augen zusammenzukneifen. Nach all den Jahren störte mich das Brennen nicht mehr, ich nahm es wahr wie die Luft und das Wasser um mich herum. Ein geringer Preis für das Gefühl, das mich jedes Mal durchströmte, wenn ich auf einer Welle ritt: pures Glück.

Blinzeln, rudern, umdrehen, nächste Welle erklimmen. Üben. Links, rechts, links und rechts. Zwischen dem Auf und Ab kribbelten die Muskeln in meinen Armen. Aber wie zuvor Sonne und Salz ignorierte ich den Schmerz und betrat den feinen Sand erst, als sich das Blau des Himmels zu Schwarz färbte und meine Beine vor Anstrengung zitterten.

Mit einem breiten Lächeln klemmte ich mir das Surfbrett unter den Arm und entließ das Meer in die wohlverdiente Nachtruhe.

Ich hatte es nicht weit nach Hause. Es gab keinen Ort auf der Welt, an dem ich lieber wohnen würde als am Strand. Wenn ich morgens aufwachte, hatte ich das

Rauschen des Meeres im Ohr, das mich als mein unsichtbarer Freund durch den Tag begleitete und sich abends an mich schmiegte, sanft in den Schlaf wiegte. Ständig fand ich ein paar Sandkörner in meinem Bett, in den Schränken, in den Klamotten. Dieser feine Meeresstaub war überall. Ich liebte es. Sollte ich eines Tages nicht mehr hier leben, wüsste ich jetzt schon, was mir fehlen würde. Dieses Geräusch, dieses Gefühl.

Heute war ich spät dran. Die Sonne war untergegangen und ich musste mir eingestehen, dass ich mit voller Absicht getrödelt hatte. Körperlich erschöpft hatte ich das Brett zur Seite gestellt und mir einige Minuten Ruhe gegönnt, im Sand sitzend das dunkle Farbenspiel des Himmels beobachtet, von dem ich nicht genug bekam. Wie viele Menschen gab es wohl außer mir auf diesem Planeten, die so wie ich wussten, dass sie am richtigen Ort waren? Waren die meisten nicht ständig auf der Suche nach etwas?

Ich suchte nichts. Alles, was ich brauchte, befand sich genau hier. Aber heute war es nicht die reine Freude, am schönsten Ort der Welt zu leben, die mich dazu gebracht hatte, den Tag auszureizen. Ein unangenehmes Kribbeln im Bauch trübte den Abend. Ein nervöses Kitzeln, wie feiner Sand zwischen meinen Zehen. Intuition.

Mit angehaltenem Atem drückte ich die Klinke der Haustür hinunter und trat über die Schwelle, schüttelte den Sand von den Fußsohlen und stupste ein Paar Flipflops lautlos in die bunte Sammlung rechts von mir, weil ich fast auf sie getreten wäre. Aus dem Wohnzimmer drang ein flackernder Lichtschimmer in den

Flur, und erst als mein Körper nach Luft schrie, gestattete ich ihm, einzuatmen. Mit dem Atemzug setzte der Geruchssinn wieder ein.

Die Luft roch süßlich, würzig, durchdringend.

Ich schluckte schwer, zwang mich, die Tür hinter mir zu schließen. Dabei fiel mein Blick auf einen Stapel Bücher auf der Kommode, die Dad vor Jahren aus angeschwemmtem Treibholz gezimmert hatte. Aufdringlich ragte sie in den Raum, aber es war die einzige Stelle, an der sie auf den krummen Dielen nicht kippelte. Jeder Erstbesucher rammte mit voller Wucht die Ecke, sodass die Tischlampe wackelte. Die Beschwerden über das vermaledeite Unikat störte in diesem Haus längst niemanden mehr. Die Kommode trug eine ungewollte Komik: Dads verrückte Alarmanlage, an der jeder Einbrecher scheitern würde.

Neben den Büchern lagen Reiseführer und Magazine. Nepal. Stirnrunzelnd betrachtete ich die Cover. Schneebedeckte Berge, bunte Gebetsfahnen, Männer in roten Gewändern, die in sich ruhten. *Trekking in Nepal und dem Himalaja, Nepal lieben lernen, 100 Glücksorte in Nepal.*

Das „Hallo" blieb mir auf der Zunge kleben. Die Stille zwischen den Wänden und das ungewöhnlich laute Rauschen des Meeres, das vom Training in mir nachhallte, ließen mich innehalten. Nepal? Plötzlich schwante mir Übles.

Mit pochendem Herzen schlüpfte ich ins Wohnzimmer.

Da lagen sie, eng aneinandergeschmiegt, schlafend. Friedlich, mit sich und der Welt im Reinen. Auf dem Tisch ein abgebrannter Joint in einem handgetöpferten und bunt glasierten Aschenbecher, ein Relikt meiner Grundschulzeit. Leere Chipstüten, eine angebrochene Packung Eiscreme, die umgekippt war und deren Inhalt sich in einer cremigen, klebrigen Pfütze auf den Tisch ergossen hatte. Buntes Zellophanpapier von Schokoriegeln, die schon beim Ansehen Karies auslösten.

Scheiße. Sie hatten mir versprochen, aufzuhören. Während es in mir rumorte und ich um Fassung rang, blinzelte Mum und richtete sich vom Sofa auf. Dabei rutschte die dünne Baumwolldecke von ihrer nackten Brust.

Fantastisch. Getrieben hatten sie es auch noch.

Zum Glück überdeckte dieser penetrante Grasgeruch die Ausdünstungen meiner Eltern.

„Schatz, du bist aber heute spät", säuselte meine Mutter und rekelte sich. In diesem Raum schämte sich nur eine Person – und das war nicht sie.

„Wie immer", presste ich hervor.

Nun wachte auch Dad auf. Mein Blick folgte jeder seiner Bewegungen. Wie er nach seinen Boxershorts angelte, sie sich geschickt überstreifte, ohne dass ich zu viel sah. Dabei war ich mir sicher, dass es eine unbewusste Geste war, denn es interessierte ihn nicht die Bohne, ob ich einen Blick auf sein Gehänge erhaschen konnte. Meine Eltern schämten sich für nichts, wie gesagt. Er streckte sich und fragte: „Jemand Kaffee?"

Mum und ich nickten gleichzeitig. Dad verschwand hinter der Theke, zapfte Wasser aus dem Kran, schüttete es in die Maschine, fügte Filter und Kaffeepulver hinzu und schaltete sie ein. Reglos beobachtete ich ihn bei seiner Routine, während Mum mich auf dieselbe Weise musterte wie ich zuvor Dad.

„Du siehst gut aus", stellte sie fest. „Komm mal her, lass dich ansehen."

„Hast du eben." Ich blieb, wo ich war. „Was hat es mit dem Nepal-Kram auf sich?"

Sie lehnte sich zurück, weiterhin spärlich mit der Decke bekleidet. Klar, sie war meine Mum, aber verdammt, wie schwer war es, einen BH anzuziehen? Oder ein Bikinioberteil. Oder ein T-Shirt. Oder den ollen Vorhang.

Der Joint wanderte vom Aschenbecher zurück in ihre Hand und wurde neu angezündet. Sie nahm einen tiefen Zug, den sie ebenso tief und langsam ausatmete. „Das? Ach, wir haben uns überlegt, alles zu verkaufen und nach Nepal zu gehen."

Ich starrte sie an, wie sie dort lag: lässig, nackt, befriedigt, rauchend.

„Was?", fragte ich tonlos. Ich musste mich verhört haben.

Dad setzte sich wieder zu Mum und legte einen Arm um sie, zog sie an sich.

„Es ist Zeit, weiterzuziehen", sagte er und drückte ihr einen Kuss auf die Wange. „Wir wollten nie so lange in Byron Bay bleiben, hat sich einfach so ergeben. Jetzt haben wir Lust auf etwas anders, auf die Berge. Nepal soll atemberaubend sein, weit und ruhig, ein Traum."

Ich stand immer noch reglos da und starrte sie an. Sprachlos. Ich verstand zwar, was sie sagten, aber der Sinn ihrer Worte erschloss sich mir nicht. Ich wartete auf die Pointe, darauf, dass sie losprusteten und sagten, es wäre nur ein Witz, dass sich in ihren verrauchten

Köpfen eine Idee geformt hatte, die mit dem Grasnebel verschwinden würde.

Aber die Bücher auf der Kommode sprachen für sich. Auch wenn Mums Aussage spontan und locker wirkte, war nichts an dieser Idee spontan. Sie hatten sich ernsthaft mit dem Thema auseinandergesetzt. Es war nicht bloß ein Hirngespinst, das einen überkam, wenn man eine coole Doku gesehen hat. Nach dem Motto: *Wow, da will ich auch mal hin!*

Obwohl ich meinen Puls, der sich beschleunigte, überdeutlich wahrnahm, fühlte ich mich wie in Watte gehüllt. „Ihr könnt doch nicht einfach alles verkaufen und wegziehen. Was ist mit dem Haus? Was ist mit der *Surfers' Heart?* Was ist mit mir? Habt ihr mich mal gefragt, was ich will? Das ist auch mein Zuhause, nicht nur eures!" Das taube Gefühl verschwand allmählich.

Mum zwirbelte eine von Dads Bartsträhnen. „Du kommst natürlich mit."

Alles in mir sträubte sich. „Auf keinen Fall! Ich bin alt genug, um selbst zu entscheiden, was ich will! Und ich sag's ganz klar: Ich will nicht nach Nepal. Was soll ich da? Das liegt mitten im Nirgendwo. Das nächste Meer ist wie weit weg? Dreitausend Kilometer durch China?"

„Oder Indien", ergänzte Dad mit der sachlichen Präzision eines Lehrers. „Das wird schön, Charlotte. Wir bauen uns dort gemeinsam etwas Neues auf. Du wirst dich in die Berge verlieben."

„Ich bin schon vergeben, danke."

Die Kaffeemaschine zischte laut, ließ meinen Blick zu ihr zucken. Ich ging hinter die Theke, um sie auszuschalten und ihren Inhalt in drei bunte Tassen zu verteilen. Dreimal schwarz, davon zweimal mit cremiger

Sojamilch und einmal mit Zucker. Sanft drückte ich den Löffel unter die Oberfläche. Der weiße Hügel färbte sich augenblicklich braun und löste sich auf. In diesem Moment wünschte ich, ich könnte es ihm gleichtun und mit dem Wasser verschmelzen. Hauptsache weg von hier, von diesem Wahnsinn, den meine Eltern sich da zusammenspannen. Mit wie viel Jahren war ich eigentlich adoptiert worden? Ich konnte unmöglich ihrem Schoß entsprungen sein ...

„Schlaf mal eine Nacht drüber", schlug Dad vor und nahm mir die erste Tasse aus der Hand. Er reichte sie an Mum weiter und griff nach der zweiten. Wieder folgte mein Blick jeder seiner Bewegungen, als würde ich mich selbst von außen beobachten, als wäre ich nur eine Zuschauerin in einer absurden Theatervorstellung. Mitten in diesem Gedanken sah ich, wie Mum ihren Mann beseelt anlächelte. Und die Erkenntnis traf mich erneut ungebremst: Sie meinten das ernst. Sie würden nach Nepal ziehen. Für sie war es beschlossene Sache. Sie würden unser Haus und die Surfschule samt Grundstück verkaufen, ungeachtet der Tatsache, dass ich hier nicht wegwollte und ihr Entschluss unsere Familie zerreißen würde, denn eines war klar: Ich würde hierbleiben. Und wenn ich mich an die *Surfers' Heart* festketten musste.

Ein Kloß bildete sich in meinem Hals, der mir das Atmen erschwerte. Ich hastete aus dem Raum, flüchtete auf mein Zimmer. Hörte Dad noch sagen: „Lass sie, sie wird sich schon wieder einkriegen." Dann schloss ich die Tür.

In ihrem verqueren Optimismus vertrauten sie darauf, dass ich über Nacht zur selben Erkenntnis käme wie sie. Dass es Zeit wäre für einen Ortswechsel, für einen Neuanfang. Nur wozu? Mir erschloss sich der Sinn nicht. Die *Surfers' Heart*, Byron Bay, das Meer – mehr brauchte ich nicht, um glücklich zu sein. Auf keinen Fall würde ich morgen anders denken. Denn das Meer würde nicht aufhören, mich zu rufen. Und ich würde nie aufhören, mich nach ihm zu sehnen.

Plötzlich wünschte ich mir mit kindlicher Naivität den gestrigen Tag zurück, an dem alles perfekt schien. Die Pläne meiner Eltern brodelten unter der Oberfläche, wie ein Vulkan, mit dessen Ausbruch fest zu rechnen war, und den man aus sicherer Entfernung beobachtete. Man wusste, er würde ausbrechen, aber noch hatte man Zeit. Mein Bauchgefühl hatte mich vor dem Ausbruch gewarnt. Nun stand nach einer kurzen Unterhaltung mein Leben kopf.

Ich musste dringend mit Hao reden. Hastig griff ich nach meinem Handy und tippte seinen Kontakt an. Es klingelte. Einmal, zweimal, ein drittes Mal. Dann sprang die Mailbox an. Wo steckte der Kerl, wenn ich ihn mal brauchte? Ich lief im Zimmer auf und ab, bis mir einfiel, dass er geschäftlich in Sydney war.

Tja, und sonst war da niemand, den ich hätte sprechen wollen. Ich hatte es nicht so mit Freundschaften, was mich normalerweise nicht störte. Meine Familie und Hao waren die wichtigsten Menschen in meinem Leben, die *Surfers' Heart* alles, was ich wollte. Mein Leben war perfekt gewesen – bis jetzt.

Eine gemeine Stimme in meinem Inneren flüsterte mir zu, dass ich selbst schuld an der Situation war, dass ich diejenige war, die es mit der Pflege von Freundschaften immer versaut hatte, die zwar wöchentlich

Dutzende Menschen kennenlernte, aber nie jemanden an sich heranließ.

Ich versuchte es ein zweites Mal bei Hao. Wieder die Mailbox. Es war nach acht am Abend. Was war in Sydney so wichtig, dass er nicht ranging?

In den Tiefen meines Hinterkopfes regte sich ein Gedanke, der mir ganz und gar nicht gefiel. Kannte er die Pläne meiner Eltern? War das der Grund seiner Reise, und nicht, wie er mir gegenüber behauptet hatte, die Surfbrettangebote? Ich hatte mich schon gewundert, warum Dad Hao Urlaub genehmigt hatte. Ausgerechnet zu Saisonbeginn. In all den Jahren, in denen er in der *Surfers' Heart* schuftete, als wäre sie sein Ein und Alles, hatte er noch nie im Juni frei genommen. Die australischen Wintermonate waren die einnahmestärksten im gesamten Jahr, und wir konnten jede helfende Hand gebrauchen. Erst recht Haos handwerklich geschickte, die kleine Reparaturarbeiten im Nu erledigten.

Außerdem ergab es keinen Sinn, neue Bretter anzuschaffen, wenn alles verkauft werden würde – oder? Abgesehen davon lebten die besten Brettbauer der Ostküste in Byron Bay; Sydney konnte einpacken. Jetzt kam mir Haos Argument, sich mal etwas Neues anzusehen, wie eine billige Ausrede vor. Aber ich war in einer seltsamen Stimmung und versuchte, mich selbst zu beruhigen, weil Hao der letzte Mensch war, dem ich zu Unrecht unterstellen wollte, sich mit meinen Eltern gegen mich verschworen zu haben.

Woher kamen eigentlich diese total abwegigen Gedanken? Es gab keinen Hinweis darauf, dass Hao von ihrem Vorhaben wusste. Nur zwei unbeantwortete Anrufe. Mehr nicht. Bestimmt war er essen. Ich wollte nicht denken, dass Hao, mein engster Vertrauter, mein bester Freund seit Kindertagen, mit meinen Eltern unter einer Decke steckte. Er war mein Verbündeter, Teil unserer Familie.

Unruhig lief ich auf und ab. Obwohl das Fenster geöffnet war, fiel mir das Atmen schwer. Ich brauchte Luft und Weite. Keinen Moment länger hielt ich es in diesem Haus aus.

Ich kletterte aus dem Fenster, wie ich es schon viele Male zuvor getan hatte, wenn ich meine Eltern nachts nicht wecken wollte, obwohl das Meer nach mir rief. Das Wasser würde mich beruhigen.

***

Auf dem Weg runter ans Meer pochte mein Herz laut und kräftig, das Blut rauschte in meinen Ohren. Mir war flau und ich zitterte.

Wann war ich das letzte Mal so aufgewühlt gewesen? Ich dachte an alles zurück, was bisher in meinem Leben schiefgelaufen war. Es war nicht so viel, aber es hatte das ein oder andere negative Highlight gegeben. Als Jill weggezogen war. Als Andi aus Deutschland entgegen der im Meereswind geflüsterten Versprechungen nicht für immer in Byron Bay geblieben war. Als wir Hawaii, meine erste große Liebe, verlassen hatten. All die Abschiede erschienen mir unbedeutend im Vergleich zu der Aussicht, die *Surfers' Heart* zu verlieren. Sollte das wirklich passieren, sollten Mum und Dad ernst machen, wäre das die größte Tragödie von allen.

„Beruhig dich Charlie, beruhig dich", murmelte ich mir selbst zu. „Noch ist nichts passiert."

Ich konnte noch hoffen, dass sie es sich anders überlegten. Es wäre nicht die erste absolut geniale Idee, die sie schließlich wieder verwarfen. Andererseits ging mir ihr entschlossener Blick nicht aus dem Kopf. Insgeheim wusste ich, Nepal war ein ernst zu nehmender Gegner.

„Hey!"

Erst jetzt bemerkte ich den Typen, der mir schon die ganze Zeit am Strand entgegengekommen sein musste. Rasch sah ich mich um, ob er tatsächlich mich meinte, aber wir waren fast allein. Einige hundert Meter entfernt hatten Jugendliche ein Feuer angezündet, ihr unbeschwertes Lachen wehte zu uns herüber.

Ich setzte gerade zu einem „*G'day*" an, da kam er mir zuvor: „Gut, dass wir uns mal treffen."

„Wie bitte?"

Er lachte auf, kratzte sich mit einer Hand am Hinterkopf. „Entschuldige. Ich bin Alex." Der Fremde reichte mir die Hand und ich nahm sie zögerlich. *Muss ich den kennen?*

„Charlie."

„Du bist die aus der *Surfers' Heart*." Es war keine Frage, sondern eine Feststellung. Ich nickte, weiterhin skeptisch.

„Dann sind wir Nachbarn." Er deutete mit dem Daumen über seine Schulter, auf etwas Unbestimmtes hinter sich. Ich musste dumm aus der Wäsche gucken, denn er fuhr fort: „Du hast aber schon mitbekommen, dass direkt nebenan die ganze Zeit renoviert wurde, oder?"

„Ähm, klar ..." Vage fiel mir ein, dass ich den anhaltenden Lärm der Bauarbeiten nebenan wahrgenommen hatte. Mum hatte sich ziemlich dafür interessiert, was mit dem Restaurant geschehen würde, ich mich weniger. Wir waren nicht häufig dort essen gewesen, und abgesehen von der Minzsoße, für die ich seit meinem ersten Tag in Australien ein Faible hatte, war das Essen mittelklassig gewesen. Hinzu kam, dass mein Kopf mit Training gefüllt war. In wenigen Wochen fand der Byron-Bay-Cup statt, das größte Surfspektakel an der australischen Ostküste – ich war wild entschlossen, in diesem Jahr endlich teilzunehmen und das Ding zu gewinnen. Nichts und niemand würde mich davon abhalten, teilzunehmen.

Die Baustelle hatte ich ignoriert.

Bis jetzt, wo der neue Inhaber fast in mich hineingelaufen wäre. Falls Alex den Plan gehabt hatte, meine Aufmerksamkeit zu erregen, so war ihm das gelungen. Ich musterte ihn. Er sah gut aus. Groß und schlank, ein hübsches Gesicht mit nussbraunen Augen, Dreitagebart und etwas zu langem Haar, das der Wind in alle Himmelsrichtungen gepustet hatte. Seine Nase war leicht gekrümmt und ich fragte mich, ob sie mal gebrochen gewesen war und wenn ja, ob er Sport trieb. Das würde zu seinem lässigen Look mit einem langärmeligen Sweatshirt und der locker sitzenden Jeans passen. Er hatte die Ärmel hochgerollt und ich entdeckte die Ausläufer eines Tattoos. Die Füße steckten in schwarzen Chucks, die ich für den Strand unpassend fand, weil bestimmt ständig Sand hineinkam.

„Was gibt's denn bei euch so zu essen? Ich glaub', die Minzsoße kam bei den Touris nicht besonders gut an. Dabei war die echt gut. Na ja, ist mehr so ein Aussie-Ding."

Irritiert zog Alex die Augenbrauen zusammen. Er schien meine Worte zu sortieren, dann schüttelte er schmunzelnd den Kopf. „Nichts Besonderes. Vielleicht ein paar Snacks." Sein Grinsen wurde immer breiter. Langsam beschlich mich das Gefühl, etwas Wichtiges übersehen zu haben, und es ärgerte mich, dass er sich auf meine Kosten amüsierte. Das war das Allerletzte, was ich heute brauchte. Erst meine Eltern, jetzt dieser Scheißtyp!

„Witzig", murrte ich. Sollte er doch jemand anderes verarschen! Ich wandte mich ab.

Alex verschluckte sich an seinem Lachen. „Hey, hey, warte mal!"

Da lag etwas in seiner Stimme, das mich dazu brachte, stehen zu bleiben. Er klang, als wäre es ihm wichtig, unser Gespräch besser enden zu lassen. Über die Schulter hinweg sah ich ihn an. „Ja?"

„Auf gute Nachbarschaft, Charlie." Ein amüsiertes Funkeln lag in seinen Augen, und ich hielt inne, gespannt, ob da noch mehr kommen würde. Unsere Blicke verhakten sich für einen Sekundenbruchteil ineinander, und in mir regte sich der Wunsch, zu hören, was Alex zu sagen hatte. Vermutlich würde es auf meine Kappe gehen, aber dennoch reizte es mich. Ich hob eine Augenbraue, was er mit einem süffisanten Lächeln erwiderte. Dann steckte er die Hände in die Hosentaschen, nickte mir knapp zu und schlenderte davon.

2. Chips & Neopren

Alexander

Unfassbar! Was für eine Tagträumerin!

Kopfschüttelnd schloss ich die Tür hinter mir und durchquerte den Shop, direkt zur Küche, wo die Kaffeemaschine auf mich wartete. Ich hatte noch einiges vor, bei dem mir eine Kanne helfen würde.

Zehn Stunden bis zur offiziellen Eröffnung. Während ich auf den schwarzen Muntermacher wartete, schlenderte ich zurück zum Shop und betrachtete unser Werk.

Nur der Mond schien durch das große Schaufenster, das ich aus dem Ausschank der Strandbude gebaut hatte. Eine Menge Arbeit, die sich gelohnt hatte. Das ehemalige Restaurant – wenn man es so schimpfen wollte – war einem sauberen, modernen Verleih für hochwertiges Tauch-Equipment gewichen, in dem man das Lieblingsteil gleich erwerben konnte. Wo monatelang Baustaub und Lärm geherrscht hatten, hingen jetzt Neoprenanzüge. Die Theke glänzte, und während mein Blick an ihr entlang schweifte, entdeckte ich eine Schildkrötenfigur. Sie war knallbunt, trug eine Sonnenbrille und hielt ein Schild hoch: *Tip for good Karma!* Eine Trinkgeldspardose, sogar mit QR-Code für PayPal.

Spenden im einundzwanzigsten Jahrhundert. Ich schmunzelte. Was für eine Idee! Typisch Liv.

Liv war auch für die Girlanden verantwortlich, die auf den großen Eröffnungstag hindeuteten. Während ich heute den letzten Papierkram erledigt hatte und nur für ein paar Besorgungen und ein Dutzend Kleinigkeiten unterwegs gewesen war, hatte sie sich ordentlich ins Zeug gelegt und ein Händchen für Details bewiesen.

Ich gönnte mir einen Moment der Stille, um den Duft von Farbe und Neuem tief einzuatmen. Herrlich!

Dass das alles mir gehörte, wollte sich noch nicht recht in mein Bewusstsein pflanzen. Obwohl mich jeder Schritt, den ich in den letzten Monaten gegangen war, auf den morgigen Tag vorbereitet hatte, war die Zeit an mir vorbeigerast – und plötzlich war es so weit. Wenn doch nur schon morgen wäre! Ich konnte es kaum erwarten, den ersten Gästen ihr Equipment zu überreichen und mit ihnen ins Wasser zu springen. Den Tag wollten wir unspektakulär und ruhig angehen, sehen, wer alles hineinspazierte. Für den Abend hatten wir eine Party geplant. Also, Liv hatte sie durchgeboxt.

Meine neue Nachbarin Charlie war ganz schön durch den Wind gewesen. Typisch Surferin. Immer die nächste Welle im Kopf. Verpasste das Offensichtliche, das sich vor ihrer Nase abspielte. Ich stellte mir ihren Gesichtsausdruck vor, wenn sie schnallte, dass das hier kein Strandrestaurant mehr war. Könnte witzig werden.

Ich hörte, wie der Kaffee in die Kanne tröpfelte und die Maschine zischte. Mit Kanne und Tasse gewappnet setzte ich mich an den Laptop. Im Mailpostfach waren zwei weitere Anmeldungen für den ersten Tauchkurs eingetrudelt. Damit war er ausgebucht. Was für ein Start! Und auch auf Instagram lief es gut, die Resonanz auf die Eröffnung war groß und viele hatten in den Kommentaren zugesagt, abends bei der Party oder in den nächsten Tagen vorbeizuschauen. Mal sehen, wer hier sein würde. Die Zusagen auf Instagram waren unzuverlässig, aber ein Indikator. Wenn nur ein Bruchteil der Leute ihr Wort hielt, käme ordentlich Schwung in die Bude.

Ich beantwortete die ein oder andere Frage und war froh, dass sich vorwiegend Liv um den Social-Media-Kram kümmerte. Rasch schickte ich ihr eine Nachricht, die sie vermutlich erst morgen lesen würde. Ich *hoffte* zumindest, dass sie schlief und nicht von irgendwelchen Hippietypen aufgegabelt worden war. Mein Angebot, im Anbau zu übernachten, hatte sie abgelehnt und sich stattdessen in einer Jugendherberge für Surfer eingebucht. Mehrbettzimmer statt Gästebett beim großen Bruder.

Es war mir nicht gelungen, ihr das auszureden. Genauso wenig wie die Tatsache, dass sie ihre letzten freien Wochen vor Beginn ihres Studiums für meinen Traum opferte. Sie hatte nur abgewunken und gesagt: „Passt schon. Irgendwann hilfst du mir auch mal!" Es klang wie ein Schuldschein. Aber ich war froh, sie an Bord zu haben, und deswegen lebte ich gut mit dem Gefallen.

Nach einigen weiteren Mails und einem letzten Blick auf die Website fuhr ich den Laptop runter und ging ein letztes Mal vor dem großen Tag durch den menschenleeren Laden. Monatelang hatte ich auf diesen einen Moment hingearbeitet, hatte mit Banken um Kredite diskutiert und die Zahlen schwindelig jongliert. Eine harte Verhandlung nach der anderen mit Lieferanten um die besten Preise für erstklassiges Equipment geführt. Ich hatte mir die Nächte um die Ohren geschlagen, weil mich die Zweifel an dem Projekt, an mir, an allem nicht schlafen ließen.

War das der richtige Weg? Was, wenn es nicht gut lief? Wenn ich zu viel investiert hatte, aber sich eine Tauchschule in einem Surfer-Hotspot nicht rentierte? In diesen Momenten rief ich mir immer wieder die Gespräche in Erinnerung, in denen es mir gelungen war, die Bank von meinem Vorhaben zu überzeugen. Wenn es um Geld ging, verstand niemand Spaß, und keiner lieh einem Geld, wenn man nicht der Überzeugung war, es wiederzubekommen. Der Gedanke half. Die Restzweifel blieben. Was, wenn wir uns alle irrten?

Schließlich hatte ich das Einzige getan, was man in einer solchen Situation tun konnte: Ich hatte die nervigen Zweifel ignoriert. Ich würde herausfinden, wohin mich meine Leidenschaft, Tauchlehrer zu sein führte, wenn ich den Sprung wagte. Ich wusste, dass mein Konzept gut war. Alles, was noch fehlte, war die Kundengewinnung.

In wenigen Stunden würde sich mein Traum erfüllen. Dann wäre ich Besitzer meiner eigenen Tauchschule.

***

„*M* sollte dir passen." Ich reichte einer jungen Frau einen Neoprenanzug, den sie mit skeptischem Blick entgegennahm. „Du kannst dich dort drüben umziehen, den Rest bringe ich gleich mit." Ich deutete auf den Außenbereich, wo bereits einige Wassersüchtige saßen und sich in die engen Gummianzüge gezwängt hatten. Fast alle waren meinem Rat gefolgt und hatten sie nach der Anprobe bis zur Hüfte wieder ausgezogen, sodass die leeren Ärmel wie Gummischlangen abstanden. Mit einer Taucherjacke auf dem Arm und Flossen in der Hand trat ich zu ihnen.

„Den bitte nur bis zur Hüfte", sagte ich zu dem schwitzenden Mann, woraufhin er erleichtert, aber ungelenk am Reißverschluss herumfummelte, der über die gesamte Rückenlänge ging. Ich half ihm und nutzte sofort die Gelegenheit, den anderen eine erste Lektion zu geben. „Merkt euch am besten von Anfang an, dass ihr die Neoprens erst anzieht, wenn ihr ins Wasser geht. Ihr habt immer genug Zeit, die Anzüge zu schließen. Grundsätzlich gilt, sich halb anziehen, dann das Equipment zusammenbauen, dann den Rest anziehen. Glaubt mir, wenige Minuten in einem schwarzen Gummianzug in praller Sonne können sehr lang sein. Unterschätzt die Temperaturen nicht, auch wenn es Winter ist. Ihr schwitzt in den Dingern nicht nur fürchterlich, sondern riskiert auch einen Hitzschlag. Abgesehen davon sorgt ein erhitzter Körper wegen der angestauten Wärme für mehr Auftrieb. So viel Blei kann ich euch gar nicht angurten, um euch dann unter Wasser zu bekommen."

Mittlerweile hatte sich der Mann aus dem oberen Teil des Neoprenanzugs befreit, Schweiß rann ihm über die

Stirn. Eine junge Frau kämpfte damit, ihr rechtes Bein in den Neoprenanzug zu quetschen. Immer wieder rutschte sie mit den Fingern an der gummiartigen Oberfläche ab. Das Gefühl, wenn der Anzug auf trockener oder eingecremter Haut stockte und einfach nicht rutschen wollte, kannte ich zu gut. Der perfekte Zeitpunkt für Lektion Nummer zwei.

„Wenn ihr nicht in eure Anzüge kommt, blast Luft rein. Versuch es mal."

Sie sah mich irritiert an und pustete dann zögerlich in den Anzug. Nichts tat sich. „Am besten hilft dir jemand."

„Jemand anderes soll in den Anzug pusten?", fragte eine andere junge Frau amüsiert.

„Ja. Aber so, als würdet ihr einen Ballon aufblasen wollen, mit Druck, kein leichtes Lüftchen. Ihr müsst Luft zwischen eure Haut und dem Anzug bringen. Alternativ könnt ihr euch unter die Dusche stellen oder Wasser aus dem Becken reinschütten. Oder ihr kauft euch einen dünnen Unterzieher, mit dem ihr leichter in den Anzug kommt. Der Feind des Neoprens ist Sonnencreme. Wenn es geht, verzichtet vorm Tauchen auf den Sonnenschutz, dann klappt es besser mit dem Anziehen. Auch die Maske sitzt am besten, wenn kein Sunblocker das Gesicht verfettet."

„Ha!" Triumphierend sprang die Frau auf, als ihr Bein endlich mit Neopren bekleidet war. Ihre rot gefleckten Wangen bezeugten ihren persönlichen Sieg. Ich reichte ihr einen Becher Wasser, den sie hastig austrank. Ihre Freundin stupste sie an und flüsterte ihr etwas ins Ohr, das ich nicht verstand. Die beiden kicherten.

„Geht's nun endlich ins Wasser?", fragte der Vorschnelle, wieder mit einem Arm im Ärmel hängend. Hoffentlich wäre seine Lernkurve beim Tauchen besser als bei den Vorbereitungen.

„Hast du es eilig?"

„Klar! Ich will schließlich was sehen."

Weil ich wusste, was jetzt kam, konnte ich mir das Grinsen nicht mehr verkneifen. So sehr ich die Euphorie und Vorfreude meiner Schülerinnen und Schüler schätzte, mussten wir erst eine Basis schaffen. „Gut. Nachdem wir jetzt wissen, dass die Anzüge passen, könnt ihr sie wieder ausziehen."

Aus dem Stimmengewirr, das über mich hineinbrach, schnappte ich einige Fetzen auf.

„Was?"

„Dann ohne Anzüge ins Wasser?"

„Das ist viel zu kalt!"

„Hä? Du hast doch gerade gesagt, dass wir das Equipment zusammenbauen und dann ins Wasser gehen!"

Beschwichtigend hob ich die Hände. „Hey, hey, bleibt locker. Eure erste Wasserlektion findet im Pool statt, die Anzüge musstet ihr so oder so anprobieren. Also, raus aus den Klamotten und ab zum Pool. Vergesst eure Brillen und Flossen nicht!"

Immer noch starrten mich acht Schülerinnen und Schüler entgeistert an.

Schließlich stellte eine die Frage, die alle beschäftigte: „Kein Meer?"

Ich schüttelte den Kopf. „Bevor wir ins Freiwasser gehen, muss ich wissen, dass ihr mit eurem Equipment klarkommt. Was macht man, wenn die Brille voller

Wasser läuft oder beschlägt? Was, wenn zu viel Luft im Jacket ist – oder zu wenig? Wie verhält sich überhaupt welches Ausrüstungsteil und wofür brauche ich was? Das alles lernt ihr hier in der Basis, nicht sofort im Meer unter erschwerten Bedingungen. Also, bis gleich."

Damit ließ ich sie allein und ging zum Pool, wo Liv und Josh, mein angestellter Tauchlehrer und Guide, mein Equipment sowie je acht Tauchjacken, Atemregler, Flaschen und Bleigürtel im Schatten des großen Bambus bereitgelegt hatten.

Wo vor wenigen Monaten noch der Kundenparkplatz der Pommesbude gewesen war, glitzerte nun das unnatürliche Azurblau des Pools. Das Becken maß zehn mal fünfzehn Meter. Eine Hälfte war nur einen Meter zwanzig tief. Die perfekte Höhe, um im Wasser zu hocken und mit Maske, Atemregler und Co. zu üben. Die andere Hälfte maß knapp vier Meter Wassertiefe. Eine Sonderanfertigung, die mich einige tausend Dollar extra gekostet hatte.

Liv war zunächst skeptisch gegenüber dem *exorbitanten Planschbecken* gewesen, denn theoretisch konnte man die ersten Einheiten auch im Flachwasser am Strand absolvieren. Aber dann würden Salzwasser, Wellen und neugierige Strandbesucher den Unterricht stören, was ich um jeden Preis verhindern wollte. Denn eine der Grundlagen des Tauchens war zu verstehen, wie die Ausrüstung funktionierte und sich auf die Umgebung und den eigenen Körper auswirkte. Dass man eine leidenschaftliche Liebe zum Meer besitzen musste, verstand sich von selbst – niemand, der nicht bereit war, sich in eine millimeterdicke Gummihülle zu quetschen, um in warmes bis eiskaltes Wasser zu springen, würde sich in eine Tauchschule verirren.

Die meisten hatten die Vorstellung, man würde morgens die Theorie lernen und nachmittags schon Schildkröten, Haie und Korallenriffe sehen. Mit dem schweineteuren Pool zog ich ihnen diesen Zahn. Wenn ich so darüber nachdachte, es war verdammt cool, mein eigener Chef zu sein. Ich konnte tun und lassen, was mir beliebte.

Schließlich war Liv die Erste gewesen, die jauchzend hineingesprungen war, sobald der Pool genug Wasser maß.

Meine Schwester saß im Schatten auf einer Bank. „Wie läuft's, Bruderherz?"

„Gut. Ich hoffe, sie kommen alle morgen wieder."

„Fährst du wieder die strenge Lehrernummer?"

Dass sie mich immer so durchschauen musste! „Was soll ich mit Schülern, die das Tauchen nicht ernst nehmen und mir aus Leichtsinn absaufen?"

Liv sah mich stumm an. Am liebsten wäre es mir, sie würde sagen, was sie dachte. Aber ehrlicherweise hatte ich keine Lust, mich wieder kritisieren zu lassen. Wir wussten beide um meine Strenge als Lehrer, ebenso wie um die Tatsache, dass ich diejenigen, die wirklich lernen wollten, auch zum Tauchschein brachte. Jeden Einzelnen.

Die anderen hatten nichts in diesem Hobby verloren. Denn im Gegensatz zum Skateboarden, wo man mit einem angeschlagenen Knie und dem Schrecken, im schlimmsten Fall einen Bruch davonkam, barg der

Tauchsport echte Gefahren. Nur mittels Technik überlebte der Mensch unter Wasser. Man sprang ja auch nicht aus einem Flugzeug, ohne den Fallschirm vorher kontrolliert zu haben. Egal, wie oft Liv wegen meiner *Lehrernummer* die Schnute zog, ich blieb bei meiner Meinung: erst das Equipment, dann der Spaß.

Wir beendeten unser Blickduell unentschieden, weil die Schülerinnen und Schüler schnatternd und mit bester Laune den Poolbereich betraten. In ihren normalen Badeklamotten sahen sie verändert aus.

„Ich scheine doch kein so mieser Lehrer zu sein", murmelte ich. Liv verdrehte die Augen und wandte sich ab, aber mir entging das Zucken ihrer Mundwinkel nicht. Erwischt.

3. I am Salt

Charlotte

Ein Ziehen in der Wange weckte mich. Ich brauchte einige Sekunden, um mich zu orientieren und gegen die Helligkeit anzukommen, die den Raum flutete. Meine Augen wollten mir nicht gehorchen und die Lider fielen mir immer wieder wie bleierne Vorhänge zu.

Das Ziehen wurde zu einem Pochen und das Pochen zu Schmerz, der mich schließlich zwang, mich aufzurichten. Vor mir lag ein Schreibblock, dessen Spiralbindung sich in meine Wange gedrückt hatte. Ich betastete mein Gesicht und versuchte, mich an gestern Abend zu erinnern. Nachdem ich am Strand gewesen war, hatte ich mich hingelegt. Das Workout war heftig gewesen, mein Körper bettelte um Erholung. In meinem Kopf herrschte das reinste Chaos. Die Worte meiner Eltern waren in meinen Gedanken Karussell gefahren und nicht zum Stillstand gekommen. Erst als ich sie aufgeschrieben und losgelassen hatte, ließ der Druck in meinem Kopf und im Herzen ein klein wenig nach.

Dann war da dieser Alex immer wieder aufgetaucht. Selbstsicher schaute er nur mal vorbei und sagte Hallo, als wäre es das Normalste auf der Welt. Leider konnte ich mir nicht erklären, was mein neuer Nachbar in meinen Träumen suchte. Was hatte ihn gestern Abend so amüsiert?

Schnaubend schob ich den Gedanken an ihn zur Seite. Er musste warten, denn dieses klitzekleine Problem namens Nepal hatte Vorrang.

Warum um alles in der Welt *Nepal*, wenn man hier in Australien alles hatte, was das Herz begehrte? Berge, Wälder, Wüste, Seen, unberührte Natur, Weite, eine einzigartige Tierwelt, die jedes Jahr Millionen von Touristen lockte. Das Meer. Alles in einem einzigen Land vereint, das mit seiner riesigen Fläche gleich drei Zeitzonen umfasste. Ich hatte gehofft, dass meine Eltern nach über zehn Jahren, in denen wir nun in Australien lebten, für Byron Bay dasselbe Gefühl entgegenbrächten wie ich: Heimat.

Schließlich waren wir nach den üblichen anfänglichen Auf und Abs hiergeblieben, hatten uns eingelebt, Freundschaften geschlossen, etwas aufgebaut. Als Familie. Nie hatte ich länger an einem Ort gelebt als hier. Ich war mit der *Surfers' Heart* gewachsen. War von der kleinen Tochter zu *Unsere Tochter Charlie wird dich unterrichten* gereift. Und ich hatte gedacht, ich würde die Surfschule eines Tages übernehmen. Nun, da hatte ich mich wohl mächtig geirrt. Anscheinend bedeutete sie meinen Eltern nichts. Was stimmte nicht mit ihnen? Warum wollten sie hier weg?

Mit jeder weiteren Gedankenrunde kam ich zu dem Schluss, dass es einen Grund geben musste, den sie mir verschwiegen. Es musste mehr dahinterstecken. Wenn es ihnen nur darum ging, nach Nepal zu reisen, würde sich eine andere Lösung für die *Surfers' Heart* finden – garantiert.

Andererseits hatten sie schon immer Entscheidungen getroffen, die ich nicht nachvollziehen konnte. Das Einzige, was ich mit Mum und Dad teilte, war die Liebe zur Natur. Draußen fühlte ich mich am wohlsten, im Wasser konnte ich ganz ich selbst sein. Das Hippiehafteste an mir war eine wadenlange Häkeljacke mit Fransen, die ich vor Jahren in einer kleinen Boutique in Sydney erstanden hatte.

Durch das geöffnete Fenster drangen Stimmen hinein, die der Wind vom Meer hertrug. Lachen und Kreischen. Dad, der eine junge Frau ermahnte, vorsichtiger aufs Brett zu steigen. Da traf mich die Erkenntnis wie ein Blitz: Ich hatte verschlafen! Fluchend wirbelte ich durchs Bad und sprang in meine Surfklamotten. Das war *mein* Kurs, den Dad soeben übernommen hatte! Verdammt!

„Ah, da bist du ja!" Dad begrüßte mich fröhlich. „Sieh mal, wie die Schildkröten." Er deutete auf die fünf unbeholfenen Frauen ungefähr in meinem Alter, die gerade rücklings von ihren Brettern in das flache Wasser gekippt waren und dort lagen. Alle viere von sich gestreckt, unkontrolliert rudernd.

„Ja, witzig." Am liebsten hätte ich ihn ins Wasser geschubst, so wütend war ich. „Warum hast du mich nicht geweckt?"

„Du hast so friedlich ausgesehen, wie du über deinen Notizen eingeschlafen bist, da wollten wir dich nicht wecken. Machst du wieder eine deiner Pro- und Kontralisten? Für Nepal? Du musst wissen, deine Mutter und ich verstehen deine Bedenken. Lass dich einfach drauf ein, Nepal ist ein wundervolles Land mit ... Hey!

Ihr müsst ein bisschen weiter ins Wasser und dann erst aufs Brett. Ihr liegt ja schon am Strand!"

Eine Schülerin zog ihr Brett mit sich ins tiefere Wasser. Sie war klatschnass und grinste bis über beide Ohren. Dads Charme kam bei Frauen immer gut an. Mich wickelte er nicht so leicht um den kleinen Finger.

„Klar, nett, dass du eingesprungen bist", erwiderte ich unbeirrt. „Aber das ist mein Kurs."

„Ach, macht nichts. Oder traust du deinem alten Herrn nicht zu, deinen Kurs zu übernehmen?"

„Darum geht's nicht, und das weißt du genau! Ich bin die Lehrerin, nicht du." Die Leute hatten bei *mir* einen Kurs gebucht, nicht bei ihm.

Dad bekam von meinem Groll nichts mit oder ignorierte ihn auf seine Art. Entspannt schlenderte er barfuß zu seinen – *meinen* – Schülerinnen, um ein paar Tipps zur Balance und der richtigen Haltung auf dem Brett rauszuhauen. Ich sah ihm zu, wusste nicht recht, was ich tun sollte. Er hatte die Gruppe voll im Griff und kam sehr gut ohne mich klar. In mir brodelte es. Mühsam riss ich mich zusammen, denn wenn ich ihm vor dem Kurs eine Szene machte, wäre das höchst unprofessionell. Das könnte zur Folge haben, dass sich die Kursteilnehmerinnen unwohl fühlten und vielleicht sogar abbrachen. Sie wollten eine gute Zeit haben, nicht Zeuge eines Streits zweier Surflehrer werden.

Ich beobachtete die Gruppe. Die angehenden Surferinnen waren bester Laune, obwohl sie keine drei Sekunden auf den Brettern gestanden hatten, und eine grinste meinen Dad die ganze Zeit strahlend an. Mir wurde übel. Sie war mindestens zwanzig Jahre jünger als er.

„Die hat wohl 'nen Vaterkomplex."

Ich zuckte heftig zusammen, riss mich vom Anblick der beiden los und entdeckte Alex neben mir. Wie schon gestern Abend war es ihm auch heute gelungen, sich an mich heranzuschleichen, ohne dass ich ihn bemerkt hatte. Als wäre er ein verdammter Ninja oder ein Vampir.

„Schleichst du dich immer so an?"

Er zog die Augenbrauen hoch. „Mach ich nicht. Du warst nur so beschäftigt mit Schmollen, dass du nichts mitbekommen hast. Nicht meine Schuld."

„Ich schmolle nicht!"

„Ach nein?"

„Nein." Ich seufzte. „Na gut, vielleicht ein bisschen", räumte ich ein. Irgendwie wollte ich ihn nicht anflunkern. „Verdammt, ja, ich bin angefressen. Weil ich verschlafen habe, hat mein Dad den Kurs übernommen."

Alex musterte erst mich, dann meinen Vater. Unverständnis stand in seinem Gesicht. „Das ist doch nett von ihm?"

„Nein. Also, ja, klar. Nur ist es *mein* Kurs, und statt für mich einzuspringen, hätte er mich lieber wecken sollen."

„Verstehe." Alex fuhr sich nachdenklich mit der Hand übers Kinn. „Ich dachte, ihr würdet gemeinsam unterrichten, je nachdem, wer gerade Zeit hat. Mir war nicht klar, dass man einen Kurs explizit bei einem von euch beiden buchen kann."

„Normalerweise führt einer den Kurs komplett, von Anfang bis Ende. Es sei denn, man muss spontan einspringen, was eher selten vorkommt. In letzter Zeit ist das nur zweimal passiert, weil mein Dad dringend einem Freund helfen musste und ich mir eine heftige Erkältung eingefangen hatte, mit der ich lieber nicht den halben Tag im Wasser stand."

„Verstehe", wiederholte Alex.

Ich wusste nicht recht, warum ich ihm das alles erzählte. Andererseits war nichts dabei und es tat gut, ein paar Worte mit jemanden zu wechseln, der nicht so tief im Familiengeschäft steckte. Alex war unvoreingenommen und sah die Dinge sachlich. Die Unterhaltung lenkte mich von dem Chaos in meinem Kopf ab.

Wir beobachteten, wie mein Vater ein Surfbrett festhielt, damit eine Frau raufklettern und sich auf das Brett hocken konnte. Obwohl das Meer heute ruhig war, wackelte das Brett bedrohlich und sie war so ungelenk, dass es heftig schwankte. Die Balanceübungen am Strand waren nicht mit dem Gefühl im Wasser vergleichbar. Beinahe kippte sie wieder runter. Dad half ihr, indem er ihren Arm festhielt.

So müssen meine ersten Versuche auch ausgesehen haben.

„Ganz schön wackelig", sagte Alex.

Ich nickte. „Surfen zu lernen ist nicht leicht. Es erfordert eine gute Balance, Kontrolle über den eigenen Körper und viel Geduld. Letztes ist das, was den meisten fehlt. Sie geben zu früh auf. Aber einigen gelingen schnell erste Erfolge. Nach wenigen Tagen stehen sie auf dem Brett." Ich dachte an all die Schülerinnen und Schüler zurück, die lange und flache Wellen gemeistert hatten, an ihr Strahlen, die pure Lebensfreude. Das Glück, das mich durchströmte, weil ich wusste, dass sie diese Erfahrung unter meiner Anleitung machten.

Nicht jeder war fürs Surfen gemacht. Einige konnte sich einfach nicht auf dem Brett halten.

Platsch. Die Frau war ins Wasser gefallen.

„Sie muss wohl mehr üben." Alex lachte.

Als sie auftauchte, entdeckte ich eine wilde Entschlossenheit in ihrem Gesicht, die deutlich zeigte, dass sie so schnell nicht aufgab. „Sie wird es hinbekommen", erwiderte ich. Man durfte nicht vorschnell falsche Schlüsse ziehen. In diesem Moment wirkte sie nicht wie eine Abbrecherin, sondern wie jemand, den der Ehrgeiz gepackt hatte und der unermüdlich lernte, bis er perfekt auf dem Brett stand.

Mein Magen knurrte. In der Eile hatte ich das Frühstück übersprungen. Gut, dass neben mir ein Koch stand. „Müsstest du nicht eigentlich vorkochen oder so?"

„Was?"

„Ich dachte, dein Restaurant hat heute schon geöffnet? Mein Fehler."

Wieder hob er die rechte Augenbraue und bedachte mich mit einem amüsierten Blick, unter dem mir heiß und kalt zugleich wurde. Meine Muskeln spannten sich an, mein Körper straffte sich. Ich hielt seinen Blick, erwiderte ihn offen und angriffslustig, auch wenn ich mich wie ein Kind fühlte, das die Welt nicht verstand. Diesem Arsch würde ich zeigen, was für ein ungehobelter Blödmann er war. Sein süffisantes Lächeln würde ihm noch vergehen! Von wegen *Auf gute Nachbarschaft.*

Er lachte leise. „Tatsächlich eröffnen wir gleich."

„Und da hast du nichts Besseres zu tun, als hier am Strand herumzulungern?", konterte ich.

„Doch."

„Aha?"

„Ich wollte euch zur Eröffnungsfeier heute Abend einladen. Dich und deine Eltern. Schließlich sind wir Nachbarn."

Puff, damit war der Ärger verraucht. Wind aus den Segeln nehmen, so nannte man das wohl. „Oh. Das ... ähm. Cool! Danke." Verdammt, konnte man sich noch alberner aufführen? Während ich fieberhaft überlegte, wie ich wieder aus der Nummer rauskam, schien Alex die Sache mit Humor zu nehmen und nicht weiter drüber nachzudenken.

„Es geht um fünf los. Nach der Arbeit. Ein paar Snacks gibt's auch. Allerdings kein Fish 'n' Chips – die sind mit der alten Strandbude Geschichte."

„Macht nichts, die waren so lala. Wie so oft bei Läden ohne echte Konkurrenz."

Er brummte zustimmend. „Also dann, ich muss los."

„Bis später – ich bin gespannt!"

„Ich auch, Charlie, ich auch." Er winkte mir zum Abschied und schlenderte über den Strand zu seinem Restaurant. Als ich ihm nachsah und mein Blick auf das Gebäude fiel, das er ansteuerte, dämmerte mir endlich, was ihn so köstlich amüsiert hatte. In großen, schnörkellosen Lettern prangte ein neuer Schriftzug an der einstigen Frittenbude: *Beach Dive.*

Eine Tauchschule! Mein Nachbar hat eine Tauchschule eröffnet.

4. Kind of the same

Alexander

„Und, bist du happy?", fragte mich Liv, während sie mit einem Ingwerbier neben mich auf die Liege plumpste.

Ich blinzelte in die Sonne. „Schon."

„Zeig bloß nicht zu viel Begeisterung." Liv verdrehte die Augen und trank einen Schluck, bevor sie ihre Meinung über meine Party kundtat: „Weißt du, Bruderherz, ich finde, du kannst echt stolz sein. Es waren um die dreißig Leute da, davon haben sich fünf für einen Tauchkurs angemeldet. Wir haben ein Flossen-Set verkauft und auch so ein Masken-Schnorchel-Dings. Wie heißen die noch mal, die mit den Flossen? Das Gesamtpaket."

„Eine ABC-Ausrüstung."

„Wie auch immer. Es lief super! Das Bier ist auch fast leer."

Ich seufzte. „Das Bier ist *immer* als Erstes weg, genau wie die Snacks. Das sagt nichts über die Party aus."

„Klar! Die Leute haben sich amüsiert. Bier weg gleich gute Laune."

„Oder Schnorrer."

„Die sich amüsiert haben! Sie werden sich an einen netten Abend in einer fantastischen Tauchschule erinnern und irgendwann vielleicht mal zum Schnuppertauchen vorbeikommen oder einen Schnorchel-Ausflug buchen. Keine Party ist umsonst. Du musst erst investieren, dazu gehört auch, zu riskieren, ein paar Leute zu einer Party eingeladen zu haben, die am Ende nichts buchen und nichts kaufen. Wenn du sofort wüsstest, wer ein echter Kunde ist, wäre es ja leicht. Du bist zu ungeduldig."

Ich wollte gerade etwas erwidern, als Charlie den Außenbereich betrat, in dem wir herumlungerten. Sie sah sich neugierig um. Noch hatte sie mich nicht entdeckt, weshalb ich sie ungeniert betrachtete. Sie sah toll aus in ihrem engen hellen Jeansrock, der auf der Hälfte ihrer Oberschenkel endete und ihre Beine betonte. Gebräunt, schlank, sportlich. Dazu steckten ihre Füße mit den hellblau lackierten Nägeln in schlichten Flipflops. Die Träger ihres türkisen Tops liefen im Nacken zusammen, zeigten trainierte Oberarme und Schultern. Der Saum endete direkt am Rockrand. Würde sie ihre Arme heben, wäre sie bauchfrei.

Unwillkürlich fragte ich mich, ob sie ein Sixpack hatte. Das Haar trug sie offen, dunkelblonde Wellen, die in der untergehenden Sonne einen rötlichen Schimmer hatten. Auf dem Kopf steckte eine verspiegelte Sonnenbrille. Ganz sicher, im Lexikon war unter dem Begriff *Beach Babe* ein Foto von ihr abgedruckt. Sie sah aus, als wollte sie gleich in einem Werbespot für Byron Bay mitspielen.

Dann entdeckte sie uns. „Hey. Sorry, ist die Party schon vorbei?"

„Jap", antworte Liv. „Macht nichts. Du bist Charlie, stimmt's? Liv." Sie reichte Charlie eine Flasche Ingwerbier und stieß mit ihr an, wobei sie sich ihr ein Stück von der Liege aus entgegenstreckte. „Willkommen in der *Beach Dive!*"

„Danke." Anscheinend mochte Charlie das süßlich-herbe Ingwerbier wie die meisten Australier sehr, denn in ihren Mundwinkeln deutete sich der Hauch eines Lächelns an.

„Alex zeigt dir die Basis."

Überrascht sah ich Liv an. Das war mir neu. Nur konnte ich schlecht Nein sagen, zumal Charlie bereits nickend zustimmte. „Gern."

„Tja, da gibt es nicht so viel zum Zeigen", sagte ich, stand auf und deutete vage auf die zusammengewürfelten Sitzgelegenheiten um uns herum. „Das ist die Lounge, gleichzeitig unser Briefing- und Lernbereich sowie Zentrum aller Partys, die hier künftig stattfinden werden."

„Briefing? Wofür?"

„Für die Tauchgänge. Da wir unter Wasser nur sehr eingeschränkt mittels Handzeichen miteinander kommunizieren können, ist es umso wichtiger, vorher den Tauchgang zu besprechen. Wo ist der Einstieg, wie ist die Route, wo der Ausstieg? Was erwartet uns dort unten? Es gibt einunddreißig offizielle Handzeichen und unzählige inoffizielle. So etwas wie *Ich bin okay* oder *Wollen wir umdrehen* ist weltweit genormt, das Zeichen für einen Clownfisch eher, sagen wir mal Freestyle. Jedenfalls muss das alles vorher besprochen werden. Also nicht, wo welcher Fisch sein wird oder was man sehen kann, sondern wie die Route ist."

Charlie hing an meinen Lippen, als würde ich ihr gerade erzählen, ich hätte den Weltfrieden gebracht oder den Heiligen Gral gefunden. Sie saugte jedes meiner Worte auf wie einen Schwamm. Keine Frage, sie wäre die perfekte Schülerin, die innerhalb weniger Stunden die Theorie draufhätte. Mein Magen kribbelte vor Adrenalin.

„Ich nehme an, du erklärst deinen Schülern auch erst, wie eine Welle funktioniert und worauf sie achten müssen?"

„Klar."

„Beim Tauchen ist es dasselbe."

Charlie ging auf den Shop zu und blieb vor der Karte von Julian Rocks stehen. Sie musterte die bunte Abbildung mit den Tiefenangaben und der Strömungsrichtung. „Ist das unser Riff?"

Ich nickte. „Jup, Julian Rocks."

Sie runzelte die Stirn, ehe sie die rechte Hand hob und mit dem Zeigefinger die Riffkante entlangfuhr. Die Art, wie sie es tat, rührte mich. Eine Liebkosung des ihr unbekannten Gebiets, eine seltsam intime Geste, bei der ich den Blick abwenden wollte und es doch nicht konnte. In meinem Magen kribbelte es, meine Kehle wurde trocken. Ich schluckte, um sie zu befeuchten, und war froh, gerade nichts sagen zu müssen, denn es wäre nur ein Krächzen herausgekommen.

„So habe ich das Areal noch nie betrachtet, obwohl ich es fast täglich aus genau dieser Perspektive sehe", murmelte sie. Sie meinte von oben. Wie ein Vogel über dem Land.

Verlegen trank ich einen Schluck und hoffte, meine Stimme würde mir gehorchen. Mein Blick klebte an ihrem Finger, und ich sprach mehr zu ihm als zu Charlie: „Nicht ganz. Das Riff liegt etwas außerhalb. Wir müssen von hier aus mit dem Speedboot rausfahren."

Endlich gelang es mir, mich von ihrem Finger loszureißen, der weiterhin auf der Karte ruhte, und sie anzusehen.

„Für jeden Tauchgang?"

„Ja."

„Ist das nicht aufwendig?"

„Was tut man nicht alles für sein liebstes Hobby?"

„Auch wieder wahr." Charlie ließ die Hand sinken, mit ihm versiegte der Zauber des Augenblicks.

Wir betraten den Shop, wo ich ihr die Tauchausrüstung zeigte und im Schnelldurchlauf erklärte, was man wofür benötigte. Charlie erzählte mir, sie wäre noch nie schnorcheln oder tauchen gewesen. Letzteres fand ich nicht ungewöhnlich, doch dass sie sich als Surferin und Einheimische nie das Meer unter der Oberfläche angesehen hatte, war absurd. Der Pazifik lag direkt vor ihrer Haustür. Was hatte sie davon abgehalten, den Kopf unter Wasser zu stecken und die Welt zu entdecken? Ich fand, es war zu früh, um ihr diese Frage zu stellen.

Beim Neoprenanzug hatten unsere Berufe eine Gemeinsamkeit, die bereits bei der Materialstärke und Länge aufhörte. Während Charlie an der Oberfläche nur im Winter einen langen Anzug und im Sommer oft dünne langärmelige Shirts zum Sonnenschutz trug, ging ohne einen entsprechenden Neoprenanzug unter Wasser nichts. Wegen der geringen Bewegung, die das Tauchen erforderte, kühlte man rasch aus.

Wir sprachen eine Weile über das unterschiedliche Equipment und die verschiedenen Marken und ich merkte schnell, wie gut es sich mit ihr fachsimpelte. Ob tauchen oder surfen, beides spielte sich im Wasser ab.

Als sie ihr Bier ausgetrunken hatte, stellte sie es in den Kasten neben dem Eingang des Shops. „Vielen Dank für den Drink."

„Danke für deinen Besuch", antwortete ich und wiederholte die Worte unserer ersten Begegnung: „Auf gute Nachbarschaft!"

„Ja, auf gute Nachbarschaft!" Begleitet von Flipflopgeräuschen verließ sie die Tauchbasis.

Stirnrunzelnd sah ich ihr nach, uneinig mit mir selbst, was ich von ihr halten sollte. Wir hatten uns gut unterhalten, aber sie hatte nicht durchblicken lassen, ob ihr meine Tauchbasis gefiel. Den Pool hatte ich ihr gar nicht mehr zeigen können, so schnell war sie plötzlich weg gewesen. Ratlos setzte ich mich wieder zu Liv, die noch an derselben Stelle verharrte wie vor ... ja, wie lange schon? Zwanzig Minuten? Dreißig? Oder saß sie nur zufällig wieder dort?

Liv zog eine Augenbraue hoch. „Und?"

„Und was?"

„Na was wohl. Wie findest du sie? Schließlich ist sie deine Konkurrentin. Der Feind. Ihr habt ganz schön lange im Shop gequatscht. Nicht, dass du ihr deine Geheimnisse verraten hast."

Ich lachte. „Als Feind würde ich sie nun nicht bezeichnen. Sie ist Surflehrerin, also hat sie wenig mit mir zu tun. Abgesehen davon, hast du dir mal den Laden nebenan angesehen? Die Bude macht's nicht mehr lange.

Und erinnere dich an die Unterhaltung, von der ich dir erzählt habe."

„Psst. Du darfst darüber nicht reden", sagte Liv.

Ich nickte. „Schade um die *Surfers' Heart*. Mit etwas Geld und handwerklichem Geschick könnte man ihr garantiert zu altem Glanz verhelfen. Nur Charlies Eltern wirken nicht gerade ambitioniert."

„Wundert dich das?", fragte Liv.

„Leider nein. Habe ich dir erzählt, dass ich vor einigen Wochen mal drüben war und Judy erst auftauchte, nachdem ich mir jeden Winkel der *Surfers' Heart* angesehen habe? Nicht jeder Kunde hätte so lange gewartet."

Ich hatte die Schule und ihre Aktionen beobachtet, wann immer es meine Zeit erlaubte. Zweifelsfrei, der *Surfers' Heart* ging es schlecht.

Charlie hingegen war anders als ihre Eltern. Ein Bild von ihr tauchte in meinen Gedanken auf, bevor ich es stoppen konnte. Charlie, wie sie sich mit einem kraftvollen Ruck auf das Surfbrett stemmte. Wasser rann an ihr hinab, der Wind peitschte durch ihr Haar. Ernstes Gesicht, angespannt und gleichzeitig entspannt. Eins mit dem Meer.

Was würde aus ihr werden, wenn die Surfschule schloss?

Liv stupste mich an. Das Bild von Charlie rollte mit der Welle fort.

„Ich sagte: Du kannst sie ja mal besuchen."

„Wir haben hier genug zu tun. Ich kann nicht direkt nach der Eröffnung weg, um die Konkurrenz zu bespitzeln." Eine lahme Ausrede.

„Jetzt ist sie also doch deine Konkurrentin? Ein paar Stunden komme ich hier auch allein aus." Liv ließ einfach nicht locker.

Ich seufzte. „Was willst du?"

„Gesteh dir ein, dass du auf den Feind stehst und sie heiß findest."

„Du übertreibst."

„Nö." Sie grinste frech. „Ich habe genau gesehen, wie du ihr hinterhergesehen hast. Mit diesem Blick."

„Wenn du meinst." Kopfschüttelnd räumte ich die leeren Gläser zur Seite.

„Ja, meine ich."

Dabei beließen wir es. Es hatte keinen Sinn, mit meiner Schwester zu diskutieren, wenn sie der festen Ansicht war, etwas gesehen zu haben. Egal, ob es der Wahrheit entsprach oder nicht. Kurz entschlossen schlüpfte ich in meine Laufklamotten und schnappte mir meine In-Ear-Kopfhörer. Eine Runde den Strand entlang würde mir guttun.

Während die Töne von E-Gitarren und Drums zu schnellen Rocksongs in meinen Ohren hämmerten, dachte ich über Charlie nach, die mir heute eine andere ganz andere Facette gezeigt hatte. Bei unserer ersten Begegnung hatte sie kratzbürstig auf meinen Spott reagiert. Dabei war es nicht meine Schuld, dass sie in ihrer eigenen Welt versunken gewesen war und nicht mitbekommen hatte, was sich unmittelbar neben ihr abspielte. Den Elfmeter hatte ich einfach verwandeln müssen. Und dann am Strand, wo ihr Vater für sie eingesprungen war, hatte sie gereizt gewirkt. Mehr noch, die Ungeduld hatte sie wie eine Gewitterwolke umgeben. Ich fragte mich, wie schnell sie in der Lage gewesen wäre, den Schalter umzulegen, um den Schülerinnen gegenüber die lässige Surflehrerin zu mimen, wenn ihr Vater den Kurs an sie abgetreten hätte. Vermutlich würde ich das nie erfahren.

Vorhin war Charlie anders gewesen. Ich hatte mich mit einer klugen, bedächtigen Frau unterhalten, die genau wusste, wo sie stand, was sie konnte und wollte.

Kaum zu glauben, dass es sich um dieselbe Person handelte. Und dann war da noch Livs Kommentar. Klar, eine Neckerei. Dennoch: Was meinte sie mit diesem ominösen Blick, mit dem ich Charlie angeblich hinterhergesehen hatte?

In einem Punkt stimmte ich Liv allerdings uneingeschränkt zu: Charlie war heiß.

***

Mein Weg führte mich an der Rückseite der *Beach Dive* vorbei in Richtung Strandpromenade. Für einige Meter war das Meer außer Sicht, aber ich konnte es bis hierhin riechen. Die salzige Strenge, die der Wind stetig heran blies. Dann bog ich auf den asphaltierten Weg, der mir freie Sicht auf die graublaue Unendlichkeit bot. Und dort, auf dem Wasser, ein kleiner Punkt. Charlie.

Ich konnte sie aus der Ferne kaum erkennen, dennoch wusste ich mit absoluter Sicherheit, dass es sich um ihre schlanke Silhouette handelte, die auf dem höchsten Punkt einer Welle ritt. Sie war die einsame Herrscherin des Wassers, denn außer ihr war niemand zu sehen. Die anstrebenden Schülerinnen und Schüler, die Neugierigen, die Touris, sie alle waren längst in ihre

Unterkünfte gegangen, um sich auf den Abend vorzubereiten. Bald schon würde das Treiben in den Strandbars und Restaurants beginnen, um sich später zurück an den Strand zu verlagern, wo Gitarrenklänge und Lachen die milde Nacht erfüllten. Das Meer würde allein seinen Unterwasserbewohnern gehören. Und Charlie.

Während ich mein Workout pausierte, um Charlies Künste zu beobachten, spürte ich die Sehnsucht nach der Dunkelheit des Meeres. Die Welt war nachts eine ganz andere, besonders der Ozean. Das hatte mich schon immer fasziniert. Während ein Nachttauchgang vielen Tauchern Bauchschmerzen bereitete, verspürte ich nur einen Nervenkitzel. In dem sonst so gemächlichen Sport waren es genau diese Tauchgänge, die mich immer wieder reizten. Ich musste nur aufpassen, es nicht zu übertreiben, denn die Dosis machte das Gift. Es war höchste Zeit für einen anständigen Nachttauchgang.

Ob Charlie nachts surfte? Konnte man überhaupt die Wellen in der Dunkelheit ausmachen? Schließlich konnte sie auf keine Hilfsmittel zurückgreifen, wie ich mit meiner Tauchlampe. Vielleicht bei Vollmond. Kurz spielte ich mit dem Gedanken, auf sie zu warten, um noch ein paar Worte mit ihr zu wechseln. Schließlich entschied ich mich dagegen. Ich wollte nicht den Eindruck vermitteln, ihr aufzulauern und nachzuspionieren, deswegen setzte ich mein Training fort. Als Nachbarn am Main Beach, Byron Bays beliebtesten Strand, würden wir zwangsläufig immer wieder miteinander zu tun haben, das ließ sich nicht vermeiden.

5. Something about neighbours and friends

Charlotte

„Freunde werden wir wohl nicht", beendete ich meinen kurzen Vortrag über die neue Tauchschule nebenan und ihren Inhaber, Alexander Reid. Den Moment, in dem ich die Riffkarte betrachtet hatte, hatte ich unerwähnt gelassen. Ich hatte Alex' Blick auf mir gespürt, wusste aber nicht recht, wie seine Reaktion zu deuten war. Vermutlich hatte er sich nur einen Spruch zurechtgelegt, den er in letzter Sekunde hinuntergeschluckt hatte.

Mum hatte Nudeln mit ihrer speziellen Tomatensoße gekocht, und obwohl ich nach wie vor wütend auf die beiden war, hatte ich meinen Teller bis auf die letzte Spaghetti leer gefuttert. Selbst die Soße hatte ich mit dem Finger aufgenommen und abgeleckt, was sie zum Lachen gebracht hatte und Dad zu dem Kommentar, dass ich noch nie bei ihrer Spezialsoße widerstehen konnte. Für einen flüchtigen Augenblick war alles wieder in Ordnung.

„Warum nicht?", fragte Mum.

„Weil er ein eingebildeter Pinsel ist, der nichts Besseres zu tun hat, als mich aufzuziehen. Das Gehabe um den besten Nachbarn der Welt kann er sich sparen.“

„Du nimmst die Sache zu ernst“, sagte Dad. „Nur weil er sich einen Scherz mit dir erlaubt hat, ist er nicht gleich ein schlechter Kerl.“

Dass ich die Dinge manchmal zu ernst nahm, hörte ich nicht zum ersten Mal. Mum war eine meiner schärfsten Kritikerinnen, was diesen Punkt betraf. Ginge es nach ihr, dürfte ich eine ordentliche Portion lockerer sein. *Gechillter.*

„Ich finde ihn nett.“ Eine Nuance in Dads Stimme kratzte mir unangenehm an den Eingeweiden, als würde er über einen alten Freund statt über unseren Nachbarn reden. „Bin gespannt, was er aus der alten Frittenbude nebenan macht und ob er sich mit dem Tauchsport hier halten kann.“

„Eine gewisse Chance räume ich ihm schon ein“, gab ich zu. „Er scheint echt Ahnung vom Tauchen zu haben. Hat mir ’ne Menge über die Ausrüstung und den Ablauf eines Tauchgangs erklärt. Das klang solide. Ich denke, an seinem Wissen wird’s nicht scheitern.“ Plötzlich kam mir ein Gedanke. „Dad, wann hast du dich mit ihm unterhalten?“

„Neulich, als du in der Stadt warst. Er war hier, um uns zu begrüßen.“

„Aha?“ Es war albern und ich wusste selbst nicht genau, warum es mir so merkwürdig erschien, dass Alex hier gewesen war, um ein guter Nachbar zu sein. Er hatte eben erst seinen Laden eröffnet, da war es nur verständlich, dass er Kontakte knüpfen wollte. Dennoch missfiel mir die Vorstellung.

„Und du, Mum? Wie findest du ihn?"

Sie lächelte. „Er sieht sehr gut aus."

„Hätte ich bloß nicht gefragt!"

Dad lachte. „Du kennst deine Mutter lange genug. Ein hübsches Gesicht fällt ihr auf."

Darauf erwiderte ich nichts mehr. Schließlich war mir sein Gesicht ebenfalls aufgefallen. Aber es war auch unmöglich, unsere erste Begegnung zu vergessen. Ich, verpeilt, er zum Platzen amüsiert, weil ich nichts checkte. Ein wahrhaft denkwürdiges Kennenlernen, das mir auf ewig im Gedächtnis bleiben würde. In einem Film wäre unsere Begegnung der Anfang von etwas Großem gewesen.

„Können wir bitte zurück zum eigentlichen Thema kommen?" Bevor wir an Alex kleben geblieben waren, hatte ich einen neuen Versuch gestartet, mit meinen Eltern über Nepal zu reden. „Ich fasse zusammen: Ich verstehe euch nicht."

„Weil du nicht zuhörst, Schatz", warf mir Mum mit sanfter Stimme vor.

Ich spürte den Druck hinter den Augen, das Brennen. Verdammt, ich musste ruhig bleiben. „Ich höre euch zu. Aber ich verstehe nicht, was ihr sagt. Was ist mit der Surfschule? Warum Nepal? Warum jetzt?"

Dad zuckte mit den Schultern. „Wir wollten schon immer in die Berge."

„Quatsch, wir wollten das Meer. Wir haben immer am Meer gelebt. Du kannst doch genauso wenig ohne Wasser wie ich, Dad. *Das* ist unser Leben! Das alles hier – wir haben es gemeinsam aufgebaut! Ihr könnt mir nicht sagen, dass euch die *Surfers' Heart* nichts bedeutet, denn das kauf ich euch nicht ab!" Mit jedem Satz war meine Stimme lauter geworden.

„Schrei mich nicht an!", mahnte mein Vater mit vor der Brust verschränkten Armen.

Ich wollte schreien, ich wollte ihn und Mum schütteln und zur Vernunft bringen. Stattdessen schloss ich die Augen und atmete tief durch. Laut zu werden, würde mir nicht weiterhelfen. Dadurch würde ich sie weder besser verstehen noch dieses dumpfe Gefühl verschwinden lassen, das sich in den letzten Tagen angeschlichen hatte.

Seit sie mich mit dem Nepal-Thema konfrontiert hatten, stand meine Welt kopf. Hatte ich erst darauf gebaut, dass meine Eltern witzelten oder ihre Meinung änderten, verfestigten sich bei ihnen die Pläne. Die Last, ein Geheimnis mit sich zu tragen, war von ihren Schultern genommen worden – und lag jetzt auf meinen. Während ich mir den Kopf zerbrach und mich immer und immer wieder fragte, warum unsere Familie so entzweit war, hielt sie nichts mehr zurück. Sie feilten rund um die Uhr an ihren Plänen. Zumindest für ihre Verhältnisse, denn sie waren Chaoten. Jeder andere hätte die Hände über dem Kopf zusammengeschlagen, wenn er ihren weltfremden Unterhaltungen lauschen müsste.

Oder tat ich ihnen unrecht? Vielleicht war ich zu perfektionistisch, um tatsächlich auszuwandern, zu detailorientiert, zu geerdet. Wenig klischeehaft. Zwar war ich nie in die Organisation einer Auswanderung involviert gewesen, weil ich zu jung gewesen war, als wir von Amerika nach Australien umgesiedelt waren. Aber dass man mehr als gültige Reisepässe und ein paar Klamotten benötigte, schien mir logisch. Waren die Grenzen überhaupt offen? Konnte man einfach so einreisen? Dort arbeiten? Benötigte man ein Aufenthalts- oder Arbeitsvisum? Diese Fragen stellten sich meine Eltern nicht. Sobald der Verkauf des Grundstücks, unseres Hauses und der *Surfers' Heart* abgeschlossen wäre, würden sie einen Flug buchen und das war's dann.

Mir tat das Atmen weh.

„Schatz, alles in Ordnung?" Meine Mutter sah mich besorgt an. Ich hatte mir eine Hand aufs Herz gelegt. Kämpfte gegen das dumpfe Gefühl in meinem Brustkorb an. Allein die Logik argumentierte, dass es kein Herzinfarkt war. Nur Schmerz. Angst.

Brich jetzt bloß nicht zusammen!

Anderseits, was würde ihnen deutlicher zeigen, wie sehr mich die Diskussion belastete? Wie sehr ich hierbleiben wollte? Wie sehr ich Byron Bay liebte? Australien im Allgemeinen. Sollte ich jemals den Drang verspüren, wandern gehen zu wollen, gäbe es hier tausend Gelegenheiten. Doch alles, was ich wollte, war das Meer. *Dieses* Meer. Mein Meer. Nein, *unser* Meer.

Seit ich denken konnte, lebten wir am Wasser. Meine ersten Schritte war ich am Strand gelaufen. Ich hatte Jahre früher auf einem Surfbrett gestanden, bevor ich Radfahren lernte. Am Meer zu leben, war eine feste Konstante in unser aller Leben gewesen. Erst Kalifornien, dann Hawaii, schließlich Australien. Und ich wusste, dass auch meine Eltern das Wasser brauchten. Warum war mein Dad denn der beste Surflehrer? Weil er liebte, was er tat!

Wenn ich jetzt nicht kämpfte, würde ich dieses Leben verlieren. Ich würde alles verlieren, was mir lieb und teuer war. Die *Surfers' Heart*. Ich riss mich zusammen.

„Was, wenn ihr euch irrt?"

„Was meinst du, Schatz?" Mum legte den Kopf schief.

„Wenn ihr nicht mehr ohne das Meer leben könnt. Wenn ihr es vermisst, sobald ihr weg seid. Das Rauschen der Wellen. Der Sand, das Leben am Meer mit all seinen Geräuschen, Gerüchen und Farben. Die Sonnenuntergänge und die Aufgänge nach einer tropischen Nacht." Jetzt gab es kein Halten mehr. „Was, wenn ihr es so sehr liebt wie ich? Und die Berge euch enttäuschen? Einfach, weil sie nicht der Ozean sind? Dann wärt ihr in Nepal und klar, ihr könntet zurückkommen, aber dann wäre die *Surfers' Heart* weg! Einmal verkauft, gäbe es kein Zurück mehr. Die Surfschule und unser Haus wären für immer verloren."

„Hm", brummte Dad. Mum zog ihre Augenbrauen eng zusammen, was sie älter aussehen ließ, als ihre bunten Wallekleider implizierten.

Plötzlich durchzuckte mich eine waghalsige, vielleicht auch geniale Idee. Ohne sie zu überdenken oder abzuwarten, was meine Eltern erwiderten, fuhr ich hastig fort: „Ihr wollt nach Nepal? Okay. Dann fliegt hin, schaut's euch an, macht euer Ding. Überlasst die *Surfers' Heart* eine Saison mir. Ich verspreche euch, ihr werdet froh sein, dass alles beim Alten ist, wenn ihr wieder da seid. Und wisst ihr was, ich schnappe mir Hao und gönne ihr endlich einen neuen Anstrich! Wie klingt das?"

Ich sah es bereits vor mir, roch die frische Farbe, die in der Sonne glänzte. Das würde gut werden, so gut!

Und wenn ich schon dabei wäre, könnte ich auch endlich die in die Jahre gekommene Strand-Deko entfernen, an der Mum hing und die im schlechten Sinne den Vibe der Neunziger verströmte. Klar, ich musste aufpassen, nicht zu viel umzumodeln, aber wenn die Schule gut lief, würden sie mir die ein oder andere kleine Veränderung garantiert nachsehen.

Vor Aufregung knetete ich meine Hände und sah zwischen meinen Eltern hin und her, die sich Blicke zuwarfen und eine stumme Unterhaltung führten. Schließlich war es Mum, die ihre Bedenken äußerte.

„Schatz, das ist sehr viel Arbeit.“

„Ist mir egal! Das bekomm ich schon hin. *Bitte.*“

Eine weitere wortlose Unterhaltung. Mein Herz klopfte gegen meinen Brustkorb. Meine Zunge klebte am Gaumen fest, weil mein Mund plötzlich ausgetrocknet war. *Sagt Ja, sagt Ja, sagt Ja*, beschwor ich sie in meinen Gedanken.

Schließlich ein zögerliches Nicken von Mum und Dad, der sagte: „Na schön. Wir nehmen uns eine Auszeit und überlassen dir die Schule. Unter einer Bedingung!“

„Ja?“ Ich würde jede Bedingung akzeptieren, wenn ich dadurch die Chance erhielt, die *Surfers' Heart* zu leiten.

„Hao ist dabei und hilft dir. Die Kurse, dein Training, die Schule. Das ist zu viel für einen allein. Wenn er dich unterstützt, gehört die *Surfers' Heart* für diese Saison dir.“

Ich jauchzte vor Freude und fiel meinem Vater in die Arme. „Ihr werdet es nicht bereuen!“

***

Es war leicht, Hao zu überreden. Schließlich kannte er meine Eltern länger als ich. Dad und er waren beste Kumpel. Niemandem waren Dads Macken und Stärken besser vertraut, nicht einmal Mum.

Nachdem Hao die ungekürzte Fassung der Ereignisse angehört hatte, die in seiner Abwesenheit geschehen waren, stellte er mir nur noch eine Frage: „Wie kann ich dir helfen?"

Wir arbeiteten einen Plan aus. Sobald Mum und Dad im Flieger nach Nepal saßen, würden wir der *Surfers' Heart* einen neuen Anstrich verpassen und kleinere Ausbesserungsarbeiten vornehmen.

„Wir müssen uns unbedingt um die Boards kümmern! Die sollten dringend auf Vordermann gebracht werden. Bei einigen blättert der Lack ab", sagte ich. „Ich rede mit Jim und bitte ihn, sie sich nach und nach anzusehen."

Hao nickte. „Der Anti-Rutsch-Belag löst sich ebenfalls an vielen Stellen, und ich bekomme nicht raus, wie ich ihn längerfristig wieder ans Board kriege. Ich hab mir zwar den Spezialkleber gekauft, den Jim empfohlen hat, aber so recht will's nicht halten."

Hao hatte sich im Laufe der Jahre viele handwerklich Tricks angeeignet. Mit dem Belag und der Feinjustierung der Finnen tat er sich schwer. Er orakelte, dass sie ihm auf ewig ein Geheimnis bleiben würden. Seine Worte, nicht meine.

„Hast du ihnen von deiner Anmeldung für den Cup erzählt?", fragte Hao.

„Himmel, nein! Ich wollte es und habe mich auf den alljährlichen Streit eingestellt. Dann kam Nepal dazwischen, und jetzt behalte ich es für mich. Sieh mich nicht so an, Hao. Du weißt, wie die Sache beim letzten Mal eskaliert ist. Ich habe sie gerade erst überredet, mir die Verantwortung für die *Surfers' Heart* zu übertragen. Ich will und kann nicht riskieren, dass sie es sich anders überlegen, nur weil ich mit dem alten Thema wieder anfange."

Hao seufzte und schwieg. Wir hatten alle unsere Geheimnisse. Was er in Sydney gemacht hatte, erzählte er mir nicht. Obwohl ich neugierig war, bohrte ich nicht nach. Ich vermutete, dass seine Reise nichts mit der *Surfers' Heart* zu tun hatte, denn er war ohne neue Bretter oder anderes Equipment zurückgekommen. Hao konnte sehr verschwiegen sein, und erst wenn die Zeit seiner Meinung nach reif war, würde er darauf zurückkommen. Vorher war da nichts, absolut nichts aus ihm herauszuholen.

„Was hältst du von einer Party?", fragte ich. „Wir könnten neue Kunden locken und uns etwas offener zeigen. Aktiver." Wir sollten nicht immer nur vor der *Surfers' Heart* rumsitzen und darauf hoffen, dass uns alles zuflog. Vielleicht war das eines der Probleme.

„Ich habe noch eine bessere Idee. Wir machen beim *Winter-Blues*-Festival mit!"

Ich starrte Hao an. „Das ist eine großartige Idee! Obwohl es nicht mit dem *Byron-Bay-Festival* mithalten kann, ist es ein guter Start in die Saison, und bis September sollten wir nicht warten. Wir müssen sichtbar werden, uns trauen, endlich rauszugehen und nicht länger darauf warten, dass die Kunden von selbst kommen. Dad will nicht wahrhaben, dass die Zeiten, in denen sich Kunden mit mittelmäßigen Angeboten zufriedengegeben haben, vorbei sind. Das *Winter Blues* ist eine tolle Idee, zumal es nun im Juni stattfindet und nicht mit dem *Byron-Bay-Surfcup* kollidiert. Da würde uns Personal für die Standbesetzung fehlen, wenn ich im Wasser bin." Ein Blick in Haos Miene verriet mir, dass ich mir schon wieder zu viele Sorgen um ungelegte Eier machte. Er bedachte mich aus seinen pechschwarzen Augen, die mich stets an Halbmonde erinnerten. Fältchen, die nur Lachen und milde Strenge verursachen konnten, umrahmten sie. Überhaupt, alles in Haos Gesicht war mondsichelförmig. Seine Augenbrauen: breite, sich nach außen hin zuspitzende Streifen dunkelster Haare. Sein Kinnbart: eine auf dem Kopf stehende Sichel. Er hatte das freundlichste Gesicht, das ich je gesehen hatte und mit dem er auf irritierende Weise eine Autorität ausstrahlte, die ich nie infrage gestellt hatte und es nie tun würde. Ich hatte nicht die leiseste Ahnung, wie er das anstellte.

Ich schüttelte die Gedanken ab. „Die anderen werden Augen machen, wenn wir dabei sind! Die *Surfers' Heart* auf einem Festival! Das hat es noch nie gegeben."

Hao zuckte lächelnd mit den Schultern. „Du willst Veränderung? Hier ist sie. Ich hab jedes Jahr aufs Neue versucht, Sam zu überzeugen, aber wem erzähle ich das? Du kennst deinen Vater. Er hat sich vehement geweigert. Ein Festival passt nicht in seine Vorstellung. Nicht einmal der kleine Bruder des BBF."

„Dabei ist es perfekt, um ein wenig Präsenz zu zeigen. Dass er nicht am BBF teilnehmen möchte, kann ich schon irgendwo nachvollziehen. Er hasst diese kommerziellen Veranstaltungen. Das *Winter Blues* ist super. Ich denke, ihn stört einfach, dass so viel los ist in der

Stadt. Was total paradox ist, denn je mehr Leute da sind, desto mehr potenzielle Kunden haben wir!"

Hao nickte. „Meine Rede. Weißt du was, Kleines? Die Saison gehört dir! Du kannst tun und lassen, was du willst. Auch einen Stand auf dem Festival buchen."

Hao hatte recht, ich war jetzt die Chefin. Und was für eine! Ich würde es ihnen zeigen. Meine Eltern würden die *Surfers' Heart* nicht mehr wiedererkennen, wenn sie aus Nepal zurückkehrten. Kein einziges Foto würde ich ihnen schicken, das nahm ich mir fest vor.

Jetzt gab es kein Halten mehr. Enthusiastisch stürzten wir uns in die Planung. Wir checkten die Preise für die Standmiete, überlegten, wie viel Platz wir für unsere Präsentation benötigten und wie wir die Werbung so spontan umsetzen wollten. Die anderen Teilnehmenden hatten einen Riesenvorsprung, bereits Flyer und Plakate drucken lassen, machten seit Wochen in ihren Shops oder Restaurants Werbung. Die Vorbereitungen kamen zusätzlich zur Leitung der Schule, dem Unterricht und meinem Training für den Byron-Bay-Cup dazu, der nur kurze Zeit später stattfinden würde. Ehrlich gesagt hatte ich keinen Plan, wie ich das alles schaffen wollte und ob ich meinen Schlaf komplett vom Plan streichen oder nur reduzieren musste. Die nächsten Wochen würden verdammt anstrengend werden, aber die Aussicht, mein Zuhause zu retten, die Bretterbude mit der abgeblätterten Farbe, die mir die Welt bedeutete, motivierte mich bis in die Zehenspitzen. Und mit Hao hatte ich die perfekte Schützenhilfe.

Stolz betrachteten wir den ersten Entwurf unseres Plans. Hao lehnte sich in seinem Stuhl zurück. Er wirkte zufrieden. „Ich melde uns morgen an."

„Gut. Ich habe die Anfänger. Es sei denn, Dad will noch bis zu seinem Flug weitermachen."

„Ach was, der hat andere Dinge im Kopf." Hao winkte ab und widmete sich wieder seinem Notizblock, auf dem er die einzelnen To-dos notiert hatte.

Plötzlich stellte ich mir vor, wie Dad reagieren würde, wenn er diese Liste fände. „Hao? Wir sollten das mit dem Festival wohl besser für uns behalten. Nicht, dass Mum und Dad ausflippen, schließlich krempeln wir einiges um. Stell dir vor, sie überlegen es sich anders und nehmen mir die Leitung wieder weg. Das wäre eine Vollkatastrophe."

„Ich schweige wie ein Seegrab."

Ich lachte und liebte ihn noch ein bisschen mehr. Er war der große Bruder, den ich nie gehabt hatte. Ich liebte ihn für solche Sprüche, für das Zusammenhalten, wenn meine Eltern mal wieder so waren, wie sie eben waren.

Manchmal fragte ich mich, wie aus den beiden ungleichen Männern unzertrennliche Freunde geworden waren. Dazu gab es unterschiedliche Storys, die alle verrückt waren. Hao behauptete, Dad hätte ihm das Leben gerettet, weil Dad zur richtigen Zeit am richtigen Ort gewesen war und Gangster vertrieben hatte, die Hao an den Kragen wollten. Doch so gern die kleine Charlie diese Version geglaubt hatte, so fiel es mir mit zunehmendem Alter immer schwerer, mir Dad als zivilcouragierten jungen Mann vorzustellen, der sich mit einer Gruppe Kleinkrimineller angelegt hatte.

Dads Variante schien mir daher näher an der Wahrheit: Hao wurde von zwielichtigen Typen verfolgt und bevor die ihn krankenhausreif prügeln konnten, hatte sich Dad hinter einer dieser mannshohen Müllcontainer versteckt und richtig laut Radau gemacht. Das hatte genügt, um die Angreifer in die Flucht zu schlagen.

Mums dritte Version wiederum hatte mit denen der Männer nichts gemein. Sie war der festen Überzeugung, die beiden hätten sich die Geschichte ausgedacht, damit sie cooler klang als die Wahrheit: Hao hatte Dad beim Surfen gesehen. Sein Können haute ihn schlicht um, weshalb er ihm nicht mehr von der Seite gewichen war. Eines Abends war Dad so genervt von seinem Groupie gewesen, dass er ihn zu einem Bier einlud und ihn fragte, warum zum Geier er nichts Besseres zu tun hatte, als ihn stundenlang zu beobachten. Ob er schwul sei und auf ihn stehe? Hao war im Erdboden versunken, denn mit so viel Direktheit hatte er nicht gerechnet. Als das Eis gebrochen war und Hao klargestellt hatte, dass er von Dads Surfkünsten beeindruckt war, verselbstständigte sich die Freundschaft. Sie wuchs mit jedem Tag. Dann kam Mum dazu. Kurz darauf ich. Und mit einem Mal war Hao nicht mehr nur Dads Freund, sondern auch Mums und meiner. Er war der Freund, der zu Familie geworden war. Der Bruder. Wer brauchte schon Blut, wenn die Verbindung so viel tiefer ging?

Ich hoffte, unsere gegensätzlichen Ansichten zu Nepal würden Hao nicht in eine Zwickmühle bringen. Falls doch, würde er seinen Freunden folgen? Oder war sein Herz hier, in Byron Bay?

6. Wanna sea me?

Alexander

Der Vorteil einer To-do-Liste, die von hier den Marianengraben hinab reichte, war, dass die Tage schnell vergingen und man gar nicht merkte, wie sehr man den Schlaf vermisste. Bis man abends wie ein Zombie ins Bett fiel und fünf Stunden in ein traumloses Koma sank. Am nächsten Tag hatte sich die Liste um einige Punkte erweitert.

Als ich nun auf meine Liste sah, hätte ich am liebsten alles hingeworfen. Ich lehnte mich zurück und streckte mich ausgiebig. Dabei fiel mein Blick auf die Unterwasserfotos an der gegenüberliegenden Wand: Schildkröten, Haie, das Great Barrier Reef. Bei jedem Einzelnen der zwölf Fotos, die zusammen eine Collage ergaben, erinnerte ich mich, wann und wo ich es aufgenommen hatte. Chronologisch angeordnet vom ersten leicht verschwommenen Hai bis zum jüngsten Foto, einer gestochen scharfen Aufnahme eines Clownfisches in seiner Anemone, dokumentierten sie meine Entwicklung. Vom blutigen Anfänger zum Tauchlehrer. Vom gebrochenen, verlorenen Mann, dessen Träume ihm in Scherben zu Füßen lagen, bis hin zum Eigentümer einer Tauchschule. Meine persönliche Reise.

Nein, es gab keinen Grund, sich von einer To-do-Liste einschüchtern zu lassen. Zumal es gut lief. So richtig gut! Der erste Kurs war ein voller Erfolg. Trotz meiner harten Ansage waren alle am nächsten Tag zurückgekommen. Täglich kamen neue Leute. Darunter Simon, ein Schweizer, der mit seinem Kumpel Jannis seit einigen Wochen die Ostküste von Norden nach Süden bereiste. Die beiden waren völlig aus dem Häuschen. Ursprünglich hatten sie vorgehabt, einen Schnuppertauchgang in Cairns zu buchen. Schließlich hatten sie sich umentschieden, weil das Angebot sie erschlagen hatte und sie nicht wussten, worauf sie achten mussten. Dann waren sie nach Byron Bay gekommen; mein Eröffnungsdeal hatte sie überzeugt, dem Tauchen eine zweite Chance zu geben – direkt mit einem Tauchkurs, nicht nur mit dem Schnuppertauchen. Heute würde ich das erste Mal mit ihnen ins offene Meer gehen.

Vorher wartete leider noch das Postfach auf mich. Und Liv, die im Türrahmen stand. „Guten Morgen, Bruderherz."

„Morgen. Wie lange stehst du da schon?"

„Lange genug, um zu beobachten, welch schöne Wellen die Falten auf deiner nicht mehr ganz so jugendlichen Stirn schlagen." Sie grinste frech und reichte mir einen Kaffee.

„Sehr witzig", brummte ich und nahm die Tasse entgegen. Schwarz und die Konsistenz von Teer. Hervorragend.

„Mal im Ernst. Was hockst du hier drin?"

„Mails."

„Die können warten. Hier, ich habe was Besseres." Sie reichte mir einen circa zwanzig mal dreißig Zentimeter großen Karton, ungefähr eine halbe Hand breit. Recht schwer.

„Flyer?", fragte ich.

„Jap!"

Liv hatte Postkarten bestellt. Hochglanz, modernes Design. Das Foto eines Leopardenhais, der friedlich im Wasser schwebte und so aussah, als würde er beinahe lächeln. Ein prächtiges Tier mit der Musterung der Wildkatze, der er seinen Namen verdankte. Ich erinnerte mich gut an ihn. Wir waren uns letztes Jahr begegnet, während ich für einige Wochen in Byron Bay gewesen war, um den Tauchspot zu erkunden und den Kauf des Restaurants anzuleiern, denn im Gegensatz zu Charlies Annahme war die *Beach Dive* nicht über Nacht wie ein Pilz aus dem Sand gesprossen.

„Gefällt's dir?"

„Sehr cool. Ich mag den Spruch: *Wanna SEA me?* Nur ... dir ist schon klar, dass aktuell keine Saison für Leopardenhaie ist? Die Wahrscheinlichkeit, welche zu Gesicht zu bekommen, geht gegen null. Warum hast du keinen Sandtigerhai genommen? Die tummeln sich am Julian Rocks."

„Die sehen nicht so freundlich aus. Guck mal, wie er schmunzelt."

Ich hob eine Augenbraue. „Du bist unverbesserlich, Liv. Wir können doch nicht die Leute verarschen."

„Meinst du wirklich, dass da jemand drauf achtet? Die Postkarte ist nicht falsch. Man *kann* ja einen schnuckeligen Leopardenhai sehen – nur eben nicht jetzt. So funktioniert Marketing. Komm schon", flehte sie. „Sie soll nur neugierig machen. Aufklären kannst du ja dann im Briefing."

Nachdenklich betrachtete ich die Postkarte in meiner Hand. Auf der Rückseite prangte das *Beach Dive*-Logo. Liv hatte an alles gedacht: Öffnungszeiten, Kontaktdaten, Instagram-Kanal. Das war eindeutig eine Werbebotschaft, und jeder wusste, dass man die nicht allzu genau nehmen durfte. Um Kunden anzulocken oder im Gedächtnis zu bleiben, war die Karte perfekt.

„Na schön."

Liv grinste wie ein Honigkuchenpferd. „Super, dann bring sie unters Volk, sobald du fertig bist, den strengen Tauchlehrer zu mimen. Dein Kurs wartet."

***

Die beiden Schweizer hatten mit Joshs Hilfe das Equipment vorbereitet, ihre Anzüge hüfthoch angezogen und unterhielten sich gerade mit zwei jungen Frauen und einem Mann um die vierzig. Die Stimmung war heiter. Vorfreude und die klassischen Fragen vor dem ersten Tauchgang lagen in der Luft.

Ob wir einen Hai sehen?

Was, wenn ich meinen Buddy verliere?

Oder Wasser in der Brille habe?

Wie ging das mit dem Wasser ausblasen?

Mit der Nase ausatmen, den Kopf nach vorne, oder? – Nein, in den Nacken gelegt.

Es war nicht allzu lange her, da hatte ich selbst all diese Fragen gestellt. Und einen ganzen Batzen mehr. Offen gesagt, hatte ich jedem Taucher Löcher in den Bauch gefragt und alles über das Tauchen gelesen, was ich in die Finger bekam. Sobald das erste Mal der Gedanke aufgekommen war, eine eigene Tauchschule zu eröffnen, hatte ich jede Tauchbasis in Cairns besucht, um von den anderen zu lernen. Und das hatte ich getan, indem ich mir auch ihre Schwächen genau angesehen hatte, bis ich wusste, was ich besser machen wollte.

Jetzt stand ich hier und begrüßte fünf Schülerinnen und Schüler. Gemeinsam gingen wir das Gelernte von gestern durch. Danach planten wir den ersten Tauchgang.

„Alles, was wir am Strand machen können, erledigen wir auch dort. Heißt, wir bereiten unser Equipment komplett vor und machen den Buddycheck. Dann geht's ins Boot. Eure Jackets mit den Atemreglern und den Flaschen kommen zwischen eure Beine. Ihr haltet sie fest und lasst die Flaschen geöffnet, nicht wieder zudrehen. Die Flossen zieht ihr erst an, wenn wir da sind. Josh fährt uns das kurze Stück zum Julian Rocks. Nach ungefähr zehn Minuten erreichen wir unseren Einstiegspunkt. Alles klar bis hierhin?" Ich deutete auf die entsprechende Stelle an der Karte, die Charlie mit dem Finger entlanggefahren war.

Alle nickten.

„Gut. Für den Einstieg müsst ihr Folgendes beachten: Flossen anziehen, Jacket anziehen. Lasst euch von eurem Nachbarn helfen. Bevor ihr ins Wasser kommt, checkt ihr euch noch einmal. Bleigurt? Brille auf? Flossen an, Jacket an, Atemregler in die Schnute, Atemtest. Ist die Flasche offen? Wenn ihr euch am Strand ordentlich gegenseitig kontrolliert habt, sollte nun nichts mehr fehlen. Falls ihr unsicher seid, fragt mich."

Erneutes Nicken.

„Dann lassen wir uns ins Wasser fallen. Und zwar rückwärts."

Große Augen.

„Warum?" Eine der Frauen, Tori, wenn ich mich richtig erinnerte, sah ihre Freundin fragend an. Die wiederum sagte zögerlich: „Damit wir uns nicht verletzten, wenn das Equipment zuerst im Wasser ist?"

„Genau. Wenn ihr euch rückwärts ins Wasser gleiten lasst, kann so gut wie nichts passieren."

„So gut wie nichts?", hakte Tori nach.

„Der ein oder andere macht aus Versehen eine Rolle im Wasser. Versucht, ruhig zu bleiben. Ihr seid schneller wieder oben, als ihr gucken könnt. Sobald wir alle im Wasser sind, frage ich euch, ob alles in Ordnung ist." Ich legte Zeigefinger und Daumen der rechten Hand zusammen und spreizte die anderen Finger ab, sodass ein O mit drei Hasenohren entstand. *OK* in der Tauchersprache.

„Ihr antwortet mir." Auf Kommando zeigten sie mir ihr *OK*.

„Perfekt." Ich lächelte. „Dann gehen wir auf fünf Meter runter. Nicht tiefer. Dort warten wir aufeinander und wiederholen die Übungen von gestern. Wasser in die Maske, Maske wieder ausblasen. Das ganze Programm. Danach lassen wir uns gemütlich auf zehn bis zwölf Meter sinken, tauchen an dieser Riffkante entlang, bis beim Ersten die Luft knapp wird. Ich werde euch zwischendurch immer wieder nach eurer Restluft fragen und möchte, dass ihr mir signalisiert, wenn ihr noch einhundertzehn Bar auf der Flasche habt. Josh holt uns dann irgendwo hier ab, je nachdem, wie weit wir kommen. Fragen?"

Simon ergriff das Wort. „Sehen wir Haie?"

„Aktuell haben wir gute Chancen, Sandtigerhaie zu sehen. Die Wassertemperatur beträgt circa zweiundzwanzig Grad. Das gefällt ihnen. Sollten wir keine Haie sehen, werdet ihr dennoch auf eure Kosten kommen."

„Ich will eine Schildkröte sehen", flüsterte Tori ihrer Freundin in dieser Kinolautstärke zu, von der jeder glaubte, man würde ihn nicht hören.

„Das wäre so cool!"

„Wollen wir?", fragte ich in die Runde, woraufhin es kollektiv zum Klo ging, bevor sich alle in die Anzüge quetschten. Josh brachte derweil das Schwerste, die Flaschen, zum Strand. Die restliche Ausrüstung musste jeder selbst tragen.

Mittlerweile war der Main Beach erwacht. Die Touristen bereiteten sich auf einen faulen Strandtag vor, während sich andere in der hohen Kunst des Wellenreitens versuchten. Von Anfängern bis Profis; es war viel los auf dem Meer.

Automatisch hielt ich nach Charlie Ausschau. Sie stand mit dem Rücken zu mir kniehoch im Wasser. Mit der Hand strich sie über die Oberfläche des Boards, das vor ihr im Wasser lag. Ich hätte gern gehört, was sie zur Beschaffenheit, Grip oder Feeling sagte. Später vielleicht, erst musste ich tauchen.

***

Das Wasser erinnerte mich immer wieder aufs Neue daran, warum ich es liebte. Sobald mich das Nass umschloss, beruhigte sich mein Herzschlag. Obwohl ich für sechs Menschen die Verantwortung trug – mich eingeschlossen –, spürte ich mit jedem Atemzug, wie der Stress aus meinem Körper entwich.

Wenn ich mich nicht schon längst tausendmal bei Dr. Barett bedankt hätte, würde ich es nach jedem Tauchgang tun. Allein ihr hatte ich meine Liebe zur Unterwasserwelt zu verdanken. Ohne ihren Vorschlag, einen Tauchkurs zu besuchen, weil sich das Tauchen positiv auf meine mentale Gesundheit auswirken könnte, hätte ich mich nie ins Wasser getraut. Erst hatte ich abgeblockt. Doch die Aussicht, auf ewig mit dieser prickeligen Unruhe leben zu müssen, die mich seit dem Unfall begleitete, hatte mir schließlich einen Arschtritt verpasst. Es hatte weitere Wochen gedauert, bis ich einen Fuß in eine der zahlreichen Tauchschulen in Cairns gesetzt hatte. Damit schaffte Dr. Barett, was meinem besten Freund Ethan, der sich seit Kindertagen dem Tauchen verschrieben hatte, nicht gelungen war. Dabei hatte er mir ebenfalls von seinen Schülerinnen und Schülern berichtet, die gestresst in der Tauchschule anfingen und nach dem Kurs die Ruhe selbst waren. Warum das so war, blieb noch zu erforschen. Mittlerweile wusste ich, dass es funktionierte – ich hatte es am eigenen Leib erfahren.

Und weil ich diesen Weg selbst gegangen war, verstand ich jeden, dem der Gedanke, minutenlang unter Wasser zu sein, unheimlich war. Der Mensch war für das Leben unter Wasser ungeeignet. Alles daran widersprach den Gesetzen der Natur, und wenn man bedachte, dass an einem Lungenautomaten und einer Flasche Sauerstoff ein ganzes Menschenleben hing, war es schon bemerkenswert, wie viele Mutige sich jedes Jahr zu Tauchern ausbilden ließen.

Ich hatte Ethans kostspieliges Hobby, das er zum Beruf gemacht hatte, stets mit großer Skepsis betrachtet. Seine Angebote, ihn zum Schnuppertauchen zu begleiten, allesamt ausgeschlagen. Bis ich mich in der Therapie in winzigen Schritten an das Thema herangewagt hatte – von da an hatte ich für die Unterwasserwelt gebrannt.

Langsam sank ich auf eine Wassertiefe von fünf Meter hinab und beobachtete meine Schützlinge. Simon hatte den Dreh schnell raus und schwebte schon kurze Zeit später mit mir auf einer Höhe. Leider freute er sich darüber so sehr, dass er breit grinste, was dank der Lachfalten dazu führte, dass der Silikonrand der Maske nicht mehr sauber um die Oberlippe schloss und Wasser in die Maske drang. Auf diese Weise durfte er direkt üben, wie er das Wasser wieder loswurde, indem er seine Maske ausblies. Dabei konzentrierte er sich jedoch voll auf die Maske und vergaß, gleichmäßig zu atmen. Gespannt beobachtete ich, wie er höher und höher stieg, jederzeit bereit, einzugreifen. Er bemerkte den ungeplanten Aufstieg auf ungefähr drei Metern unter der Wasseroberfläche, ließ Luft aus dem Jacket, atmete großzügig aus und sank wieder auf fünf Meter zu mir herab. Ein Naturtalent.

Die anderen stießen zu uns. Keiner blieb oben, allen ging es gut. Wir absolvierten die Übungen, danach tauchten wir in Zweierteams am Riff entlang. Aufgrund der ungeraden Personenzahl hatte ich Izmael unter meine Fittiche genommen. Tori und ihre Freundin folgten uns, die Schweizer bildeten die Nachhut. Wir blieben eng beisammen. Der Tauchgang bestand größtenteils daraus, die Gruppe immer wieder zu beruhigen. Das Tarieren war die größte Herausforderung beim Tauchen. Ausschließlich mit dem eigenen Atem im Wasser aufwärts oder abwärts zu schweben, erforderte viel Übung. Jeder Anfänger machte am Anfang dieselben Fehler: ständig Sauerstoff ins Jacket pumpen oder zu schnell wieder abzulassen, was dazu führte, dass sie alle wie Ballons nach oben stiegen oder wie Steine sanken. Bei dem Zirkus, den wir veranstalteten, hatten wir keine Zeit mehr für Haie. Auch die Schildkröten, die sich herzlich wenig für Taucher interessierten, hielten sich von uns fern. Dennoch: Wir tauchten auf und ich sah in fünf strahlende Gesichter.

***

Bei Charlie lief es nicht so gut. Nach der Übungsstunde gingen ihre Schülerinnen und Schüler zurück zur Surfschule; zwei ließen sich zurückfallen und redeten über die Stunde. Selbst wenn ich nicht hätte lauschen wollen, wären sie zu laut gewesen, um ihre Worte zu ignorieren.

„Ist das ätzend! Keine fünf Sekunden stand ich auf dem Board. Das brennt vielleicht." Die junge Frau deutete auf ihr aufgeschürftes Knie.

„Es sieht so einfach bei ihr aus", murmelte die andere.

„Na klar, die lebt ja auch hier und macht den ganzen Tag nichts anderes als Surfen. Ganz ehrlich, ich überlege, ob wir morgen überhaupt wieder hingehen sollten."

„Ach, komm schon. Morgen wird's sicher besser."

„Weiß nicht. Hätten wir uns mal lieber für einen Tauchkurs angemeldet. Die neue Tauchschule sah schon echt cool aus. Hier kann man ja froh sein, dass die Boards noch halten."

„So schlimm ist's nun auch nicht."

„Es ist echt oll." Die Frau strich über die Oberseite des Boards, wo die Kunststoffschicht abblätterte. „Aber tauchen ist nichts für mich. Ich will die Wellen spüren."

„Alles, was du spürst, ist wohl das Salz in deiner Wunde."

Sie verschwanden außer Hörweite. Ich sah ihnen nach, bis sie die *Surfers' Heart* betraten. Die Farbe blätterte von der Außenfassade, was der Nähe zum Meer und der salzigen Luft geschuldet war – die Gebäude verwitterten schneller. Dennoch strahlte die *Beach Dive* mit ihrer frisch gestrichenen Farbe wie ein Juwel neben der Surfschule. Ein deutlicher Kontrast, der den Touristen natürlich auffiel.

Wenn die Campbells nicht bald endlich ihre Ärsche hochbekämen und renovierten, könnten sie wirklich dichtmachen. Es wäre eine Schande, wenn Byron Bay die alteingesessene Schule verlöre.

Nicht zum ersten Mal dachte ich daran, die *Surfers' Heart* zu kaufen und ins Surfgeschäft einzusteigen. Beide Wassersportarten anzubieten und Synergien zu schaffen. Taucher, die sich mal am Surfen versuchen würden, Surfer, die schnorchelten oder tauchten. Kombinationskurse oder Angebote für Leute, die länger als ein, zwei Tage in Byron Bay blieben. Unvorstellbar, was mit dem guten alten Ruf der *Surfers' Heart* und der Modernität der *Beach Dive* alles zu erreichen wäre!

Aber die Voraussetzung für einen solchen Plan waren zwei. Entweder die Pleite der Campbells, was mir nicht schmeckte. Oder eine Partnerschaft – und das gefiel mir noch weniger. Dann müsste ich mich mit Sam und Judy auseinandersetzen, mit den Hippies. Jede Entscheidung gemeinschaftlich besprechen. Nein danke.

Würde die *Surfers' Heart* hingegen ihrer Tochter Charlie gehören, wäre die Situation eine ganz andere. Dann würde sich die Farbe auch bestimmt nicht von den Planken schälen. Charlie hätte den Laden im Griff. Ohnehin war es mir ein Rätsel, wie es Sam und Judy so lange gelungen war, die Surfschule zu betreiben und von den Einnahmen zu leben. Allein der Surfboom, der sich in den letzten Jahren stetig gesteigert hatte, konnte dafür verantwortlich sein. Ein guter Geschäftssinn sicher nicht.

Bevor Charlie mich entdeckte, machte ich mich mit meinen Tauchjüngern in Richtung Basis davon.

7. Just a little fresh paint, darling

Charlotte

Der Tag war ein echter Reinfall gewesen. Zwei Schülerinnen waren so unzufrieden mit dem Kurs, dass die Frage im Raum stand, ob sie überhaupt morgen zurückkämen. Schlimmer konnte es nicht werden. Ich hatte versucht, sie zu beschwichtigen. Hatte ihnen erklärt, dass das Surfen viel Geduld erforderte, eine gute Balance und Übung, es ging nicht von jetzt auf gleich. Beim Surfen war es wie mit allem im Leben: Gab man ihm genug Zeit und Liebe, dann konnte etwas Wundervolles daraus entstehen.

Mindestens eine der beiden hatte keine Lust, ihre kostbare Zeit für Balanceübungen zu verschwenden, das hatte sie mir deutlich zu verstehen gegeben. Ich bezweifelte, dass ihre Freundin, die das Potenzial hatte, echte Freude am Surfen zu entwickeln, den Kurs allein durchziehen würde. Gedanklich strich ich die beiden schon von der Liste. Ich könnte froh sein, wenn sie nicht ihr Geld zurückverlangten oder schlecht über mich oder die *Surfers' Heart* redeten.

Heutzutage war es so einfach, eine unterirdische Bewertung im Netz zu hinterlassen. Die Leute hausierten mit ihrer Meinung, ohne einen Gedanken an die Folgen für die Inhaber von Shops, Restaurants, Freizeiteinrichtungen und Co. zu denken. Erst kürzlich hatte ich mich mit ein paar Einheimischen über die sorglose Mentalität der Touristen ausgetauscht. Erleichtert hatte ich festgestellt, dass viele Byron Bayer meiner Meinung waren. Allerdings brachte uns das kaum weiter. Wir hatten uns darauf geeinigt, uns gegenseitig zu informieren, sollten wir schlechte Rezensionen im Netz entdecken; so hätte man immerhin die Möglichkeit, darauf zu reagieren. Ob es die Mühe wert war?

In der letzten Woche hatte ich viel infrage gestellt. Ich fühlte mich matt und erschöpft, dabei stand mir die schwierigste Prüfung noch bevor: Die *Surfers' Heart* durch die Hauptsaison zu manövrieren, um meine Eltern zu überzeugen, in Byron Bay zu bleiben. Ich sollte an meinem Plan arbeiten – jetzt erst recht. Ich durfte mich nicht von zwei Kundinnen dermaßen runterziehen lassen, vor allem nicht, wenn es den anderen gefallen hatte. Es würde immer jemanden geben, der meckerte, damit musste ich lernen, umzugehen. Dennoch hatten mich ihre Worte, ihre harte Kritik getroffen. Es fühlte sich an, als wäre ich schuld an den Wellen und der mangelnden Körperbeherrschung der beiden.

Nein, verdammt, ich musste darüberstehen. Immerhin ging es darum, meinen Traum weiterzuleben. Ich hatte keinen Plan B. Wusste nur, was ich *nicht* wollte: Nepal.

Dennoch brauchte ich eine Pause, die mich von meinen düsteren Gedanken ablenkte. Nur für einen Abend wollte ich die abblätternde Farbe vergessen. Seit langer Zeit war mir nach einem Bier in einer Bar zumute. Ich hatte große Lust, mich von einer entspannten Umgebung berieseln zu lassen, auf andere Gedanken zu kommen. Leute zu beobachten. Vielleicht Smalltalk führen. Unbeschwert zu sein. Nur für einen Abend.

***

„Na, Charlie, wie läuft's?" Überrascht erkannte ich die junge Frau wieder, der ich in der *Beach Dive* begegnet war. „Liv", sagte sie und half mir auf die Sprünge. „Darf ich, oder willst du allein sein?"

„Klar", antworte ich und deutete auf den Stuhl neben mir.

Sofort kam eine Kellnerin über die Terrasse zu uns gelaufen und nahm ihre Bestellung auf: Ingwerbier.

„Ich wusste gar nicht, dass du hierherkommst", sagte sie. „Dachte, das wäre einer der Läden, die Einheimischen meiden."

„Wieso das denn?"

„Weil es wegen des Meerblicks etwas teurer ist. Die Terrasse ist echt der Knaller."

Ich lachte. „Quatsch, es ist nicht teurer als anderswo. Oder zumindest nicht viel. Klar, etwas Kulisse zahlt man mit, aber die Getränkepreise sind eigentlich überall gleich. Und das Essen ist echt gut."

Die Kellnerin brachte Livs Ingwerbier. Wir stießen an. „Auf deine Surfschule", sagte Liv.

„Auf Alex' Tauchschule", erwiderte ich. Wir tranken.

Ich wollte mehr über die junge Frau wissen, die ständig in der *Beach Dive* herumwirbelte. „Was machst du eigentlich in der Tauchschule? Ich meine, ich seh immer nur Alex und diesen anderen Typen am Strand. Arbeitest du im Shop?"

Liv grinste breit und strich sich eine Strähne aus dem Gesicht, die der Wind gleich wieder löste. Es schien sie nicht zu stören. Sie war sehr hübsch. Braune Augen, dunkelblonde Haare, volle Lippen, auf denen stets ein freches Lächeln lag.

„Ich kümmere mich ums Marketing. Konkret um Alex' Social-Media-Kanäle und die Website. Erst heute haben wir eine Postkartenaktion gestartet. Ah, so fragend wie du guckst, hat er dir keine vorbeigebracht. Ist echt gut geworden, mit einem Leopardenhai drauf, der lächelt. Jedenfalls wirkt es so. Voll süß."

Wie alt sie wohl sein mochte? Achtzehn? Neunzehn?

Liv trank noch einen Schluck. „Alex ist nicht ganz so gut in solchen Dingen, deswegen habe ich meine Hilfe angeboten. Ab September studiere ich in Sydney. Medienwissenschaften."

„Du bleibst nicht in Byron Bay?"

„Nein, es war immer nur für einige Monate geplant. Um die Tauchschule kann ich mich auch von Sydney aus kümmern, dafür muss ich nicht vor Ort sein." Es schien sie nicht zu stören, dass Sydney siebenhundertfünfzig Kilometer entfernt war.

„Ist das nicht blöd für euch?" Erst jetzt fiel mir auf, dass ich ihre Eingangsfrage nicht beantwortet hatte. Aber mir war ohnehin nicht danach, über mich zu reden. Oder über die Probleme, die ich hatte. Außerdem hatte ich keine Lust, dass sie Alex davon erzählte.

„Ach, wir kommen schon mit der Entfernung klar", erwiderte sie locker, strich erneut ihre widerspenstige

Haarsträhne zurück und sah aufs dunkle Meer hinaus. Der Mond glasierte die Wellen in einem hellen Silber.

Wir schwiegen eine Zeit lang. Nippten an unseren Getränken, betrachteten das Meer, lauschten den Wellen. Um uns herum wuselte die Kellnerin, die anderen Gäste aßen, tranken und lachten. Obwohl wir mittendrin waren, fühlte ich mich wie in einer Schneekugel. Nur unser Tisch existierte darin. Wir hatten alles andere ausgeblendet. Draußen, auf der anderen Seite des Plexiglases spielte sich ein anderes Leben ab.

Liv war eine quasselige und durchaus angenehme Zeitgenossin. Ob sie schon lange mit Alex zusammen war? Die beiden wirkten sehr vertraut. Unerwartet traf mich ein kurzer Stich, als ich daran dachte, wie mir das Duo zum ersten Mal nach der Eröffnungsfeier in der *Beach Dive* aufgefallen war. Das starke Band zwischen ihnen war unübersehbar gewesen.

Vielleicht war es eine Jugendliebe? Nein, das passte vom Alter her nicht, denn Alex musste ungefähr fünf oder sieben Jahre älter sein als sie – gemeinsam zur Schule gegangen waren sie wohl kaum.

Liv riss den Blick von den tanzenden Wellen los und sah mich an. „Erzähl mal, wer ist der Typ, der bei dir arbeitet?"

Ich runzelte die Stirn. „Hao?"

„Arbeitet sonst noch jemand bei euch?", hakte sie nach.

„Nein. Meine Eltern, ich, Hao. Das war's."

Sie zuckte mit den Schultern. „Vier Leute, reicht doch."

Ich drehte die Bierflasche in der Hand. Einmal, zweimal. „So jemanden wie dich könnten wir auch brauchen, oder jemanden, der im Shop aushilft, wenn mal wieder mehr los ist. Bitte versteh mich nicht falsch, ich will mich nicht beschweren, das passt schon alles. Hao ist ein alter Freund der Familie. Er kam zusammen mit uns hierher.“

„Wo wart ihr vorher?“

„Kalifornien. Später Hawaii.“

„Du bist Amerikanerin?“

Ihr Gesichtsausdruck brachte mich zum Lachen. „*Yes!* Nur auf dem Papier, im Herzen bin und bleibe ich immer ein Aussie. Hao heißt übrigens eigentlich Shijiia Hao, also Shijiia ist sein Vorname. Aber weil ich das als Kind noch weniger aussprechen konnte als Hao, nennen wir ihn alle nur bei seinem Nachnamen. Mittlerweile fühlt es sich an, als wäre das sein Vorname. Ich glaube, auch für ihn. Wenn er jemals seine Familie in China besucht, muss er aufpassen, nicht durcheinanderzukommen.“

Liv lachte. Ich konnte sie gut leiden. Ob das mit ihr und Alex ernst war?

Ich fragte sie, warum sie sich nach Hao erkundigte. „Ach, der war gestern mal bei uns und hat sich umgesehen. Er ist sehr nett.“

Umgesehen? Hao?

Sie bemerkte meine fragende Miene und hob lächelnd die Schulter. „Ist doch nichts dabei.“

„Nein“, murmelte ich. Natürlich war nichts dabei, sich in der Tauchschule umzusehen. Hatte ich ja auch gemacht. Dennoch beschlich mich das Gefühl, als würde mehr dahinterstecken. Und falls dem so wäre, fragte ich mich, warum Liv mich überhaupt auf Hao gebracht hatte.

Ich setzte an, da fiel sie mir rasch ins Wort. „Na dann“, sagte sie, kippte den letzten Schluck ihres Biers herunter und stellte die leere Flasche auf den Tisch. „War nett, mit dir zu plaudern.“

„Du musst weg?“, fragte ich, irritiert über das abrupte Ende unseres Gesprächs. „Wir können zusammen nach Hause gehen“, schlug ich vor. Vielleicht würde ich auf dem Rückweg herausfinden, was an Haos Besuch in der *Beach Dive* krumm war. Oder ich fand heraus, dass ich mir das nur einbildete und Probleme auf mich zurollen sah, die gar nicht existierten. Dass die Verantwortung der Surfschule sowie deren und unsere Zukunft auf meinen Schultern lastete, war auch für mich Neuland. Ich musste mich erst daran gewöhnen.

„Ich muss in die andere Richtung“, sagte Liv. „Aber danke fürs Angebot. Wir sehen uns!“

Wir verabschiedeten uns. Im Augenwinkel beobachtete ich noch, wie sie der Kellnerin ihr Bier bezahlte. Ich wurde den Gedanken nicht los, dass etwas wirklich Essenzielles an mir vorbeiging. Wie die Eröffnung der Tauchschule.

***

Der nächste Morgen startete in jeder Hinsicht anders als die vielen letzten Tage vor ihm. Mum und Dad wirbelten im Haus umher, suchten ihre Reisepässe, sahen immer wieder auf die Uhr. So nervös hatte ich sie noch nie erlebt. Keine Spur mehr vom entspannten Hippielifestyle mit seiner *Alles-wird-gut*-Mentalität. Ohne

Pässe kein Nepal. Das war auch ihnen klar. Mit Blick auf die Uhr half ich ihnen suchen. Ich musste die Surfschule aufschließen und für den Tag vorbereiten, bevor mein Kurs weiterging. Zum Glück durchblickte ich das chaotische System meiner Eltern manchmal besser als sie selbst. Die Reisepässe lagen unten in der Reisetasche, weil sie sie dort vor Tagen als Erstes reingelegt hatten, um sie ja dabeizuhaben. Das Wichtigste zuerst. Völlig logisch.

Dann ging alles ganz schnell. Umarmungen, Küsse. Hao, der die beiden abholte und zum Bahnhof fuhr, von wo aus sie nach Brisbane reisten. Morgen würden sie erst nach Sydney fliegen, dann nach Kathmandu.

Die Tür fiel ins Schloss, und plötzlich war es ganz still im Haus. Ich sah mich um. Sie hatten total übertrieben und das halbe Haus eingepackt. Kein Wunder. Wir hatten nie Urlaub gemacht. Immer nur alles von A nach B geschleppt. Ein paarmal waren wir in Sydney gewesen, aber immer verbunden mit Besuchen in Surfshops, bei Bekannten oder Freunden. Und das auch nur selten.

Es fühlte sich komisch an, das Haus nun für mich allein zu haben. Noch komischer war es, meine Eltern auf einer so langen Reise zu wissen. Vor allem, weil sie nach Kathmandu flogen, um ihre potenzielle neue Heimat kennenzulernen.

Gern wäre ein Teil von mir mit ihnen geflogen, um mir Nepal anzusehen, besonders die Berge, von denen sie unentwegt schwärmten. Ich wollte verstehen, was sie an einem Land reizte, dessen Grenzen ausschließlich an andere Länder stießen. Allein bei der Vorstellung, in einem solchen Land zu leben, fühlte ich mich beengt.

War es in Nepal wirklich so friedvoll und erfüllend, wie sie es sich vorstellten? Oder gab es sie längst nicht mehr, die Hippies von Kathmandu? Waren sie nach Byron Bay abgewandert? Hatten sie erkannt, dass man nicht nur von Luft und Liebe leben konnte und als Aussteiger eben genau das war: ausgestiegen?

„Kommst du zurecht?" Hao stand im Türrahmen und beobachtete mich. Ich hatte nicht bemerkt, wie viel Zeit vergangen war, nebenbei das Haus aufgeräumt und mich in Gedanken verloren. Ein Blick auf die Uhr verriet mir, dass es höchste Zeit war, die *Surfers' Heart* aufzuschließen.

„Wird schon", sagte ich. „Gehen wir rüber?"

Er nickte und ging vor.

Die Abfahrt meiner Eltern hatte alles in ein anderes Licht gerückt. Was vorher nur Theorie gewesen war, hatte plötzlich Substanz. Selbst das Schlüssel-im-Schloss-Umdrehen fühlte sich neu an, fremd, verheißungsvoll – beängstigend.

„Sicher?", fragte Hao.

Ich hielt inne und dachte über seine Frage nach. Er hatte es ziemlich gut drauf, nach langen Pausen auf verwehte Worte zurückzukommen.

„Ja, ich komme klar. Es ist nur viel, woran ich denken muss. Aber wir werden das schaffen. Du hilfst mir doch, oder?"

„Natürlich. Das war abgemacht." Eine unerschütterliche Wahrheit.

„Gut."

Die Sonne krabbelte durch den Türspalt hinein. An den Fenstern hatte sie kaum eine Chance, denn die waren recht klein und dreckig. Warum war mir das vorher nicht aufgefallen? An der Wand hinter der Theke hatte sich die Farbe noch weiter abgeschält. Und an der Wand neben der Tür. Und bei der Umkleidekabine.

„Wir müssen streichen und putzen."

„Darum kümmern wir uns später. Du hast gleich einen Kurs, Charlie." Hao verschwand im hinteren Teil, wo es einen kleinen Bereich für das Personal gab. Dort befand sich eine winzige Küche mit Kaffeemaschine und Mini-Kühlschrank. Ich hörte, wie er sich einen Tee zubereitete.

„Ich will nur nichts vergessen", sagte ich lauter, damit er mich hörte.

„Wirst du nicht! Ab jetzt wirst du überall blätternde Farbe und dreckige Fenster sehen. So lange, bis alles in dem Zustand ist, den du dir wünschst."

Am liebsten hätte ich mit ihm eine Liste mit Ausbesserungsarbeiten erstellt. Zusätzlich zu dem, was wir tun mussten, um mehr Kunden zu gewinnen und einen guten Auftritt auf dem *Winter Blues* hinzulegen. Aber die Stimmen, die zunächst ein entferntes Surren waren, näherten sich. Die *Surfers' Heart* und ihre Spinnweben mussten warten – jetzt wurde gesurft.

8. It's a secret

Alexander

Von nichts kommt nichts.

Wie oft hatte mein Vater diesen Satz gesagt? Hunderte, unzählige Male.

Von nichts kommt nichts, Alexander. Wenn du Rugby spielen willst, dann musst du zum Training gehen. Auch an deinem Geburtstag.

Klar, er hatte recht gehabt, natürlich. Dennoch war er mir manchmal gehörig auf die Nerven gegangen. Rückblickend betrachtet, war ich ihm sogar dankbar, denn nur durch seine Sprichwörter und Kalenderweisheiten hatte ich gelernt, was es bedeutete, für seine Träume zu arbeiten – und durchzuhalten.

Merk dir, Alexander, wenn die anderen nicht mehr können oder wollen, gehst du einen Meter weiter. Du bist derjenige, der abends nach dem Training eine Runde um den Block joggt. Später, wenn du dann in der Rugby League spielst, wirst du mir dankbar sein. Und nun ab mir dir, sonst gibt's keinen Nachtisch!

Oder: ohne Fleiß, kein Preis. Andere Wörter, selbe Kerbe.

Keine Ahnung, warum mir ausgerechnet jetzt Dads Worte durch den Kopf waberten. Aber sie versetzten mich in eine komische Stimmung. Eine Mischung aus Nostalgie, Sehnsucht und versäumter Wünsche, die mir nicht in den Kram passte, weil sie die aktuelle Situation in ein falsches Licht rückten. Denn auch die *Beach Dive* war mein Wunsch gewesen. Die alten, verlorenen Träume hatten nicht das Recht, den einen Traum, der meine Realität geworden war, kleinzumachen. Vor allem nicht, weil die Tauchschule so viel größer war als der damalige Wunsch, Rugby zu spielen, denn bis heute konnte ich mir selbst nicht beantworten, ob es meiner oder Dads Traum gewesen war. Aber das spielte auch keine Rolle mehr. Das Schicksal hatte sich für einen anderen Weg entschieden.

Die *Beach Dive* war real. Mein Leben als Tauchlehrer war real. Und Liv, die schon wieder mit den Hufen scharrte, war ebenfalls – leider – real. Ich hatte ihr versprochen, ihren neuen Artikel für die Website zu lesen, bevor sie ihn online stellte. Unverschämt, wie nur sie sein konnte, lobte sie Julian Rocks in den Himmel und versprach, Byron Bay sei Australiens neuestes Tauchmekka, die *Beach Dive* ein Muss für jeden Natur-Fan. Mir fiel es schwer, marketingtechnisch so auf den Putz zu hauen, obwohl die Erfolge eindeutig für Liv sprachen. Meine Zurückhaltung hatte meinen Gedanken erlaubt, auf Wanderschaft zu gehen, was dazu geführt hatte, dass ich den Einstieg des Artikels mehrfach gelesen, aber die Worte nicht wirklich erfasst hatte.

In einem Zug trank ich den längst erkalteten Kaffee aus. Dann las ich Livs Artikel mit voller Aufmerksamkeit. Einmal. Zweimal. Und nachdem ich eine Runde durch den Shop gewandert war, ein paar Kleinigkeiten von hier nach da geräumt hatte, ein drittes Mal. Er war gut, sehr gut sogar. Meine kleine Schwester hatte wirklich Talent.

Mit zwei geringfügigen Anmerkungen schickte ich ihr den Text zurück. Sie antwortete innerhalb von zehn Minuten mit dem Veröffentlichungslink. Ab jetzt war Byron Bay ein Geheimtipp. Zumindest auf unserer Website.

Und dann: Stille.

Plötzlich war es friedlich in der *Beach Dive*. Die Schülerinnen und Schüler waren heimgekehrt, meine Arbeit erledigt, der Shop glänzte. Zum ersten Mal seit Tagen gab es nichts zu tun. Die Ruhe erschien mir so verdächtig, dass ich mich fragte, was ich vergessen oder übersehen haben könnte. Selbst den Router checkte ich, in der Befürchtung, dass Mails nicht eingegangen waren, weil das Netz mal wieder ausgefallen war. Nein, es gab nichts mehr für heute zu tun.

Was sollte ich mit der unverhofften Freizeit anfangen? Ich könnte etwas mit Josh unternehmen. Ach nein, der wollte in den Ort, und darauf hatte ich gerade keinen Bock. Liv? Die würde vermutlich ebenfalls in irgendeiner Bar abhängen oder mit den Leuten im Hostel.

Charlie.

Sie stand nur deshalb an dritter Stelle meiner gedanklichen Auflistung, weil ich mir verbot, sie auf Platz eins zu setzen. Ich wollte Liv ihren kleinen Triumph nicht eingestehen. Nicht einmal, wenn es bedeutete, dass ich etwas gewinnen konnte. Liv hatte mich von der ersten Sekunde an durchschaut: Charlie ging mir nicht mehr aus dem Kopf. Seit sie mit ihrem Finger das Riff auf der Karte liebkost, mir all die Fragen zum Tauchen gestellt

hatte ... Ach was, schon seit unserer herrlich merkwür-
digen ersten Begegnung am Strand musste ich ständig
an sie denken.

Dachte sie auch an mich? Wenigstens ein bisschen?
Ob sie mich überhaupt leiden konnte oder aus Prinzip
nicht leiden konnte, weil ich ja immerhin ihr Konkurrent war? Sah sie mich so, wie ich sie? Als Konkurrenten? Als *Feind* am Main Beach?

Oder war ich der Typ, der viel Kohle in eine moderne
Tauchschule investiert hatte, die sich am falschen Ort
befand? Denn natürlich hatten mich die Einheimischen längst mit ihrer Meinung konfrontiert. Byron
Bay war *der* Surf-Hotspot Australiens. Getaucht wurde
am Great Barrier Reef. Auf einem schicken Segelboot
ging es in die Whitsundays mit ihrem blendend weißen
Whitehaven Beach und dem türkisblauen Wasser.

In den meisten Reiseführern waren die Grenzen immer klar abgesteckt. Wir waren auf einem guten Weg,
aber es würde Jahre dauern, bis die Klischees, die sich
in den Köpfen der Einheimischen und Touris festge-
setzt hatten, aufbrachen. Wer wollte mir verbieten, an
einem Surfspot zu tauchen? Warum in Byron Bay nur
surfen, wenn ich am Julian Rocks Haien einen guten
Morgen wünschen wollte?

Früher hätte ich mich nie getraut, von der Allgemein-
heit festgesetzte Regeln zu hinterfragen oder gar zu bre-
chen, aber seit dem Unfall fiel es mir plötzlich ganz
leicht. Dass der ein oder andere Einwohner ein neues
Konzept zunächst misstrauisch beäugte, störte mich
nicht, solange die *Beach Dive* halbwegs gut dabei weg-
kam. In dem Fall war jede Werbung gute Werbung.

Abgesehen davon wäre ich kein echter Australier, wenn ich nicht einfach tun würde, was ich liebte. Schließlich war auch das ein gängiges Klischee, mit dem mich die Touristen mehr als einmal konfrontiert hatten. Besonders die Mittel- und Nordeuropäer beneideten uns Aussies um unsere Entspanntheit. Meistens sparte ich es mir, sie darüber aufzuklären, dass auch ich hart arbeitete, denn die meisten wollten es ohnehin nicht hören.

Ich hatte nicht bemerkt, dass ich mich bereits in Bewegung gesetzt hatte, bis ich vor Charlies Tür stand. Schwaches Licht drang aus dem Wohnzimmer nach außen, dazu ein Flackern. Sie hatte Kerzen angezündet. Ein Fenster stand halb offen, sodass mir ein würziger Geruch in die Nase stieg. Ich hörte sie in der Küche hantieren. Es zischte und brutzelte und roch köstlich. Mein Magen knurrte.

Ich sollte sie in Ruhe lassen, sie hatte Feierabend. Bestimmt wollte sie für sich sein, in Ruhe essen, etwas lesen oder fernsehen. Oder später noch einmal ans Meer gehen. Immer wenn ich an sie dachte, verknüpfte mein Gehirn Charlie unweigerlich mit dem Meer. Als wäre sie rund um die Uhr dort.

Ich sollte sie wirklich nicht stören.

Aber ich klopfte.

Nichts tat sich – vermutlich hörte sie mich bei den Kochgeräuschen nicht. Ich klopfte erneut, dieses Mal lauter.

„Alex?" Sie hatte die Tür geöffnet, einen Kochlöffel in der Hand, die Haare locker zusammengebunden, gerötete Wangen, fragender Blick, Jeansshorts, ein Träger-top. Und sie trug eine Kochschürze mit dem Print *Queen of the Waves*. Ich schluckte.

„Hey, störe ich?"

„Eigentlich schon. Aber nicht wirklich. Was ich meine: Ich koche gerade." Sie schüttelte den Kopf und die Andeutung eines Lächelns zupfte an ihren Mundwinkeln. „Komm rein, sonst brennt alles an." Charlie verschwand wieder in der Küche, ohne meine Antwort abzuwarten. Ich folgte ihr, wobei ich der krummsten Kommode der Welt geschickt auswich. Das Ding hatte mich bei meinem ersten Besuch bereits erwischt. Einen zweiten blauen Fleck gönnte ich ihr nicht.

„Ist was passiert?", fragte sie, während sie kleine Fleischwürfel in der heißen Pfanne hin und her schob, damit sie nicht anbrannten.

„Nein, alles okay. Ich ..." Plötzlich wusste ich nicht, was ich antworten sollte. Ich konnte ihr schlecht sagen, dass ich hier war, weil sie mir nicht mehr aus dem Kopf ging. Obwohl genau das der Wahrheit entsprach.

Mit raschen und präzisen Bewegungen zauberte Charlie weiter das Gericht zusammen, löschte das Fleisch nun mit einer hellen Sauce ab und gab klein geschnittenes buntes Gemüse hinzu. Ich erkannte Paprika, Zwiebeln, Sellerie, Möhren und Zuckerschoten, bevor sie in der Sauce verschwanden, in die sie diverse Gewürze streute. Dann schnappte sie sich einen Teelöffel und schmeckte ab. Sie schüttete Kokosmilch in die Pfanne, rührte, entspannte sich sichtlich und sah mich dann unverwandt an.

„Was verschafft mir die Ehre? Willst du mitessen?" Sie streckte sich nach einem hohen Regalbrett, auf dem

Teller standen. Dabei rutschte ihr Top ein Stück hoch und gab am Rücken einen Streifen ihrer gebräunten Haut frei, wo sie die Schürze zu einer schiefen Schleife gebunden hatte. Da sie meist im Neopren auf dem Wasser war, musste sie sich in ihrer Freizeit bräunen. Ob sie viele Freunde hatte, mit denen sie ihre Zeit am Strand verbrachte? Oder einen Freund? Unwahrscheinlich, denn den hätte ich schon gesehen, oder? Erneut blitzte das Bild von Charlie auf dem Surfbrett vor meinem geistigen Auge auf. Dieses Mal schüttelte ich es schneller ab. „Wenn du was übrig hast, gern. Das riecht wirklich super. Wusste gar nicht, dass du so gut kochen kannst."

Sie lachte. „Glaub mir, mit meinen Eltern lernt jeder kochen."

„So schlimm?"

„Vermutlich nicht, aber es reichte, um auf die Idee zu kommen, dass Kochen zu lernen gut wäre."

Es gefiel mir, wie sie versuchte, das Bild ihrer Eltern fair zu zeichnen, sie in ein gutes Licht zu rücken. Dabei stellte ich mir viel zu leicht vor, wie Judy und Sam die Zeit verpeilten und die kleine Charlie mit knurrendem Magen in der Küche stand, um für sich selbst zu sorgen. Mein Herz wurde schwer. Mit unseren Eltern hatten wir es beide nicht leicht gehabt, jeder auf seine Weise.

Sie belud die Teller und reichte mir einen. „Holst du bitte zwei Bier aus dem Kühlschrank? Und dann will ich hören, weshalb du hier bist, Alex."

9. Hotter than your curry

Charlotte

Wir saßen am Küchentisch, zwei dampfende Teller Thai-Curry vor uns, dazu Ingwerbier.

„Ehrlich gesagt wollte ich nur mal nach dir sehen", meinte Alex schließlich. „Wow, echt lecker."

„Danke. Möglich, dass ich ein Faible für die asiatische Küche habe. Hao hat mir so manches Gericht gezeigt. Besonders die vielseitigen Curryvarianten haben es mir angetan. Ob mit Gemüse, Fisch oder Fleisch, gelb, grün oder rot, scharf oder mild – der Fantasie sind keine Grenzen gesetzt. Das hier ist gelbes Kokoscurry mit Hühnchen und Reis."

Dazu unerwartet meinen Nachbarn. Ich hielt mit dem Löffel in der Hand inne und sah ihn an. Unsere Blicke verfingen sich ineinander. Er lächelte verlegen, als wäre ihm seine Antwort peinlich, trotzdem wich er meinem Blick nicht aus. Ich sah förmlich, wie er sich die Worte im Kopf zurechtlegte und wünschte mir, er würde einfach freiheraus sagen, was er dachte. Gleichzeitig machte mich der Gedanke daran, was dabei herauskommen würde, nervös.

„Unglaublich gut, ich mag die asiatische Küche auch. Und was meinen Besuch angeht ... na ja, ich habe vorhin gesehen, dass deine Eltern abgereist sind", gab er schließlich zu.

„Und da dachtest du, ich schaue mal bei Charlie vorbei?" Ich hob eine Augenbraue und lächelte. „Süß."

„So war das nicht gemeint", murmelte er. Eine leichte Röte schlich sich auf seine Wangen. Sofort meldete sich mein schlechtes Gewissen.

„Ich zieh dich nur auf", sagte ich wenig überzeugend.

Er ging nicht auf meinen Spruch ein, sondern deutete mit dem Löffel auf das Essen. „Schmeckt wirklich gut", wiederholte er noch einmal. „Ich bin gerade so an der Grenze zum Feuer speien."

Perplex sah ich ihn an, dann schnallte ich, dass er einen Witz gemacht hatte und grinste. „Ich steh auf Feuer."

„Und ich dachte, du wärst eine Nixe", konterte Alex.

„Dir ist schon aufgefallen, dass ich mich mehr auf dem Wasser befinde statt darin?"

„Ich kenne nur eine Person, die das sonst kann, und ich wage zu bezweifeln, dass du dich ausgerechnet mit ihm vergleichen willst."

Ich lachte leise. „Wenn ich mich zwischen Jesus und einer Nixe entscheiden muss, bin ich lieber die Nixe. Du darfst mich ruhig Charlie nennen."

„Gut, dass wir das geklärt haben." Er verkniff sich ein Schmunzeln, was dazu führte, dass seine Mundwinkel zuckten, und in Verbindung mit den von der Schärfe geröteten Lippen hatte es eine unfreiwillige Komik.

Alex fächerte sich Luft zu und zog sich seinen Hoodie über den Kopf. Er trug ein weißes Shirt, das mit seiner Schlichtheit im starken Kontrast zu seinen Tattoos stand, die mir schon bei unserer ersten Begegnung aufgefallen waren. Eine eigene Unterwasserwelt zierte seinen rechten Arm, die unter dem Ärmelansatz verschwand. Die Tinte stand ihm gut.

Ich senkte den Blick und wir aßen schweigend weiter, wobei das Curry mit jedem Bissen stärker brannte. So scharf wie heute war es noch nie gewesen. Alex löffelte tapfer weiter.

Obwohl er immer ungebeten und spontan auftauchte, stellte ich überrascht fest, dass mich sein Besuch nicht störte. Außerdem musste ich mir eingestehen, dass es an mir lag, dass ich ihn nicht auf dem Schirm gehabt hatte. Ich konnte es mir selbst nicht recht erklären, hatte maximal eine vage Idee, die mit meinen Eltern, Nepal und der Surfschule zusammenhing. Ich war es gewohnt, mich auf mein Training und den Job zu konzentrieren. Aber plötzlich war mein Kopf voll. Und Alex? Der kam obendrauf.

„Worüber denkst du nach?“, fragte er mit roten Wangen.

Ich wollte ihn aus Gewohnheit abwimmeln und mit einem *Ach, nichts* abwehren, dann entschied ich mich spontan um. „Ich dachte gerade, dass ich mich über Gesellschaft freue. So ist das große Haus nicht so leer, und ich habe sowieso viel zu viel gekocht.“

„Mit der Menge könntest du eine ganze Rugby-Mannschaft verbrennen“, witzelte er. Unsere Blicke trafen sich und seine Züge wurden ernster. „Ich hatte spontan den Einfall, herzukommen“, gestand er.

Für zwei weitere Sekunden verflochten sich unsere Blicke ineinander, meine Mundwinkel brannten, mein Bauch rumorte. Dann sah ich auf meinen Teller hinab.

Ich war nicht blöd, ich wusste, was ein Abendessen zwischen zwei Menschen anstoßen konnte. Es hatte den einen oder anderen Mann in meinem Leben gegeben, aber nach der letzten Pleite, in die mein kleines Herz alle Hoffnungen gesetzt hatte, hatte ich wohl intuitiv Scheuklappen aufgesetzt. Und die würden auch bei meinem Nachbarn wirken. Sie mussten wirken. Denn das Letzte, was ich wollte, war, etwas mit ihm anzufangen. Aus diversen Gründen.

Allerdings sollte ich anfangen, ihn auf dem Radar zu haben, in jeder Hinsicht. Ich durfte nicht vergessen, dass wir trotz eines netten Abendessens in gewisser Weise Konkurrenten waren. Jeder Wassersportfan, der bei ihm buchte, war einer weniger auf meiner Liste. Außerdem hatte er eine Freundin. Die ich gut leiden konnte. Das Gespräch mit Liv in der Strandbar war wirklich nett gewesen. Ich würde den beiden unter keinen Umständen in die Quere kommen.

Mir war nicht entgangen, dass sich die Touris inzwischen überlegten, ob ihnen ein Schnorchel-Ausflug oder tauchen besser gefallen könnte als das Surfen, für das es eine gute Koordination und vor allem viel Geduld erforderte. Jemand, der nur auf der Durchreise war und ein bis drei Tage hier in Byron Bay verbrachte, wollte abends einen Erfolg verbuchen und stolz ein

Foto an die Daheimgebliebenen schicken, statt zerknirscht von wackeligen Boards zu erzählen. Wer wollte schon gern vom Meer besiegt werden?

Rasch leerte ich das Ingwerbier in wenigen Schlucken, mit dem Ergebnis, dass die Kohlensäure das Feuer noch anheizte. *Puh!*

„Brot?", fragte ich Alex.

Er nickte stumm und atmete die Schärfe langsam aus. Dann griff er an den Kragen seines weißen Shirts und fächelte sich Luft zu. Plötzlich brach ich in schallendes Gelächter aus. Die Situation war einfach zu komisch. Alex versteifte sich für einen Augenblick, bevor er in mein Lachen einstimmte.

„Selten wurde ich so charmant fast ermordet", presste er erstickt hervor.

Mir schossen die Tränen in die Augen und ich musste mir den Bauch halten. Alex' Lachen war laut, brummend und ansteckend. Immer wenn ich mich gerade beruhigt hatte, ergriff es mich von Neuem. Keine Ahnung, wie lange das so ging, schließlich hingen wir schwer atmend auf unseren Stühlen, das höllische Curry vor uns, das Brot vergessen.

„Danke." In seinen Augenwinkeln schimmerten Tränen.

„Für die gratis Desinfektion von innen?"

„Für das hier. Ich habe lange nicht mehr so gelacht." Schlagartig veränderte sich die Stimmung zwischen uns. Der ironische Spruch, den ich mir zurechtgelegt hatte, blieb mir auf der Zunge liegen.

„Ich auch nicht", gestand ich ihm. Es war wirklich lange her gewesen, dass ich Tränen gelacht hatte.

Erneut verhakten sich unsere Blicke ineinander, erneut war ich diejenige, die diesen Moment unterbrach, indem ich aufstand, um endlich das Brot zu holen. Mein Herz pochte wild in meiner Brust. Hatte ich nicht gerade noch festgestellt, dass da nichts zwischen Alex und mir war und auch nichts sein sollte? Er eine Freundin hatte? Zwar konnte ich meine Gedanken beiseiteschieben, doch das nervöse Gefühl in meiner Brust ließ sich nicht ignorieren.

Rasch schnitt ich das Baguette vom Vortag. Es war nicht mehr fluffig, würde aber ausreichen, um den Brand in unseren Mündern zu stillen.

„Willst du auch ein Glas Milch?", fragte ich in den Raum hinein, ohne zum Esstisch zu sehen, weil ich schon halb im Kühlschrank steckte, um den angebrochenen Milchcontainer herauszuholen.

„Gern", antwortete Alex leise und sehr nah. Ich spürte seine Präsenz hinter mir; er musste ebenfalls aufgestanden und mir in die Küchenzeile gefolgt sein. Natürlich wieder einmal ohne dass ich es bemerkt hatte. Es war ein Wunder, dass ich nicht zusammenzuckte. War er ein verdammter lautloser Vampir oder was?

„Gut", krächzte ich, streckte mich nach zwei Gläsern und schenkte die Milch ein. *Reiß dich zusammen, Charlie. Es ist nur dein neuer Nachbar. Dein Konkurrent. Du hast genug andere Sorgen. Denk an die Surfers' Heart! Du stehst nicht auf ihn. Definitiv nicht.*

Ich drehte mich zu ihm um und hielt ihm das Glas hin. „Nicht für Buschbrände geeignet." Damit entlockte ich ihm erneut ein Lächeln.

Gierig tranken wir im Stehen die Milch. Dabei lehnten wir beide am Küchentresen und hielten Blickkontakt über die Gläser hinweg. Was war das hier? Wo sollte das hinführen? Immer wenn ich glaubte, meine Gedanken weg von Alex gelenkt zu haben, fing mich sein Blick wieder ein. Konnte das wirklich sein? War er wirklich hier, um mit mir zu flirten? Was war mit Liv?

Viel wahrscheinlicher war es, dass er nur hier war, um mehr über mich zu erfahren. Um mich besser einschätzen zu können. Vielleicht hatte er dasselbe vor wie ich, als ich zu seiner After-Work-Party gegangen war, um die Lage auszuchecken? Ich durfte ihm auf keinen Fall Einblicke in unser Geschäft oder den Betrieb der *Surfers' Heart* gewähren, durfte ihm nicht vertrauen. Ich musste um jeden Preis verhindern, dass er in Byron Bay Fuß fasste und mir die Kunden wegschnappte, die ich so dringend brauchte, um das Ruder herumzureißen und meine Eltern zu überzeugen, den Verkauf abzublasen. Die *Surfers' Heart* war das Wichtigste.

Ich beschloss, dass ein Flirt, sofern es einer werden sollte, aus vielerlei Hinsicht keine gute Idee war. Ich mochte Liv. Sollte Alex tatsächlich mit mir flirten, würde ich mit ihr reden, denn sie hatte die Wahrheit verdient. Dabei war es schwer vorstellbar, dass Alex ein solches Arschloch sein sollte. Ja, er hatte mich aufgezogen, schenkte mir in unseren Wortwechseln nichts, aber wenn ich ehrlich zu mir selbst war, lieferte ich ihm auch immer Steilvorlagen. Da könnte ich ebenfalls nicht widerstehen.

Ich ging all die Momente durch, in denen ich die beiden zusammen gesehen hatte, was zugegebenermaßen nicht viele waren. Nie hatten sie Händchen gehalten, einander nie auch nur berührt, geschweige denn geküsst. Sie hatten sich eher geneckt. Wie Hao und ich. Plötzlich fiel mir auf, wie ähnlich sich die beiden sahen. Diese krassen dunklen Augen, die Art zu lächeln.

„Ist Liv eigentlich deine Schwester?"

„Was?" Mein Themenwechsel schien Alex zu überrumpeln. „Ähm, ja. Wieso fragst du?"

„Ihr habt denselben trockenen Humor", murmelte ich und wich ihm aus. Unter keinen Umständen würde ich zugeben, was in meinem Kopf vor sich ging.

Nun, da ich wusste, wie die beiden zueinander standen, fiel mir auf, wie brüderlich stolz Alex grinste, sobald Liv zur Sprache kam. Wie hatte ich das nur übersehen können? Ich war wirklich unaufmerksam in letzter Zeit.

Erleichterung durchströmte mich. Shit, ich war erleichtert darüber, dass die beiden Geschwister waren. Das erklärte auch, weshalb Liv gestern Abend in die andere Richtung gegangen war, nämlich Richtung Stadt. Vermutlich hatte sie sich dort in einem Hostel einquartiert, anstatt bei ihrem Bruder zu schlafen. So wie ich sie kennengelernt hatte, würde das gut zu ihr passen. Sie war freiheitsliebend. Wollte ihr eigenes Ding machen. Dem großen Bruder helfen, aber auf ihre eigene Weise.

„Apropos Liv. Sie meinte, ihr hättet euch gestern Abend getroffen. Ich soll dich fragen, ob du mal mit ihr schnorcheln gehen möchtest."

Mit Livs Erwähnung wurde die Stimmung wieder etwas entspannter. Über andere zu reden lenkte von einem selbst ab. Ich erinnerte mich, weshalb wir in der Küche waren, und reichte Alex ein Stück Brot.

„Nicht mehr das frischeste ... sag mal, wie kommt sie drauf, mit mir schnorcheln zu wollen?"

Alex biss ein Stück ab und spülte mit Milch nach, ehe er antwortete. „Sie liebt die Unterwasserwelt, und anscheinend kann sie dich gut leiden."

„Das freut mich. Nur ich weiß nicht, ob ich das kann. Ich war noch nie schnorcheln."

„Was hat dich bisher davon abgehalten? Du lebst an einem Riff."

„Schon. Ich weiß, es klingt komisch. Aber es hat sich einfach nicht ergeben."

„Hat es dich nie gereizt, zu wissen, was sich unter deinem Board abspielt?"

„Anfangs schon. Irgendwann habe ich mich daran gewöhnt. Ich sehe gern Dokus." Ich zuckte mit den Schultern. Nicht mal auf Hawaii war ich Schnorcheln gewesen, obwohl die Voraussetzungen dort hervorragend gewesen waren.

Weil ich Alex' ungläubigen Blick nicht ertrug, räumte ich die Milch zurück in den Kühlschrank, bloß um mich für einige Sekunden abzuwenden.

„Wenn du möchtest, könnten wir mal zusammen schnorcheln gehen." Da war er wieder, dieser Tonfall, der etwas in mir zum Klingen brachte. Etwas, das sich nach Nähe anfühlte. Der Abstand zwischen uns schien geringer, und es hätte mich nicht überrascht, wenn Alex wieder seine Vampirnummer abgezogen und tatsächlich die Distanz überbrückt hätte.

Mit nervös rumorendem Magen drehte ich mich wieder zu ihm um. Er stand weiterhin mit dem Rücken an die Theke gelehnt, war keinen Millimeter näher gekommen. Aber in seinem Blick lag Nervosität und noch etwas anderes. Hoffnung? Sehnsucht?

Täuschte ich mich, oder war er doch hier, weil er mich mochte? Konnte das wirklich sein?

„Gern", antwortete ich, bevor ich wieder an die Konsequenzen denken konnte. Über Alex' Gesicht huschte ein Anflug von Überraschung, dann wieder das charmante Lächeln, das ich heute Abend schon oft sehen durfte.

„Wann hast du denn Zeit?"

Rasch ging ich in Gedanken die Buchungen und To-dos durch und schalt mich, zugesagt zu haben, denn eigentlich hatte ich keine Zeit fürs Schnorcheln. Es gab so viel zu tun. Leider nahmen die Kurse dabei die geringste Zeit in Anspruch. Das gesamte Drumherum fraß die Stunden wie ein unersättliches Monster. Wenn ich das wirklich durchziehen wollte, könnte ich am ehesten ein oder zwei Stunden von meiner Trainingszeit abzwacken, sofern ich Hao bat, sich primär um den Stand auf dem Festival zu kümmern. Wenn ich ihm erklärte, was ich vorhatte, wäre das bestimmt kein Problem.

„Übermorgen Nachmittag, so ab vier?"

„Halb fünf sollte klappen. Die Tauchgänge gehen meist bis vier, danach kann Josh für mich übernehmen. Am besten treffen wir uns direkt in der Tauchschule. Falls du es eher schaffst, geh ruhig schon in den Shop, Josh oder Liv werden dir Equipment geben."

„Alles klar."

Bloody hell. Ich hatte mich soeben mit meinem Konkurrenten verabredet. *Charlie, was machst du da nur?*

Ach, halt die Klappe, nervige Stimme, das wird schon. Es ist nur ein Schnorchel-Ausflug!

Ich dachte kurz nach und hob dann meine Hand zum OK-Zeichen der Taucher. Perplex betrachtete Alex meine zum O zusammengefalteten Daumen und Zeigefinger. „Wo hast du das denn her?"

„Vielleicht bist du nicht so unauffällig, wie du immer meinst, Nachbar."

10. The Hawaiian Hula Girl

Alexander

Seit anderthalb Tagen ging mir unser Abendessen nicht mehr aus dem Kopf. Ich sah so oft auf die Uhr, dass ich ununterbrochen Sprüche von Liv kassierte. Aber das war mir egal. Charlie hatte etwas in mir ausgelöst. Eine kribbelige Vorfreude auf unseren gemeinsamen Ausflug. Auch wenn ich mir weiterhin nicht sicher war, wie sie über mich und die *Beach Dive* dachte.

Der Skeptiker in mir warnte mich, dass sie sich entweder nur für das Schnorcheln interessierte und die Gelegenheit beim Schopf ergriff, oder mehr über meine Tauchschule erfahren wollte, um sich ein oder zwei Tricks abzugucken. Zweifelsfrei waren wir stärker im Marketing aufgestellt, und auch an Modernität war die *Beach Dive* nicht zu übertreffen. Das ein oder andere konnte sie bestimmt auf die *Surfers' Heart* ummünzen, für die sie nun verantwortlich war.

Bei mir lief es gut, keine Frage, besonders für eine Tauchschule, die erst vor kurzem eröffnet worden war.

Vielleicht würde Livs Post mit dem Geheimtipp zusätzlich etwas rausreißen und weitere Tauchbegeisterte locken. Dennoch zweifelte ich in ruhigen Momenten immer wieder an meinem eigenen Auftreten. War ich zu streng zu den Schülerinnen und Schülern? Liv hatte mir am Eröffnungstag deutlich zu verstehen gegeben, dass ich mich eine Spur lockerer geben sollte. Bei dem Gedanken zog sich mein Magen schmerzlich zusammen. Warum gelang es mir mit Leichtigkeit, meine Nachbarin aufs Korn zu nehmen, aber bei meinen Schützlingen nicht? Was, wenn ich einfach nicht für den Job gemacht war? Für Byron Bay? Wenn ich zu unentspannt, zu wenig *hippiehaft* an die Sache ranging? Wenn sich mein Wagemut als Naivität herausstellte?

Insgeheim kannte ich die Antwort, ebenso wie ich wusste, dass gelegentliche Zweifel zur Selbstständigkeit dazugehörten. Sie waren gut und richtig, zwangen einen dazu, die ganze Sache zu überdenken, und bewahrten einen vor Fehlern. Aber sie blockierten auch. Und deswegen schob ich sie nun entschieden zur Seite.

Ich sah auf meinen Tauchcomputer: kurz nach vier. Perfekt. Wir waren fünfunddreißig Minuten unter Wasser gewesen. Gerade baute mein aktueller Kurs sein Equipment auseinander. Dem aufgeregten Geschnatter über die Haie, die wir gesehen hatten, lauschte ich nur mit halbem Ohr. Meine Aufmerksamkeit galt Charlie, die gerade am Strand entlanglief und zielsicher meine Tauchschule ansteuerte. Trotz der Entfernung sah ich, wie sie sich kurz mit Josh unterhielt, der dann in meine Richtung zeigte. Rasch teilte ich der Gruppe mit, dass ich schon zur Basis vorging und Josh mich gleich ablösen würde. Natürlich könnte er Charlie genauso gut Equipment ausgeben, aber ich konnte dem Drang nicht widerstehen, das selbst zu übernehmen.

In der Tauchbasis angekommen, begrüßte ich sie gut gelaunt.

„Aloha." Sie schenkte mir ein offenes, fröhliches Lächeln. Erst jetzt fiel mir eine kleine Lücke zwischen ihren Schneidezähnen auf.

„Aloha?", fragte ich irritiert.

„Surfergruß. Haben Taucher so etwas nicht?"

Ich dachte nach. „Nur Flachwitze. So etwas wie *Hai* als Begrüßung. Darauf folgt dann *Wo? Oder Fisch. Hai-Fisch.* Verstehst du? Egal – ist wirklich flach. Aloha klingt gut. Hawaiianisch."

„Da kommt's ja auch her. Die gesamte Surfkultur wie wir sie kennen, um genau zu sein."

Während sie mir einen groben Abriss über die Geschichte des Surfens gab, versorgte ich sie mit der Schnorchel-Grundausrüstung. Da sie bereits ihre Surfklamotten trug, mit denen sie ebenso gut schnorcheln konnte, musste sie sich nicht mehr umziehen. Gebannt lauschte ich ihren Worten. „Ich sagte ja schon, dass das Surfen, wie wir es heute kennen, aus Hawaii kommt. Aber die Ursprünge liegen eigentlich in Polynesien, zwölftes Jahrhundert oder so. Ich weiß es gerade nicht genau. Jedenfalls sind die Polynesier irgendwann nach Hawaii gekommen und brachten das Surfen mit. Für die Hawaiianer war das Surfen jedoch nicht nur ein netter Zeitvertreib oder eine sportliche Herausforderung, sondern Teil ihrer Religion. Bereits während des Brettbaus war ihnen unglaublich wichtig, den richti-

gen Baum zu wählen und religiöse Rituale durchzufüh-
ren. Sie erhofften sich dadurch den Schutz durch die
Götter. Dass das Meer launisch oder gefährlich sein
kann, muss ich dir ja nicht sagen." Ein Lächeln huschte
über ihre Lippen, und für einen Herzschlag schien ihr
der Gedanke zu gefallen, eigenhändig ein Brett zu
bauen, auf dem sie das Meer erobern würde. Mit leuch-
tenden Augen nahm sie mich mit in die Vergangenheit.

„Von Hawaii aus ging das Surfen dann dank verschiedener Kapitäne und Reisender um die ganze Welt. James Cook, Mark Twain, Jack London. Sie alle surften
und berichteten darüber. Als Hawaii dann Teil der USA
wurde, kam der große Durchbruch für die breite
Masse. Von da an ging der Sport um die ganze Welt.
Auch Europa hat hervorragende Surfspots, insbesondere an der Atlantikküste. Portugal, Frankreich. Die
Kanaren. Es gibt Surfcamps, bei denen man den ganzen
Tag nichts anderes tut als surfen, essen, schlafen, eine
gute Zeit zu haben." Sie schmunzelte. „Der Traum eines
jeden Surfers."

„Wäre das nichts für euch gewesen?"

„Ein Surfcamp?" Charlie runzelte die Stirn. „Nein, ich
denke eher nicht. Da muss man sich permanent um die
Gäste kümmern – außerdem gibt es hier genug Unterkünfte. Meine Eltern haben sich auf das Wesentliche
konzentriert: Surfunterricht."

Mittlerweile waren wir mit ihrer Ausrüstung in den
Außenbereich gegangen und hatten uns etwas zu trinken geschnappt.

„Was ist mit dir?", fragte Charlie.

„Warum eine Tauchschule in Byron Bay?"

Ich nippte an meinem Wasser und überlegte, wie ehrlich ich ihr antworten wollte. Wenn ich in Charlies Gesicht sah, machte sie es mir leicht zu vergessen, dass wir Konkurrenten waren. Immer wieder musste ich mir diese Tatsache in Erinnerung rufen. Andererseits hatte ich keinen Grund, ein Geheimnis draus zu machen. „Ich wollte eine Tauchschule fernab des Great Barrier Reefs eröffnen. Als ich auf den Julian Rocks gestoßen bin, wusste ich, *das ist der richtige Spot.*"

Charlies Gesicht nahm einen nachdenklichen Ausdruck an. „Das ist der einzige Tauchspot hier, oder?"

Ich nickte. „Ja, und das ist zugegebenermaßen riskant."

„Wieso das denn?", fragte sie hörbar überrascht.

„Na ja, was würde passieren, wenn du nicht mehr am Main Beach surfen dürftest?", fragte ich.

Sie lachte auf. „Das wird nicht passieren. Da ich ahne, worauf du hinauswillst, spiele ich mit. Ich würde an einem anderen Spot surfen. Das wäre alles, sagen wir, *suboptimal,* weil ich dann mit den Schülerinnen und Schülern inklusive Boards rausfahren müsste, aber es wäre machbar."

„Sollte unser Julian Rocks aus irgendeinem Grund eines Tages nicht mehr sehenswert oder zugänglich sein, kann ich mein Geschäft dichtmachen." Charlie sah mich aufmerksam an, und ich fuhr fort. „Da haben es Tauchschulen in Cairns mit ihrer riesigen Auswahl schönster Riffe am Great Barrier Reef besser – trotz teils katastrophaler Zerstörungen der Riffe wegen der Erwärmung der Meere und der damit einsetzenden Korallenbleiche gibt es immer Spots, die man betauchen kann und darf."

„Sollte man das überhaupt machen? Ich meine, wenn so viel kaputt ist?"

„Wäre es nicht besser, das Surfen sein zu lassen?", fragte ich, statt ihr zu antworten.

„Ich fahre nicht mit einem Boot raus", konterte sie. „Ich verursache keinen Lärm mit einem stotternden Motor."

„Ich auch nicht. Für die paar Meter haben wir einen Elektroantrieb, und ganz ehrlich, das Problem sind nie die kleinen Ausflugsboote, sondern die großen Dampfer, die quer über die Weltmeere schippern. Damit du dich besser fühlst, kann ich guten Gewissens sagen, dass wir Taucher sehr umweltbewusst sind. Moment." Ich stand auf und ging zu meinem Equipment, das ich zum Trocknen aufgehängt hatte. An einem Karabiner hing ein Netz, in dem ich Plastikmüll verstaut hatte. Ich nahm die Tüte ab, ging zurück zu Charlie und reichte ihr den Beutel.

„Das hast du gesammelt?", fragte sie ungläubig.

„Ja, beim letzten Tauchgang. Natürlich kann man darüber diskutieren, ob man mit dem Tauchen die Natur belastet. Im Grunde ist jeder Schritt, den wir tun, eine Belastung für die Umwelt, alles hat Auswirkungen. Aber unter Tauchern gibt es ein paar Regeln."

„So was wie *Surfe nie in die Bahn eines anderen Surfers?*", fragte Charlie.

Ich grinste. „Wusste ich doch, dass ihr auch Regeln habt! Bei uns gilt: *Fass nichts an. Komm den Lebewesen nicht zu nah. Berühre sie nicht, stör sie nicht. Sei Zaungast und genieße die Schönheit der Unterwasserwelt. Benimm dich.* Wer die Regeln nicht befolgt, hat sich von mir zum letzten Mal Ausrüstung ausgeliehen. Apropos Ausrüstung", sagte ich mit Blick auf die Uhr. „Ich ziehe mich kurz um, dann können wir los."

Sie schenkte mir ein Lächeln und ich glaubte, ihren Blick auf mir zu spüren, als ich im hinteren Teil der Schule verschwand.

Dort rannte ich beinahe in Liv hinein, die ein so freches Grinsen auf dem Gesicht trug, dass ich genau wusste, was sie dachte. „Oh, Bruderherz", höhnte sie. Allerdings lag da noch etwas anderes in ihrem Ausdruck. Freude? War das möglich? Freute sich meine kleine Schwester für mich, dass ich gleich mit Charlie schnorchelte?

Ich seufzte, was sie nur weiter anstachelte. „Ha! Ich wusste es! Du und das Surfergirl. Gefällt mir!"

„Liv, nicht so laut. Was, wenn sie uns hört?"

Sie hielt sich die Hand an den Mund und gluckste, um ein Lachen zu unterdrücken. „Dann würde es schneller gehen, weil ihr nicht so umeinander herumtanzen müsstet."

„Was?"

„Hach, Alex, du schnallst auch nichts." Sie lachte, und bevor ich sie weiter ausquetschen konnte, klopfte sie mir auf die Schulter und ging an mir vorbei. Manchmal brachte sie mich wirklich auf die Palme.

11. Halfway under the sea

Charlotte

„Hey, Charlie", grüßte mich Liv mit einem süffisanten Grinsen.

„Hey?", erwiderte ich irritiert. Anscheinend hatte ich etwas verpasst. „Alles klar?"

„Alles bestens", flötete sie, so breit grinsend, dass es ihr wehtun musste. „Viel Spaß beim Schnorcheln!"

„Wolltest du nicht mitkommen?"

Sie hielt inne, setzte eine bedauernde Miene auf, von der ich nicht recht wusste, ob ich sie ihr abkaufen sollte, und sagte: „Ich habe was zu tun."

Und ehe ich sie überreden konnte, war sie auch schon im Shop verschwunden.

Dann kam Alex mit langen Schritten um die Ecke, auf seinem Gesicht ein Ausdruck wie sieben Tage Regenwetter. Ich zählte eins und eins zusammen und hielt es für klüger, Livs blendende, fast schadenfrohe Laune nicht zu erwähnen, sondern auf das zurückzukommen, weshalb ich hier war. „Na dann zeig mir mal dein Reich."

Mein Spruch wirkte, sofort hellte sich Alex' Miene auf. „Mit dem größten Vergnügen!"

***

Wir saßen auf dem Rand des Speedboots, das mit jeder Welle schwankte. Josh stand am Steuer, warf uns immer wieder Blicke über die Schulter zu und tat dabei so, als wäre er nicht da und es wäre das normalste auf der Welt, dass er seinen Boss mit einem Date aufs Wasser fuhr. Denn ja, verdammt, ein bisschen fühlte es sich wie ein Date an.

Während ich noch mit der Ausrüstung kämpfte, weil sich die Flossen wehrten, ließ Alex seine Beine ins Wasser baumeln. Ich versuchte, seinen Blick zu ignorieren, was mir nicht wirklich gelang. So mussten sich meine eigenen Schülerinnen und Schüler fühlen.

Mit einem *Plopp* rutschte mein linker Fuß in die Flosse.

„Wollen wir dann endlich?", fragte ich, als wäre ich diejenige, die seit Minuten auf ihn wartete und nicht andersrum. Alex' Augenbraue schoss in die Höhe, ein amüsierter Ausdruck huschte über seine Miene.

„Willst du zuerst?"

Ich sah ins Wasser hinab. Irgendwo unter uns musste es jede Menge zu sehen geben, das hatte Alex mir versprochen. Ich sah nichts außer Blau, Blau und noch mehr Blau.

Er schien mein Zögern zu spüren. „Du musst nicht. Ist absolut nicht schlimm. Meistens sind es die alten Hasen, die man kaum im Boot halten kann. Oder Kinder,

114

die sich keine Gedanken über verlorene Ausrüstung machen."

Gern wäre ich mutig gewesen, aber die Vorstellung, das Equipment zu verlieren oder mich irgendwie ungeschickt anzustellen, hielt mich davon ab. Auf keinen Fall wollte ich mich vor Alex blamieren.

„Lieber nicht …"

Er nickte und rutschte über die Kante. Ich folgte ihm und fand mich einige Sekunden später im Wasser. Kribbelige Vorfreude gepaart mit Nervosität umfing mich, denn obwohl ich mich in meiner vertrauten Umgebung befand, war die Situation eine ganz neue für mich. Ohne mein Surfbrett fühlte ich mich nackt, mit dem neuen Equipment leicht überfordert.

„Alles okay?", rief mir Alex über das Meeresrauschen zu. Eine Welle hatte ihn außerhalb meiner Reichweite gespült. Ich umklammerte die Leiter, die vom Boot ins Wasser reichte.

„Ja!" Selbst in meinen Ohren klang meine Stimme einen Ticken zu hoch. Plötzlich war ich mir nicht mehr sicher, ob ich bereit war, ohne ein Surfbrett, das mich an der Oberfläche hielt, ins offene Meer hinauszuschwimmen. Wann war ich das letzte Mal schwimmen gewesen?

Alex schien auch meine aufkeimende Angst zu bemerken. Mit einem kräftigen Schwimmzug kam er zu mir zurück. Die Maske baumelte um seinen Hals. „Charlie, dir kann nichts passieren. Ich bin bei dir." Sein Blick hielt meinen fest. „Es ist immer noch dasselbe Meer." Sein aufmunterndes Lächeln beruhigte mich ein bisschen. Er reichte mir seine rechte Hand. Ich schluckte. Mein Blick glitt über das unendliche Blau um uns herum.

„Wir können jederzeit zurück ins Boot, Josh hat uns im Blick", sagte Alex.

Er hatte recht. Mir würde nichts passieren. Ich hatte einen Tauchlehrer an meiner Seite und Josh in der Nähe, der uns im Ernstfall aus dem Wasser fischen konnte. Und verdammt, ich konnte mir selbst nicht recht erklären, woher dieses mulmige Gefühl auf einmal kam. Sonst war ich mutterseelenallein auf dem Meer, was mich nicht im Geringsten störte.

Ich verkniff mir sämtliche Widerworte, prüfte den Sitz der Tauchermaske. Beobachtete, wie Alex in einer fließenden Bewegung seine Maske aufzog. Nahm seine Hand. Ich ließ die Leiter los, ließ mich fallen.

Und dann entdeckte ich eine mir bisher völlig unbekannte Welt.

Natürlich hatte ich immer gewusst, dass unter den Wellen, auf denen ich surfte, eine bunte, schillernde, farbenfrohe und teilweise auch unheimliche Unterwasserwelt lag. Als Kind hatte ich mit Dad nach Muscheln getaucht, aber wir hatten immer den Grund sehen können. Mit einem Schnorchel im Mund hatte ich mich an Land so unwohl gefühlt und sogar geweint, weil ich den Mund nicht schließen konnte, dass Dad gar nicht erst versucht hatte, mir das Schnorcheln beizubringen.

Wenn ich getaucht war, dann mit einer normalen Schwimmbrille und immer nur ein oder zwei Meter tief. Mit Alex über das Surfen zu reden, hatte mich vorhin so abgelenkt, dass ich meiner alten Angst, die offensichtlich mehr eine unangenehme Erinnerung als ein echtes Trauma war, keinen Raum hatte geben können. Was, wie sich jetzt herausstellte, eine gute Entscheidung gewesen war. Auf einmal hatte ich den Schnorchel im Mund gehabt und mit ihm geatmet, als wäre es das Natürlichste auf der Welt. Nach wenigen Minuten vergaß ich seine Existenz völlig.

Das Meer durch eine Tauchermaske zu entdecken und den Kopf unter Wasser zu halten, während man durch einen Schlauch atmete, hatte seinen eigenen Reiz. Plötzlich war alles ruhig, plötzlich hatte ich unendlich viel Zeit.

Im Augenwinkel nahm ich wahr, dass Alex angehalten hatte und auftauchte. Ich tat es ihm gleich und sah ihn an.

„Stimmt was nicht?"

„Doch. Sieh mal, dort unten. Auf zehn Uhr. Da ist eine Anemone mit mehreren Clownfischen. Ich schwimme vor und zeige sie dir. Sie haben Kleine."

Baby-Nemos?

Mein Herz schlug schneller. Rasch nahm ich den Schnorchel wieder in den Mund, tauchte erneut ab und folgte Alex. Minutenlang beobachteten wir die Clownfische, wie sie sich in ihre Anemone kuschelten, die ihre weichen Tentakel ins Meer hinausstreckte. Ich entdeckte zwei größere Fische und fünf kleine, die eine andere Färbung hatten. Wenn ich mich richtig erinnerte, würden die Clownfische ihre Farbe erst im Erwachsenenalter wechseln, und sich dann auch eine eigene Anemone suchen, in die sie einziehen würden.

Ich hatte tausend Fragen zu den unterschiedlichen Fischen und Korallen, zu einfach allem, was wir sahen, nur wollte ich die Zeit nicht mit Reden verschwenden.

Ich wollte ganz bei der Sache sein, aufsaugen, was Alex mir zeigte und jeden Moment auskosten.

Alex ging dazu über, mich unter Wasser auf die Fische oder Korallen hinzuweisen, die sich am Julien Rocks tummelten. Er war ruhig und schien seine Flossen kaum zu nutzen, während es bei mir ab und an laut platschte, weil ich mit den riesigen Dingern am Ende meiner Füße unbeabsichtigt die Wasseroberfläche durchbrach. Einmal schwappte Wasser in meinen Schnorchel, sodass ich eine Ladung Salzwasser trank, was mir schon lange nicht mehr passiert war und mich heftig husten ließ. Alles in allem kam ich für das erste Mal Schnorcheln gut zurecht, vor allem dafür, dass mich Alex' Präsenz immer wieder ablenkte. Während er mir eine weitere Familie Clownfische zeigte, die uns gleichermaßen neugierig wie misstrauisch beäugte, huschte mein Blick zu ihm. Er trug wie ich einen kurzärmeligen Neoprenanzug, sodass seine Tattoos teilweise freilagen. Als hätte er bemerkt, dass ich ihn musterte, sah er zu mir rüber und hob fragend eine Augenbraue.

Wir tauchten auf und nahmen die Schnorchel aus den Mündern. Ohne das Wasser an den Ohren war die Welt eine andere: das Geräusch des Windes, das die Wellen pockig blies, das laute Rattern eines Hubschraubers in einiger Entfernung. Ich glaubte, selbst das Lachen der Leute vom Strand zu hören, auch wenn das kaum möglich war, weil sie winzige Ameisen am weißen Horizont waren.

„Ich denke, das reicht für einen ersten Eindruck", meinte Alex. Er gab Josh ein Zeichen, der uns mit dem

Speedboot einsammelte. Gern wäre ich noch im Wasser geblieben, aber ich vertraute auf Alex' Einschätzung und musste mir eingestehen, dass ich – wie so oft, wenn das Meer Besitz von mir ergriff – jedes Zeitgefühl verloren hatte. Ein Blick auf den Stand der Sonne verriet mir, dass es nach sechs Uhr sein musste. Wir waren fast anderthalb Stunden draußen gewesen.

„Und?", fragte Alex. Wir saßen nebeneinander im Speedboot, der Wind brauste durch unsere Haare, pustete die Wassertropfen aus unseren Gesichtern. „Habe ich dir zu viel versprochen?"

Energisch schüttelte ich den Kopf. „Nein! Es war …" Mir fehlte das richtige Wort. Schön? Beeindruckend? Das alles traf es nicht. Die Unterwasserwelt hatte mich berührt, geflasht. Ich hatte mir vorher nicht viele Gedanken über den Ausflug gemacht, weshalb ich keine konkrete Erwartung oder Vorstellung gehabt hatte. Und dann die aufkeimende Angst, die mich zu Anfang beinahe übermannt hatte. Ohne Alex' mentale Unterstützung hätte ich die Aktion abgebrochen.

Auf jeden Fall hatte ich nicht mit diesem Gefühl gerechnet, ein Teil der Unterwasserwelt zu sein – Zuschauer und doch mittendrin. Wenn es mir schon beim Schnorcheln so ging, wie wäre es dann erst beim Tauchen? Wäre ich eine von ihnen? Ein Fisch im weiten Ozean?

Ein warmes Lächeln huschte über Alex' Gesicht. Er schien genau zu wissen, wie ich mich fühlte. Vermutlich hatte er diese Sprachlosigkeit schon hunderte Male bei seinen Schülerinnen und Schülern erlebt. Dennoch glaubte ich, zu spüren, dass es bei mir, bei uns anders war. Vielleicht, weil uns die Liebe zum Meer verband.

Weil es für uns nicht nur Wasser mit Fischen oder Wellen war, sondern etwas Tiefgreifenderes. Leben.

„Wiederholen wir das?", fragte ich leise.

Erst sah er mich überrascht an, dann nickte er. „Gern, *Nachbarin.*"

Ich rollte mit den Augen und ignorierte seine Hand, mit der er mir aus dem Boot helfen wollte, das mittlerweile am Steg angelegt hatte. Den Triumph gönnte ich ihm nicht. Alex wirkte für einen kurzen Moment perplex, ehe er lachte. Ich konnte mich nicht gegen die ansteckende Wirkung seines Lachens wehren und stimmte ein. Und verdammt, ja, es fühlte sich gut an, als hätten wir beide etwas gewonnen.

***

Der Schorchel-Ausflug klang lange in mir nach, wie das angenehme Schwanken nach einem mehrtägigen Bootsausflug, das einen stunden- oder gar tagelang an Land begleitete. Beim Abendessen pickte ich gedankenverloren in den Resten des Currys, das wir gemeinsam gegessen hatten und an dessen riesiger Portion ich immer noch knabberte. Ein weiterer Schuss Kokosmilch hatte ihm die Schärfe genommen, aber nicht die Erinnerung. Die Unterhaltung, der Ausflug, Alex' Blick, der mir nicht entgangen war, als ich versucht hatte, meine Empfindungen in Worte zu fassen.

Später hielten mich die Bilder und Gedanken wach. Ich wälzte mich von links nach rechts, schmiss die Bettdecke von mir, kuschelte mich wieder ein. Irgendwann siegte die Müdigkeit und bescherte mir einen leichten Schlaf voller verdrehter Träume, in denen ich mit

Schnorchel-Equipment surfte oder vor den Trümmern der *Surfers' Heart* stand. Ein Element hatten alle Träume gemeinsam: Alex.

Immer wieder Alex.

***

Der Morgen am Main Beach begann in ungewohntem Trubel. Voller Staunen beobachtete ich mehrere Gruppen von vier bis zehn Leuten, die sich die besten Plätze sicherten, bevor sie zielsicher auf die *Surfers' Heart* und Alex' Tauchschule zusteuerten. Wo kamen die denn auf einmal her?

„Hi! Sorry! Kann man bei dir auch tauchen lernen?" Ein Mann, circa Mitte zwanzig mit wuscheligem dunkelblondem Haar, sah mich fragend an, während ich den Werbeaufsteller neben der Eingangstür zum Shop platzierte.

„Aloha! Nein, das hier ist eine Surfschule", teilte ich ihm freundlich mit. „Die Wellen sind heute niedrig, perfekt, um surfen zu lernen", fügte ich rasch hinzu, bevor er sich wieder abwendete. „Interesse?"

Er zögerte, musterte mich, dann die *Surfers' Heart* und schien ernsthaft über meinen Vorschlag nachzudenken. „Ist das nicht superschwierig? Viel krasser zu lernen als tauchen?"

„Man braucht schon ein gutes Gleichgewicht und eine Menge Übung, um sich auf dem Board zu halten. Mit den richtigen Tipps und Tricks wirst du schnell erste Erfolge haben."

„Ich bin eigentlich zum Tauchen hier", murmelte er mehr zu sich selbst. „Aber ..." Sein Blick ruhte auf mir, das konnte ich trotz der verspiegelten Sonnenbrille erkennen. Er schien etwas abzuwägen und ich ahnte, dass er mit dem Klischee spielte, sich im Sonnenuntergang vom *heißen Surfergirl* unterrichten zu lassen.

Leider wäre er nicht der Erste, der solche Vorstellungen hegte. Zwar konnte ich mich gut verteidigen und unerwünschte Avancen abblocken, aber allein die Tatsache, in diese Schublade gesteckt zu werden, nur weil ich Surferin war, ärgerte mich jedes Mal maßlos. Mein Vater hatte es leichter, auch wenn er ebenfalls in Schubladen gesteckt wurde – wobei einige zutrafen.

„Aber?“, hakte ich nach, als nichts mehr von ihm kam.

„Ach, du weißt schon.“

„Nein, ich fürchte nicht“, antwortete ich. Der Ärger meldete sich bereits. Noch hatte ich die Situation gut im Griff.

„Na ja, wer unterrichtet denn hier?“

„Ich.“

„Cool.“ Ein breites, anzügliches Grinsen huschte über seine Lippen, was meine Antipathie nur anfeuerte. „Dann überlege ich es mir noch mal.“

„Kein Problem. Die Tauchschule ist gleich nebenan. *Beach Dive.*“ Ich deutete in die Richtung. „Sieh dich einfach um, entscheide, was dir besser gefällt, und komm zurück, falls du surfen lernen möchtest.“

„Alles klar!“ *Süße.* Er musste das Wort nicht aussprechen, es schwang eindeutig zwischen den Zeilen mit. Ich zwang mich zu einem freundlichen Lächeln, das mir sofort von den Lippen purzelte, sobald er sich umgedreht hatte. Am liebsten hätte ich ihm die Meinung gegeigt, aber zum einen bestand eine hauchzarte Chance, dass ich zu viel hineininterpretiert hatte, zum anderen konnte ich es mir nicht leisten, die wenigen, die sich für einen Kurs interessierten, abzuweisen. Eine bittere Pille, die ich leider schlucken musste, wenn ich nächstes Jahr noch hier sein wollte.

Ich sah ihm nach, wie er zur *Beach Dive* schlenderte. Alex stand vor dem Shop und unterhielt sich mit jemanden, den ich im Gegenlicht nicht erkannte. Vielleicht ein Interessent. Liv oder Josh waren es jedenfalls nicht. Ich kniff die Augen zusammen, um gegen die tief stehende Sonne anzukommen und Alex besser erkennen zu können.

Als hätte er gespürt, dass ich ihn ansah, drehte er sich um, entdeckte mich und hob seine Hand zum Gruß. Rasch wandte ich mich dem Aufsteller zu und tat so, als ob ich ihn nicht gesehen hätte. Es war albern, geradezu kindisch. Mein Herz klopfte heftig in meiner Brust, mein Mund war plötzlich trocken. Ich kannte die Zeichen – und sie gefielen mir jetzt genauso wenig wie kürzlich beim Abendessen. Ich hatte keine Zeit, mich in meinen Nachbarn zu verknallen, noch dazu in meinen Konkurrenten, der mir gerade wieder einmal sehr deutlich gezeigt hatte, wie gut es bei ihm lief, während ich die Spinnweben aus den Fensterrahmen wischte. Ich musste mich auf andere Dinge fokussieren.

Ich rief Hao an. Fragte, wie es mit den Vorbereitungen für das Festival lief. Was ich tun könnte. Was wir noch brauchten. „Nichts, Kleines." Er lachte. „Wenn du dich besser fühlst, komm vorbei und sieh dir an, was ich schon habe."

„Nach meinem Job, ja?"

Stille kehrte ein. „Was für ein Job?"

„Ich springe heute spontan im *Salt & Vinegar* ein. Die suchen immer Leute.“

„Das Restaurant in der Butler Street? Warum hast du mir davon nichts erzählt?“

„Hat sich nicht ergeben“, log ich. „Jetzt erzähle ich es dir ja.“

„Charlie“, sagte er. Mehr brauchte es nicht, damit ich wusste, was ungesagt in der Leitung hing.

„Hao, bitte. Ich denke, ein paar Dollar zusätzlich wären gut. Die Anmeldegebühr für das Festival, der Anstrich, das alles kostet Geld.“

„Hast du dir die Bücher angeguckt?“

„Nein“, gestand ich. „Du weißt, wie schwer ich mich damit tue.“ Bevor er etwas erwidern konnte, fuhr ich fort. „Aber das muss ich auch nicht, um zu wissen, dass kaum was reinkommt. Es sind zu wenig Anmeldungen. Du, wir reden später, ja? Ich muss los.“ Und zum ersten Mal in meinem Leben legte ich auf, ohne Haos Antwort abzuwarten.

***

Hao wohnte am Rand von Byron Bay, in einem winzigen Bungalow mit nur einem Wohnraum, in dem er in einer Hängematte schlief und in einer Nische kochte. Er lebte mit einer riesigen Palme namens Koko dort – die keine Kokosnusspalme war – und seine alten Surfboards zierten die Wände. Er hatte sie liebevoll restauriert und ihnen ein Leben nach dem Meer geschenkt, teilweise sahen sie aus wie neu.

Ich hatte ihn mal gefragt, warum er sie nicht weiterverkaufte, nachdem er sie komplett instand gesetzt hatte. Er hatte nur gelacht und gesagt, jeder hätte das Recht auf einen Ruhestand.

Auch wenn ich mir selbst nicht vorstellen konnte, dauerhaft in einer Hängematte zu schlafen, liebte ich Haos Wohnung. Ich fühlte mich dort immer wie zu Hause. Für Gäste hatte er einen Sitzsack sowie eine kunterbunte Sammlung verschiedener Sitzkissen im Außenbereich. Betrachtete man nur seinen Einrichtungsstil, käme man schnell auf den Gedanken, er sei der wahre Hippie unserer Familie.

Ich hörte ihn schon vom Weiten werkeln und steuerte auf den Anbau zu, der mit rund vierzig Quadratmetern, riesigen Werktischen, vollgestopften Schränken und an der Wand montierten Halterungen mit noch mehr Werkzeug das genaue Gegenteil seiner minimalistischen Herberge war. Hier erschuf Hao in seiner Freizeit wahre Kunstwerke aus Holz. Echtholztische, in deren Mitte er in wochenlanger Arbeit aufwendige Flüsse in Epoxyd goss – flüssigem Kunstharz –, Lampen aus Treibholz oder Raritäten aus Eukalyptusholz. Seine Kunden: Individualisten und Tagträumer aus der ganzen Welt. Aus finanzieller Sicht hatte er es nicht nötig, in der *Surfers' Heart* zu arbeiten; es war mehr so ein Familiending.

Mein Herz wurde leichter, als ich ihn dabei beobachtete, wie er ein breites Holzbrett abschliff. Er trug einen Gehörschutz und eine Maske, um sich vor dem Staub zu schützen. Sein Shirt klebte an ihm, so sehr schwitzte er. Ich machte mich bemerkbar, indem ich in sein Blickfeld trat. Sofort stellte er die Maschine ab und grüßte mich.

„Sieh dir das an, ist das nicht ein Prachtstück?"

Er strich mit der flachen Hand über das Holzbrett und schob den Staub beiseite. Fragend hob ich die Augenbraue. „Was wird es denn, wenn es mal groß ist?"

„Ah, dir fehlt die Vision", tadelte er mich, wobei er eine Hand auf seine Brust legte und den Künstler mit dem gebrochenen Herzen mimte. Er war so anders in dieser Werkstatt, in diesem Raum, in diesem Künstleruniversum. Ein anderer Mensch. Und doch Hao. Wozu auch gehörte, mich nicht auf unser Telefonat und den Job anzusprechen. „Sieh, die Form! Das wird unser Stand. Also die Deko dafür."

„Warum nehmen wir kein echtes Board?", fragte ich zögernd. Noch erschloss sich mir der Sinn nicht, ein Brett aus Holz nachzubauen, wenn in der *Surfers' Heart* genug herumstanden, die wir kurzfristig als Deko ausleihen konnten.

„Zu groß, zu unhandlich. Und wenn sie nicht ordentlich festgemacht sind, kippen sie um. Ich will die Boards nicht fixieren, weil ich sie dann beschädigen müsste. Die handelsüblichen Halter sind mehr was für den windgeschützten Innenbereich. Das ist mir alles zu unsicher für das Festival. Deshalb baue ich lieber eins aus Holz. Außerdem können wir es bemalen und als Werbung verwenden, zum Beispiel später als Aufsteller vorm Shop oder so. Gefällt es dir nicht?"

Ich betrachtete das blanke Holz mit neuem Blick. Versuchte, es mir mit Farbe und einem Schriftzug vorzustellen. Am Stand und in der *Surfers' Heart*. Ein neuer Stil. Modern. „Das wird super."

„Wusste ich's doch!" Triumphierend reckte Hao die linke Faust in die Höhe. „Aber ich habe noch mehr vorbereitet. Komm mal mit."

Ich folgte ihm zu seinem Schreibtisch, der in der offenen Werkstatt immer verstaubt war. Er reichte mir einige Zettel. Anmeldeunterlagen für das *Winter-Blues*-Festival. Und die Rechnung. Ich schluckte bei der Summe. Vielleicht sollte ich wirklich in die Bücher gucken. Aber ich bekam zittrige Hände bei dem Gedanken, was ich dort entdecken würde. Mum und Dad wollten nicht umsonst ihre Zelte abbrechen.

Bei einmal jobben würde es nicht bleiben. Erst letzte Woche hatte ich einiges an Geld im Baumarkt gelassen, damit die *Surfers' Heart* einen neuen Anstrich bekommen konnte. Die Eimer standen schon parat.

„Das bekommen wir hin", sagte Hao mit einem aufmunternden Lächeln auf den Lippen. „Womit wir beim Thema wären. Charlie, du musst nicht an deinem freien Tag im *Salt & Vinegar* kellnern. Ich übernehme die Rechnung."

„Auf keinen Fall!", erwiderte ich, heftiger als beabsichtigt. Meine Eltern hatten mir die Verantwortung für eine Saison übertragen, das schloss die finanziellen Angelegenheiten mit ein. Ich musste lernen, mit dem Geld klarzukommen, das mir zur Verfügung stand. Oder eine andere Lösung finden. In den ersten Wochen Schulden bei unserem Freund zu machen, war ein absolutes No-Go.

Hao schien mir meinen Gedankengang auf dem Gesicht abzulesen. „Schon gut. Du hast dir eine Menge aufgebürdet, Charlie. Es ist keine Schande, Hilfe anzunehmen. Lass mich die Rechnung zahlen – fürs Erste. Wenn das Festival einen Schwung neuer Schüler bringt, kannst du es mir immer noch zurückgeben."

Sein Vorschlag klang verlockend, aber mein Stolz wand sich. Wie würde ich dastehen, wenn ich bereits zu Anfang der Saison Geld von Hao nahm? Wenn meine Eltern davon erführen, wäre das nur eine Bestätigung für ihre Auswanderungspläne. Sie würden sehen, dass ich nicht in der Lage war, die Schule zu leiten. Zwar hatten sie ihre Zweifel nicht offen ausgesprochen, doch seit sie fort waren, kam es mir äußerst verdächtig vor, wie schnell sie meiner Idee zugestimmt hatten. Und ich fragte mich immer wieder, warum. Der einzig plausible Grund, der mir einfallen wollte, war, dass der Verkauf der *Surfers' Heart* für sie längst beschlossene Sache war und es egal war, ob ich die Schule eine Saison führte oder nicht. Weil es ohnehin nichts mehr änderte.

Mir wurde übel.

„Ich denke drüber nach und checke die Kasse, okay?"

Hao nickte und lächelte meine grüblerischen Gedanken und Selbstzweifel mit seiner herzlichen Art einfach weg. Auch dafür liebte ich ihn.

12. That was a damn good idea

Alexander

Byron Bay ist neben seinen schönen Stränden bekannt für seine entspannte Atmosphäre. Hier fühlen sich Hippies und Surfer gleichermaßen wohl. Seit einigen Jahren siedeln sich zunehmend Tauchschulen dort an, jüngst wirbt die Beach Dive mit einem echten Geheimtipp. Zeit, sich das Ganze aus der Nähe anzusehen!

Ein Bericht von Maurice van de Belt

Maurice? Nur vage erinnerte ich mich an den Mann um die vierzig, der zwei Tage in Folge bei uns tauchen gewesen war. Profitaucher. Mehr als eintausend Tauchgänge im Logbuch. Dass er für das internationale Magazin *Scuba Diving* schrieb, hatte er anscheinend absichtlich nicht erwähnt. Mit einem flauen Gefühl im Magen setzte ich mich in die Loungeecke und las den Artikel.

Meine Anreise nach Byron Bay, Australiens Surfer-Hotspot Nummer eins, verläuft unspektakulär. Auf dem Weg zum Hotel merke ich schnell, hier ticken die Uhren anders! Mir begegnen Frauen in Wallekleidern, Männer mit langen Haaren. Businessoutfits mit coolen Sneakern wie in Melbourne oder Sydney? Fehlanzeige. Byron Bay ist entspannt, lässig, modern. Ein Ferienort, der vom Tourismus lebt. Nach dem Check-in flaniere ich durch die Straßen, deren Bild stark geprägt vom Surfer-Lifestyle ist: an jeder Ecke Shops von Billabong, Roxy und Co., aber auch individuelle Shops mit selbst designten ausdrucksstarken Klamotten oder Boards. Immer wieder frage ich mich, ob ich hier zum Tauchen richtig bin. Doch je näher ich dem Main Beach komme, desto mehr ahne ich, dass Byron Bay so viel mehr ist als nur ein Surfer-Hotspot. Es ist ebenjener Hippieflair, der diesen Ort so besonders macht. Die ständige Gelassenheit; keine ungeduldigen Autofahrer, keine lauten Streitereien auf offener Straße. Byron Bay scheint wie aus der Zeit gefallen.

Ich entdecke die erste Tauchschule und konfrontiere den Verkäufer im Shop nach dem obligatorischen Smalltalk mit dem Gerücht, Byron Bay sei ein Tauchgeheimtipp. Er lacht und antwortet mir, das wisse er schon lange, aber es sei schwer, die Leute davon zu überzeugen – die meisten kämen her, um die Strände zu genießen und die Wellen zu bezwingen. Ob ich nicht einen Tauchausflug buchen wolle? Vielleicht später.

Mein Ziel ist die Beach Dive von Alexander Reid. Das frisch eröffnete, hochmoderne Tauchzentrum befindet sich direkt am Main Beach – in prominenter Nachbarschaft zur alteingesessenen Surfschule Surfers' Heart, deren beste Jahre

schon hinter ihr liegen, wie ich nach einem kurzen Blick beurteile.
Reid ahnt von meinem Besuch nichts. Das soll auch so bleiben, denn ich will diesen Bericht unverfälscht schreiben, nichts beschönigen. Von einem Geheimtipp zu sprechen, ist ein starkes Stück – über die zehn „geheimsten“ Tauchspots, und ob sie sich wirklich lohnen, berichteten wir in der nächsten Ausgabe.

Mein Magen rumorte. Ich traute mich kaum, weiterzulesen, aus Sorge vor einer vernichteten Kritik. Dass im Shop gerade einiges los war und Josh alle Hände voll zu tun hatte, blendete ich aus. Mein gesamter Fokus lag auf dem Artikel.

Ich buche für den Folgetag zwei Tauchgänge im angepriesenen Tauchspot Julian Rocks, einen vormittags, einen nachmittags. Postkarten mit einem lächelnden Hai liegen im Shop aus, durch den ich nach der Anmeldung stöbere. Da ich mit eigenem Equipment angereist bin, verzichte ich mit Ausnahme von Flasche und Blei auf den Verleih. Ein kurzer Blick in den hinteren Bereich des Shops und in den Nassraum, wo auf den Leinen das Wasser des letzten Tauchgangs aus dem Equipment tropft, verspricht qualitativ gute und neue Ausrüstung, genau wie von einer frisch eröffneten Tauchschule erwartet. Im Shop glänzen die neuesten Modelle der bekannten Marken und auch einige preiswertere Alternativen für alle, die sich noch nicht ganz sicher sind, ob Tauchen das Wahre für sie ist oder aufs Budget achten wollen. Ein guter Mix.
Für Fans gibt es Tassen, Trinkflaschen, Caps und Shirts mit dem Logo der Beach Dive. Später erfahre ich, dass sich Reids

Schwester Olivia um das Marketing der Tauchschule kümmert. Mein erster Eindruck ist also rundum positiv. Selbst einen extra tiefen Pool gibt es hier, in dem die ersten Lektionen stattfinden, bevor es ins Freiwasser geht.

Aber noch bin ich skeptisch, was den Tauchspot als solchen betrifft. Ist er wirklich so sehenswert, wie er angepriesen wird?

Entsprechend gespannt finde ich mich am nächsten Tag wieder in der Beach Dive ein. Reid brieft uns umfassend, geht gewissenhaft auf jede Frage ein und präsentiert sich ernst, kompetent und mit dem typischen Humor eines Tauchers (für alle, die damit nichts anfangen können: bucht einen Kurs, dann werdet ihr schon sehen!). Er stellt uns in Aussicht, ein malerisches Riff, Schildkröten und mit etwas Glück Ammenhaie zu sehen – die hätten jetzt Saison. Dann geht es endlich zum Speedboot und kurz darauf ins Wasser …

Den Tauchgang aus Maurice' Sicht zu lesen, war für mich eine neue Erfahrung. Natürlich fragte ich die Leute im Anschluss, wie es ihnen gefallen hat – falls überhaupt nötig, denn meist plapperten sie schon drauflos, sodass meine Nachfrage überflüssig war. Ein umfassender Bericht, in dem ich eine zentrale Rolle spielte, war mir neu. Seine Perspektive zu lesen, versetzte mich einige Tage zurück und frischte die Erinnerungen auf. Schildkröten hatten wir keine gesehen, dafür kreuzte eine kleine Gruppe grauer Ammenhaie unseren Weg. So gut es ging, verharrten wir, bewegten uns kaum – die Tiere kreisten umeinander herum und es wirkte so, als würden sie spielen. Allzu schnell war der Moment vorbei, die Haie hatten uns bemerkt und sausten am Riff entlang davon. Dennoch war es Maurice gelungen, mit seiner professionellen Unterwasserkamera Fotos der Haie zu machen. Und was für welche!

„Wow, mega Bilder!" Ich zuckte heftig zusammen und ließ beinahe den Bericht fallen, als ich Livs Stimme hörte, die sich von hinten an mich herangeschlichen hatte und mir nun über die Schulter sah. Eine Haarsträhne hatte sich aus ihrem Zopf gelöst und kitzelte mir im Nacken. „Upsi." Sie lachte, als sie meinen Schreck bemerkte.

„Sehr witzig", kommentiere ich trocken.

Liv ging nicht auf mich ein, sondern fragte: „Ist das Maurices Artikel?"

„Woher ...?"

„Er hat ihn mir vor drei Tagen geschickt, was echt nett ist. Cooler wäre allerdings gewesen, wenn wir vorher gewusst hätten, dass er über uns schreibt. Dann hätte er ruhig ein paar Fotos der *Beach Dive* und vielleicht auch ein Foto von dir machen können. Er hat mir geschrieben, dass er absichtlich inkognito unterwegs war." Sie ließ sich auf den Sitzsack mir gegenüber fallen und streckte die Beine aus. Fassungslos sah ich sie an, und abgesehen davon, dass ich sie gern gewürgt hätte, fragte ich mich, was ich alles in meiner eigenen Tauchschule nicht mitbekam.

„Nun flipp nicht aus", bat sie mich.

„Tu ich nicht", presste ich hervor.

„Doch?"

Ich seufzte. „Nein. Es ist ein super Artikel."

„Aber?" Liv beugte sich vor und stemmte die Ellbogen auf ihre Knie.

Ja, was aber? Im Grunde war alles gut, weshalb ich selbst nicht recht wusste, was mir gerade aufstieß. Der Artikel war informativ, rückte die *Beach Dive* und das gesamte Team in ein gutes Licht, pries Julian Rocks im weiteren Verlauf wirklich als Australiens Geheimtipp an. Und die Fotos waren der Hammer. Warum also fiel es mir so schwer, mich zu freuen?

Weil du damals auch schon mit einem Fuß in der League warst ... Der Gedanke war da, ehe ich ihn aufhalten konnte. Damals hatte ein Unfall meine Karriere beendet, bevor sie begonnen hatte, was mich in ein sehr tiefes schwarzes Loch stürzte. Die Phase war längst vorbei, durch die Therapiestunden, meine Freunde, Liv, das Meer und das Tauchen war ich wieder auf die Beine gekommen. Ich hatte einen langen und steinigen Weg hinter mir. Aber genau das war der Knackpunkt: Er lag hinter mir. Ich, Alexander Reid, war nun Inhaber eines modernen Tauchzentrums, das es nach nur wenigen Wochen in die *Scuba Diving* geschafft hatte. Warum konnte ich den Erfolg nicht genießen, ihn akzeptieren?

Ich erwiderte Livs Blick, mit dem sie mich aufmerksam musterte. Ihre Augen hatten dieselbe Farbe wie meine, sodass ich stets das Gefühl hatte, in einen Spiegel zu gucken. Besorgt sah sie mir direkt in die Seele, sah mir meine Zukunftsangst an, die ich sonst so gut im Griff hatte, die ich mit Professionalität und akribischer Planung in Schach hielt. „Alex", flüsterte sie, eine Hand auf meinen Unterarm. „Es wird sich nicht wiederholen."

Ich schluckte gegen die Trockenheit in meiner Kehle an. Ich wollte sie fragen, wie sie das so zweifelsfrei be-

haupten konnte. Niemand war gegen Schicksals-
schläge gewappnet. Wenn die Korallenbleiche, die ganzen Abschnitten des Great Barrier Reefs ihre Farbe beraubt hatte, Julians Rock erreichte, könnte ich den Laden dichtmachen. Oder wenn der Tourismus ausblieb
– aus egal welchem Grund. Wer würde einspringen,
wenn ich einen Unfall hätte und langfristig ausfiel? Natürlich hatte ich für alle Eventualitäten einen Plan B, so
gut es eben ging, aber man konnte nie wissen, was das
Leben bereithielt. Liv drückte meinen Arm, was mich
zurück ins Hier und Jetzt holte und die negativen Gedanken stoppte.

„Geht's wieder?", fragte sie leise.

Noch immer hatte ich dieses enge Gefühl in meiner
Brust, dieses Gefühl, nicht tief atmen zu können. Dennoch nickte ich, weil ich logisch betrachtet wusste, dass
meine kleine Schwester recht hatte. Ich würde es schaffen, die *Beach Dive* würde erfolgreich sein. Heute und in
Zukunft. Für jedes Problem würde ich – würden *wir* –
eine Lösung finden. Unsere Ausgangslage war perfekt.
Im Gegensatz zu der meiner Nachbarin.

Plötzlich fragte ich mich, wie Charlie bei dieser Unterhaltung reagiert hätte, obwohl sie von meiner Vergangenheit nichts wusste, nicht ahnte, was ich durchgemacht hatte.

Die Enge in meiner Brust verschwand, machte einem
Ziehen Platz, einer kribbeligen Wärme. Ein Teil von
mir wünschte sich, sie hätte mich so gesehen. Vielleicht
würde ihr das zeigen, dass es auch bei mir nicht nur gut
lief, dass auch ich mich um die *Beach Dive* sorgte, so wie
sie sich um ihre Surfschule. Sie würde sehen, dass uns
viel mehr verband als nur die salzige Unendlichkeit. Sie

würde erkennen, dass … ja, was? Dass wir zueinander passten? Dass wir unsere Sorgen teilen könnten, uns gegenseitig helfen könnten, weil uns ähnliche Gedanken plagten? Vielleicht hätte es ihr Mut gemacht oder Kraft gegeben, mich so zu sehen. Sie inspiriert, weil sie vor einem Tiefpunkt stand, der ihr Leben für immer verändern könnte.

Der andere Teil von mir hoffte, Charlie würde nie einen solchen Moment erleben. Doch wenn schon Maurice von de Belt schrieb, die *Surfers' Heart* hätte ihre besten Jahre hinter sich, sah es nebenan wirklich düster aus.

13. Your victory, my ruin

Charlotte

„Wir haben ein ernstes Problem!", begrüßte mich Hao. Farbspritzer zierten seine Wangen, das Kinn und eine Strähne, die nun mintfarben in der schwarzen Haarpracht schimmerte. Er hatte darauf bestanden, die letzten Pinselstriche allein auszuführen, damit ich mich nach dem Anfängerkurs dem Training für den Cup widmen konnte.

Statt eines glücklichen Feierabendausdrucks lag Sorge auf seinem Gesicht. In der Hand hielt er eine Zeitschrift, deren Titel ich nicht erkennen konnte, weil er sie umgeschlagen hatte, um mir einen Artikel zu zeigen. Irritiert blinzelte ich ihn an, denn der Tagtraum, der mich immer wieder einholte, seit ich mit Alex Schnorcheln gewesen war, klammerte sich an mir fest. Langsam verstand ich, weshalb mein Nachbar dem Tauchen verfallen war. Wenn mich schon das Schnorcheln so in seinen Bann gezogen hatte, wie fühlte sich dann tauchen an? Dort kam noch die Schwerelosigkeit hinzu. Das Schweben im Wasser. Es musste der Hammer sein.

Das Meer unter der Wasseroberfläche war ein ganz anderes als darüber. Das war keine neue Erkenntnis für mich, denn ich hatte einige Reportagen über das Great Barrier Reef gesehen; in den Medien ergatterte es in den letzten Jahren mit der Erwärmung des Ozeans und der Korallenbleiche zunehmend die besten Sendeplätze in den Nachrichten. Neben den starken Buschbränden, die Jahr für Jahr heftiger ausfielen, sorgte sich ganz Australien um seinen Ozean, der den Kontinent vollständig umschloss. Unter dem Meer zu sein, durch das Wasser zu gleiten, schwerelos, das war … außergewöhnlich. So musste sich ein Astronaut fühlen, der durch sein Raumschiff trieb. Ich nahm mir vor, Alex auf ein Schnuppertauchen anzusprechen.

Doch vorerst schob ich jeglichen Gedanken an ihn und die Unterwasserwelt beiseite, um mich auf Hao zu konzentrieren. „Was ist los?"

„Die *Scuba Diving* schreibt über die *Surfers' Heart*. Na ja, nicht direkt, aber indirekt. Und es ist nicht gut. Gar nicht gut!" Hao reichte mir den Artikel. Bereits bei der Schlagzeile wurde mir anders: *Byron Bays geheimer Tauchspot: Julian Rocks – ein Tag in der Beach Dive.*

„Oh, fuck", hauchte ich. Mir war sofort klar, dass gute PR für Alex schlechte für mich bedeutete. So war es, seit er hier aufgekreuzt war. Rasch überflog ich den Artikel. An der Stelle, wo die *Surfers' Heart* namentlich erwähnt wurde, sog ich scharf die Luft ein. In einem kleinen, nebensächlichen Satz machte der Autor, ein gewisser Maurice van de Belt, kurzen Prozess mit unserer Surfschule. Dabei konnte ich mich nicht einmal daran erinnern, dass ein Niederländer bei uns gewesen war, sich nach uns oder der Schule erkundigt hatte. Er musste nur kurz reingeschaut haben. Aber das hatte ihm anscheinend ausgereicht, um seine Meinung in einer Tauchzeitschrift abzudrucken.

Wut breitete sich in mir aus, pulsierte in meiner Körpermitte. Warum waren die Menschen so? Warum konnten sie nicht fair sein? Mit den Leuten reden, den Leuten eine Chance geben? Warum mussten sie direkt urteilen? Wie gern würde ich diesen Maurice anrufen und ihm die Meinung geigen.

Stattdessen gab ich Hao das Magazin zurück. Der Artikel war gedruckt, hunderte, tausende würden ihn lesen. Mit einem Mal war die Wut verpufft, nun krochen Angst und Zweifel hervor, die mich zuverlässig begleiteten, seit ich die Nepalreiseführer entdeckt hatte. In meinem Kopf rasten zu viele Gedanken durcheinander. Von entmutigenden Sätzen, Bildern, in denen ich die *Surfers' Heart* abschloss, bis hin zum gut gemeinten Rat der optimistischen Charlie in mir, die mir verzweifelt einreden wollte, ein Artikel in einer Tauchzeitschrift sei kein Drama. Immerhin kamen die Leute primär zum Surfen nach Byron Bay. Daran würde sich so schnell nichts ändern. Ein Shitstorm in den Sozialen Medien oder lausige Google-Bewertungen wären dramatischer. Und da war die Welt zum Glück noch in Ordnung.

Aber der Artikel hatte mir überdeutlich gezeigt, dass ich alles auf eine Karte setzen musste, wenn die *Surfers' Heart* eine Zukunft haben sollte. Wenn unsere Familie hier eine Zukunft haben sollte. In Byron Bay. Nicht irgendwo am Mount Everest.

Die Renovierungsarbeiten und das *Winter-Blues*-Festival waren ein guter Anfang. Und sollte ich den Byron-Bay-Cup gewinnen, würde das der Schule einen ordentlichen Aufschwung geben; sich von einer preisgekrönten Surflehrerin unterrichten zu lassen, übte sicher auf manche einen besonderen Reiz aus.

Bei der Vorstellung einer Siegerehrung wurde mir mulmig. Gleichzeitig durchflutete mich ein freudiges Kribbeln. Ich wusste, ich konnte es schaffen, wenn ich nur endlich teilnahm. Kaum auszudenken, wo ich wäre, wenn ich bereits als Kind an den Wettbewerben teilgenommen hätte. Würde ich dann jetzt um die Welt jetten, um an den besten Spots zu surfen? Die wildesten Stunts machen?

„Charlie?" Besorgt sah Hao mich an. Ich war so tief in meinen Gedanken versunken gewesen, dass ich ihn komplett ausgeblendet hatte.

„Sorry", murmelte ich.

„Kann ich dir beim Denken helfen?" Er legte eine Hand auf meine Schulter. Einen Augenblick dachte ich ernsthaft über seine Frage nach, denn da war immer noch etwas an der Nepalgeschichte, das ich nicht ganz greifen konnte. Ein Puzzlestück, das bei näherer Betrachtung nicht recht passen wollte. Der Byron-Bay-Cup hatte mich daran erinnert und eine Saite in mir zum Schwingen gebracht. Ehe ich die Worte sortieren oder sie überdenken konnte, platzten sie aus mir heraus: „Warum war es plötzlich für Mum und Dad in Ordnung, dass ich für diese Saison unsere Geschäfte übernehme?"

Haos zog grüblerisch die Augenbrauen zusammen. „Du hast dich angeboten, schon vergessen? Sie haben nur zugestimmt."

„Natürlich habe ich das nicht vergessen. Ich wundere mich nur, dass sie so schnell zugestimmt haben. Weißt du mehr?"

Ich spürte, wie dieses falsche Puzzleteil in mir den Zweifel säte, wie er auf fruchtbaren Boden stieß, wie er den Gesprächen mit meinen Eltern, die wir in den letzten Wochen geführt hatten, eine andere Perspektive gab. Ich hätte Hao schon viel früher fragen sollen, hätte auf meine innere Stimme hören sollen, die mir leise zuflüsterte, dass etwas an der Sache faul war.

„Was ist der wahre Grund, weshalb sie nach Nepal wollen?"

Als Hao meinem Blick auswich und auf den Boden starrte, zog sich mein Herz schmerzhaft zusammen. Er wusste mehr, kannte vielleicht die gesamte Wahrheit, aber auch er hatte nicht offen mit mir geredet. „Wie schlimm steht es um die *Surfers' Heart?*", krächzte ich.

Hao schüttelte den Kopf. „Schlimm genug, damit Judy und Sam alles hinter sich lassen wollen."

„Fuck ..." Mein Blick verschwamm, ich blinzelte ein paarmal, um nicht zu weinen. Ich wollte der Enttäuschung, die in Wellen über mich brandete, keinen Raum geben. Doch es war zu viel. Alles war zu viel. Der Druck, die Angst, das Gefühl, das Ruder nicht mehr rumreißen zu können.

Ein erstickter Laut entwich mir, gefolgt von Tränen. Und obwohl ein Teil von mir noch nicht wusste, welche Rolle Hao in dem Drama spielte und was er mir ver-

schwiegen hatte, fühlte es sich so gut an, von ihm um-
armt zu werden. Ich vergrub mein Gesicht an seiner
Schulter und weinte meinen Schmerz in sein T-Shirt.
Und dann kam die Wut.

14. It's your fault

Alexander

Eine letzte E-Mail, dann war endlich Feierabend. Gähnend sah ich auf die Uhr in der unteren rechten Ecke des Laptops. 00:26 Uhr. Das war der wievielte Abend in Folge, an dem ich bis nach Mitternacht arbeitete?

Lieber nicht zählen.

Die erste Zeit der Selbstständigkeit war immer die härteste, das hatten mir alle gesagt. Mit der Routine würde es leichter werden. Erst musste sich alles einspielen. Nur diese eine letzte E-Mail trennte mich von meinem Bett.

Rasch tippte ich die Bestellung für die neuen Tauchmasken ins Formular, aber bevor ich die Mail abschicken konnte, hämmerte jemand heftig an die Shoptür. Das Türglas klirrte bei jedem Schlag, sodass ich fürchtete, die Scheibe würde gleich in ihre Einzelteile zerspringen. In wenigen Schritten durchquerte ich den Laden.

„Charlie?" Kaum hatte ich die Tür geöffnet, schob sie sich schwer atmend an mir vorbei, blieb dann eine Armlänge entfernt vor mir stehen und starrte mich an. „Was ist passiert?"

Sie lachte ein freudloses, zynisches Lachen. „Du! Du bist passiert!"

Mit der Hand auf der Türklinke sah ich sie an. Ihre Wangen waren gerötet, und sie starrte mich wütend nieder. Okay, ich hatte eindeutig was verpasst. „Ich kann dir nicht folgen", sagte ich, in der Hoffnung, sie würde mir erklären, was ihr Besuch zu bedeuten hatte.

„Alles war okay. Der Laden lief, ich habe trainiert, alles super. Dann bist du mit deiner ... deiner Hightech-Tauchschule und mit deinem völlig überzogenen Guerilla-Marketing hier aufgekreuzt und hast angefangen, den Einheimischen die Kunden wegzuschnappen. Was glaubst du eigentlich, wer du bist, Alexander Reid?"

Perplex starrte ich sie an. Sie nutzte meine Sprachlosigkeit, um mich weiter mit ihren Vorwürfen zu überschütten: „So funktioniert Byron Bay nicht! Wir sind berühmt fürs Surfen, nicht fürs Tauchen! Das ist dir natürlich total egal. Du kommst her, stellst alles auf den Kopf und siehst dir von deinem neuen Pool aus an, wie die alteingesessene Surfschule nebenan den Bach runtergeht! Und mit ihr ein Stück von Byron Bay!"

„Bist du fertig?" Endlich setzten mein Hirn und das Sprachzentrum wieder ein.

„Nein, verdammt!", fauchte sie.

Innerlich wappnete ich mich für die nächste Vorwurfswelle, doch entgegen ihrer Ankündigung sagte sie nichts mehr. Sekundenlang starrten wir uns an. Ihr Zorn waberte zwischen uns. Erneut musterte ich sie. Nicht nur ihre Wangen, sondern auch ihre Augen waren gerötet, vermutlich hatte sie geweint. Mitleid regte sich in mir. Seit ich sie kannte, hatte sie es nicht leicht. Charlie kämpfte härter als jeder andere für ihren

Traum, die Surfschule zu erhalten. Dabei hatte sie längst verloren. Da half auch kein Ausspionieren meiner Tauchschule mehr. Die *Surfers' Heart* würde bald Geschichte sein. Ob ihr das heute Abend klar geworden war? War das der Grund für ihren Ausbruch?

„Du machst mich nicht ernsthaft für euren Ruin verantwortlich, oder?"

„Wen denn sonst?"

„Deine Eltern? Dich? Seit Jahren wurde nichts mehr an der Schule gemacht, und jetzt ..."

„Lass gut sein, Alex!", unterbrach sie mich heftig. Volltreffer. Was auch sonst? Charlie war nicht dumm. Sie wusste längst, wer wo welche Fehler gemacht hatte. Sie hatte die Lage durchschaut und wusste um das Versäumnis ihrer Eltern. Vom ersten Tag an hatte ich sie für ihren Mut, für ihren unerschütterlichen Optimismus, das Ruder herumreißen zu wollen, bewundert. Und vielleicht hätte es ihr auch wirklich gelingen können, das Blatt zu wenden, wenn ich nicht aufgekreuzt und Byron Bay nicht zum neuen Tauchgeheimtipp ernannt worden wäre. *Hätte, hätte, hätte.* Aber die Wahrheit war ein Miststück und schoss mit Freude durch Charlies Pläne.

Und Charlie? Sie stand nun hier. In meinem Shop. Mit den Scherben ihrer Zukunft in den Händen. Nein, ich verübelte ihr wirklich nicht, dass sie einen Schuldigen suchte. Dass sie Dampf ablassen musste. Wenn es ihr half, würde ich mich weiter mit haltlosen Vorwürfen bewerfen lassen.

„Willst du 'nen Drink?"

„Nein, Alex. Ich will keinen scheiß Drink!" Mit in die Hüften gestemmten Händen blitzte sie mich an. Eine

Strähne hatte sich aus ihrem Zopf gelöst und flatterte bei jedem Atemzug. Sie schien es nicht einmal zu bemerken. Ich unterdrückte den Impuls, ihr die Haare hinters Ohr zu streichen.

„Was?", blaffte sie mich an, weil ich sie angestarrt hatte. Statt ihr zu antworten, dachte ich fieberhaft nach, wie ich die Situation entschärfen konnte, denn so kamen wir nicht weiter. Ich musste sie beruhigen.

Nur wie?

Mit einem Drink? Nein.

Am Strand? Nur wenn ich sie über die Schulter warf.

Sie war in Rage. Alles, was ich tat, würde sie noch mehr auf die Palme bringen.

Sie rauswerfen? Keine Option.

Charlie so zu sehen, tat mir weh. Niemand hatte verdient, miterleben zu müssen, wie das, was er liebte, vor seinen Augen zerbrach. Ich wusste, wovon ich sprach, weil ich selbst meine Träume beerdigt hatte. Der Schmerz war anfangs so groß gewesen, dass ich nicht in der Lage gewesen war, das Gute zu sehen. Die berühmte Tür, die sich erst geöffnet hatte, als die andere für immer verschlossen blieb. Es war hart, bis zu diesem Punkt nicht durchzudrehen.

Charlie hatte diesen Schmerz nicht verdient.

Plötzlich kam mir eine Idee. Eine riskante, spontane, wundervolle Idee. Tief aus dem Bauch heraus, aus dem Herzen. Eine, die mich selbst überraschte. Und bevor ich diese Idee noch einmal überdenken konnte, ging ich einen Schritt auf Charlie zu, legte einen Arm um sie, zog sie an mich heran und drückte meine Lippen fest auf ihre. Mit riesigen Ozeanaugen starrte sie mich an, unsere Lippen aufeinander, ihre Hände steif an den Seiten.

Shit, shit, shit.

Was genau machte ich hier? Was zur Hölle war nur in mich gefahren, sie jetzt zu küssen? Ausgerechnet jetzt! Der unpassendste Moment von allen! Vielleicht war da neulich Abend etwas zwischen uns gewesen, zwischen viel zu scharfem Curry und Milch in der Küche. Falls nicht, dann ziemlich sicher beim Schnorcheln. Ob wir es wahrhaben wollten oder nicht. Scheiß auf die Konkurrenznummer. Ich fühlte mich von ihr angezogen, und wenn ich ihre Blicke nicht total falsch interpretierte, dann fand sie mich auch gut.

Aber das hier ging zu weit, denn in diesem Moment hasste Charlie mich – oder glaubte es zumindest. Sie projizierte ihre Wut und ihren Frust auf mich. Bestimmt war das Letzte, was sie wollte, mich zu küssen. *Alex, du bist ein gottverdammter Armleuchter. Von allen Möglichkeiten, eine Frau zu beruhigen, kommst du auf die glorreiche Idee, sie zu küssen?*

Immer noch lagen unsere Lippen aufeinander, weil ich mich nicht bewegte und sie mich nicht wegstieß. Sekundenlang starrten wir einander an. Mir rauschte das Blut laut in den Ohren. Ein skurriler Augenblick, in dem wir beide nicht wussten, was wir tun sollten.

Schließlich spürte ich einen leichten Gegendruck ihrer Lippen. Sie erwiderte meinen Kuss! Es war nur eine winzige Bewegung, die ich mir definitiv nicht einbildete.

Dieser Mikroimpuls schien der Startschuss für das zu sein, was dann folgte. Sie schlang ihre Arme um meinem Nacken. Ihr von der Wut erhitzter Körper, der sich an meinen drückte, mich beinahe verbrannte, dort, wo wir einander berührten. Unsere Lippen, die sich immer wieder neu fanden. Ich zog sie fester an mich. Sollte sie mich doch verbrennen.

Ich löste mich nur von ihr, um ihren Hals zu küssen und ihren Duft einzusaugen. Sie roch nach Meer, Salz, Sonne und einer frischen Dusche. Längst hatte ich vergessen, was sie mir an den Kopf geworfen hatte. Aber selbst wenn ich mich erinnert hätte, es wäre mir egal gewesen, denn alles, was ich wollte, war, Charlie immer und immer wieder zu küssen.

„Alex?", raunte sie, während sie ihre Hände in meinem Haar vergrub.

„Hm?"

„Das ist eine scheiß Idee."

„Ich weiß", murmelte ich, bevor ich sie erneut küsste.

15. From rage to good

Charlotte

Für einen Augenblick war ich völlig erstarrt. Die verzweifelte Wut, die ich bei ihm abgeladen hatte, weil ich nicht wusste, wohin mit ihr, verpuffte. Als hätte jemand den Stecker gezogen, als wäre keine Energie mehr in mir. Wobei, nein, das stimmte nicht ganz. Denn wo nun kein Platz mehr für die negativen Gefühle war, kroch eine kribbelige Wärme hervor. Möglich, dass es klüger wäre, diesen Kuss abzulehnen. Zurückzuweichen.

Hier standen wir nun. Alex und ich. Seine Lippen auf meinen. Seine Hand auf meinem Rücken. In seinem Blick lag dieselbe Überraschung, als hätte er nicht nur mich, sondern sich selbst überrumpelt. Manchmal geschahen die besten Dinge ungeplant.

Also beschloss ich, die Zweifel zu knebeln, sie in den hintersten Winkel meiner Gehirnwindungen zu verbannen und Alex' Kuss zu erwidern.

Und *ja*, es fühlte sich so gut an.

Die flattrige Wärme in meiner Körpermitte verwandelte sich in Sekundenschnelle in nervöse, unkontrollierte Hitze. Ich schloss die Augen, als ich Alex' Lippen an meinem Hals spürte.

Ein letztes Aufbäumen der Zweifel, ein letzter kläglicher Versuch meiner Vernunft, auf sich aufmerksam zu machen.

„Alex?"

„Hm?"

„Das ist eine scheiß Idee", flüsterte ich.

Trotzdem kickte ich die Bedenken zurück in die Ecke und verriegelte die Tür. Die Wenn und Abers wimmerten, fragten zögerlich, ob ich nicht mit jemand anderem rummachen konnte. Dann verstummten sie.

„Ich weiß", murmelte Alex geistesabwesend mit den Lippen an der empfindlichen Stelle unter meinem Ohr. Zum Bereuen hätten wir später genug Zeit. Jetzt wollten wir beide etwas anderes. Die vorsichtigen Küsse wichen leidenschaftlichem Knutschen. Unsere Zungen trafen sich, erkundeten einander. Alex knabberte an meiner Unterlippe, während ich meine Hände unter sein Shirt rutschen ließ, um über seinen breiten Rücken zu streichen, der mir schon bei unserem Schnorchel-Ausflug aufgefallen war. Ich nahm mir vor, ihn später zu fragen, ob er früher Schwimmer gewesen war.

Alex schob mich zum Tresen, hob mich hoch, drängte sich zwischen meine Beine, die ich automatisch um seine Hüften schlang. Mit der Hand stieß ich gegen etwas, das klappernd zu Boden fiel. Ein Metallbecher mit Stiften?

„Egal", raunte er heiser.

Aber der Becher hatte uns eine kleine Verschnaufpause gegönnt. Wir atmeten schwer, waren beide erhitzt, starrten uns an. Passierte das hier gerade wirklich? Ich war hergekommen, um ihn anzuschreien, um ihm all die gemeinen Dinge, die ich dachte, an den Kopf zu werfen. Was ich auch getan hatte. Weil es so unfassbar viel besser war als nichts zu tun und zuzusehen, wie die *Surfers' Heart* unterging. Denn so, wie die Dinge aktuell lagen, wäre es egal, wie erfolgreich unser Auftritt auf dem Festival sein würde, ob ich den Byron-Bay-Cup gewinnen oder beim Surfen durch einen brennenden Reifen springen würde. Nichts könnte die Schule noch retten. Ihre besten Zeiten waren vorbei.

Das alles wusste Alex nicht, konnte er gar nicht wissen. Natürlich war er nicht blind, ihm musste der Zustand der Surfschule aufgefallen sein, aber wie schlecht es wirklich um sie stand, wussten allein meine Eltern und Hao. Ich hatte bisher nur dunkle Vorahnungen und traute mich nicht, einen genauen Blick in die Kassenbücher zu werfen. Die Wahrheit lag zwischen den Seiten, aber mir fehlte der Mut, sie aufzuschlagen.

Statt rausgeworfen zu werden, wofür ich nach meinem Auftritt Verständnis gehabt hätte, saß ich nun auf der Theke in Alex' Tauchshop, mit wild pochendem Herzen und prickelnder Vorfreude auf das, was wir tun könnten. Denn eins war klar: *Damit* hatte ich nicht gerechnet. Alex' Blick brannte auf mir. Die Gedanken an die finanzielle Lage der Surfschule lösten sich in Rauch auf.

„Wir sollten nach hinten gehen." Er hob mich hoch, setzte unsere Küsse fort, stolperte durch den dunklen Shop.

„Deine Wohnung?"

„Büro."

„Okay."

Er trug mich in einen winzigen Raum, der zuvor wohl die Abstellkammer gewesen war. Es gab kein Fenster, auf wundersame Weise hatte Alex Platz für ein kleines Sofa gefunden. Das Licht des Laptops beschien die weiße Wand. Gegenüber hingen Fotografien seiner Tauchgänge. Schildkröten, Haie, Korallenriffe. Bei meinem ersten Besuch hatte ich nur einen kurzen Blick auf sie erhascht.

Sanft setzte er mich auf dem Sofa ab. Damit war die Couch belegt. Ich hob eine Augenbraue. Alex lachte. „Ich weiß, es ist nicht gerade das, was du dir vorgestellt hast, aber ...“

„Glaub mir, ich habe mir gar nichts vorgestellt.“ Nervös stimmte ich in sein Lachen ein.

Ich hätte so gern gewusst, was er jetzt, in genau dieser Sekunde dachte, denn mit einem Mal war sein Lachen einer grüblerischen Miene gewichen. Sein Blick huschte an mir hinunter, rüber zum Schreibtisch, zum in die Ecke gequetschten Schrank. Verlegen kratzte er sich am Hinterkopf. „Charlie?“

„Alex?“

„Hast du ein Gummi?“

„Ob ich ...?“ Himmel, diese Situation war so absurd! Ich verkniff mir ein Lachen. „Nein. Du erinnerst dich, dass ich hier war, um dich in Grund und Boden zu schimpfen?“

„Richtig. Da war ja was.“ Er grinste schief, was ihn viel jünger aussehen ließ. Seufzend sagte er: „Wir müssen das nicht tun. Ich habe erreicht, was ich wollte.“

„Was meinst du?“

„Na ja, du hast so ausgesehen, als wolltest du mir jeden Moment eine schmieren. Da dachte ich ...“

„... mich zu küssen wäre eine gute Idee? Du hast das geplant?“

„Nein, natürlich nicht! Es war mehr ein spontaner Einfall.“ Nun war ihm die Nervosität eindeutig anzuhören. Wie ein Schuljunge, der eine schwierige Gleichung lösen sollte. „Ein Impuls. Oder so etwas in der Art. Du weißt schon, wie ich das meine.“

Ich stand auf, um den Größenunterschied zu ihm zu verringern, auch wenn es sich aufgrund seiner Unsicherheit gerade anfühlte, als würde er zu mir aufschauen. Alex schluckte und sah mich erwartungsvoll an.

Nun gab es zwei Möglichkeiten. Entweder ich bohrte weiter nach, wie er seine Aussage meinte, hakte so lange nach, bis die Situation seziert und die Stimmung hin war. Oder ich akzeptierte, dass uns sein spontaner Einfall, wie er die Sache nannte, in diese Situation geführt hatte. Das Problem war nur: Mit dem Wortwechsel hatten sich die Zweifel befreit und mein Hirn war nach seinem Totalausfall wieder hochgefahren. Die Stimmung war zwar noch nicht hin, hatte aber einen ordentlichen Dämpfer erhalten.

Ab jetzt war nichts mehr, was ich tat, spontan. Alex erneut zu küssen, würde heißen, dass ich es mit vollem Bewusstsein tat und nicht bloß, um auf ihn zu reagieren. Das wäre ein Statement – nur leider hatte ich noch keinen blassen Schimmer, welches. Ganz sicher würde es eine Menge verkomplizieren, was ich aktuell wirklich *nicht* gebrauchen konnte.

Bilder von unserem gemeinsamen Abendessen stiegen in mir auf, von dem Schnorchel-Ausflug und unserer Unterhaltung in seinem Shop. Von der ersten Begegnung am Strand an hatte Alex mich wieder und wieder überrascht, sich in meine Gedanken, ja gar in meine Träume geschlichen.

Geplant hatte ich davon nichts. War es deswegen weniger wert? Wir bekamen nicht immer das, was wir uns wünschten. Manchmal legte das Schicksal uns Steine in den Weg, manchmal aber auch Holz, um daraus ein Floß oder eine Brücke zu bauen. Ich wusste nicht, ob die *Beach Dive*, deren Existenz mir das Leben so schwer machte, nicht auch eine Chance bot. Ob sie nicht der Antrieb war, die *Surfers' Heart* endlich zu restaurieren, ihr eine neue Richtung zu geben, ihr alten Glanz und Ruhm zu verleihen. Möglicherweise hätte ich die Notwendigkeit einer Neuausrichtung auch ohne Alex erkannt. Fakt war, dass die *Beach Dive* wie ein Brandbeschleuniger für unsere fast ruinierte Surfschule wirkte. Und Alex? Würde er mein Leben komplizierter machen? War das überhaupt noch möglich?

Egal, wie die Welt morgen aussähe, ich müsste mit der Entscheidung, die ich nun traf, leben. Und eines war mir klar: Setzten wir das hier fort, würde es mit ziemlicher Sicherheit nicht bei einem Kuss bleiben. Da war ein Feuer zwischen uns, dass sich nach mehr als nur einem Kuss verzehrte. Eine Anziehung, eine Verbindung, die schon länger zwischen uns bestand und deren Existenz ich bis heute Abend nicht hatte wahrhaben wollen, obwohl die Anzeichen eindeutig gewesen waren. Und warum auch nicht? Wir waren beide erwachsene Menschen. Singles. Warum sollten wir nicht eine gute Zeit miteinander haben? Und bei dem Vorgeschmack, den ich gerade erhalten hatte, würde sie gut werden. Alex' Küsse hatten das Potenzial, mich alles vergessen zu lassen.

Alex legte zwei Finger unter mein Kinn, woraufhin ich automatisch meinen Kopf hob und ihm in die Augen sah. Ich entdeckte so viel in seinem Blick. Neugier, Sorge, Vorfreude, Verlangen. „Charlie, was ist los?"

Ja, ich wollte herausfinden, wohin uns das führte.

„Lass uns in deine Wohnung gehen – da sind bestimmt Kondome, oder?"

16. What if I like you?

Alexander

Bloody hell!

Die Nacht wurde immer verrückter. Waren mir vorhin beim Schreiben der Mail die Augen fast zugefallen, war ich nun hellwach. Und spitz.

Wir verließen den Laden, um in meine Wohnung zu gehen, die direkt neben der *Beach Dive* lag. Es waren nur wenige Meter, aber ich sah Charlie an der Nasenspitze an, dass sie immer wieder grübelte, nur um die Gedanken wieder beiseitezuschieben. Als sie erneut so aussah, als wäre ihr die Sache unangenehm, griff ich nach ihrem Arm und blieb stehen. Überrascht sah sie mich an.

„Wir müssen das nicht tun." Sie hob eine Augenbraue und wollte mir widersprechen, doch ich redete weiter. „Nur weil wir uns geküsst haben, müssen wir nicht direkt Sex miteinander haben, Charlie. Wenn du dich nicht wohlfühlst, will ich das auf keinen Fall."

„Ich weiß, dass ich nicht muss. Aber ich will!" Bei dem Blick, mit dem sie mich bedachte, brandete neues Verlangen in mir auf. Sie wandte sich mir ganz zu und stand nur wenige Zentimeter vor mir. Der Duft ihres Shampoos wehte mir in die Nase. Wieder blitzte das

Bild von ihr auf einem Surfbrett in meinem Kopf auf. „Alex, ich denke immer viel nach. Das heißt nicht, dass ich es nicht will." Ein Lächeln zupfte an ihren Mundwinkeln. „Okay?"

Ich nickte. „Okay."

„Gut! Denn ich will endlich wissen, wohin diese Tattoos führen und was ich entdecken werde." Sie strich mit den Fingerspitzen meine Tattoos entlang, die unter dem Ärmel meines Shirts hervorlugten. Mit derselben Hingabe, mit der sie die Riffkarte betrachtet hatte. Mit dem Finger malte sie die Umrisse des Hammerhais nach, dessen Schwanzflosse sich unter dem Stoff verbarg. Folgte sie den Linien, würde sie die Tentakel eines Oktopus finden, der sich auf meiner Schulter eingerichtet hatte. Seine Fangarme reichten bis über meinen Rücken. Ich stellte mir vor, wie Charlie sie liebkoste, und schluckte den Kloß hinunter, der sich gebildet hatte.

Wieder dieses Lächeln. Sie wusste genau, dass meine Fantasie erledigte, was ihre Finger in der Öffentlichkeit nicht tun sollten. Auch wenn so gut wie niemand außer uns unterwegs war. Meine Bedenken wichen nervöser Vorfreude. Ob ich auch ein Tattoo auf ihrer Haut entdecken würde? Eine stilisierte Welle oder ein anderes filigranes Kunstwerk, das ihre Liebe zum Meer ausdrückte?

Mein Magen rumorte und ich fühlte mich wie vor dem ersten Mal. Charlie hingegen wirkte selbstbewusst und ausnahmsweise nicht mysteriös oder unnahbar. Tatsächlich sendete sie mir erstmals, seit wir uns kannten, klare Signale. Wir wollten fortsetzen, was wir im Tauchshop begonnen hatten. Es gefiel mir, sie nicht wie ein offenes Buch lesen zu können. Sie war wie das Meer, das sie so sehr liebte. An manchen Tagen spiegelglatt, an anderen stürmisch und tosend. Immer erforderte sie meine volle Aufmerksamkeit, weil ich nie wusste, was als Nächstes kam. Dachte ich, sie für mich gewonnen zu haben, ließ sie mich mit einem frechen Spruch auf den Lippen stehen, wie neulich am Steg. Dachte ich, sie überrumpelt zu haben, erwiderte sie meinen Kuss. Charlotte Campbell war in jeder Hinsicht unberechenbar wie das Meer. Jetzt sah ich den Horizont klar und deutlich.

Wir gingen auf die Wohnung zu. Ein Windspiel klimperte leise eine Melodie.

Ich schloss die Tür auf und betrat den Flur. „Etwas unordentlich", sagte ich, um sie vorzuwarnen, und knipste eine Lampe an, die mehr Schatten als Licht spendete. Neugierig sah sich Charlie um.

„Wo ist das Bad?"

Ich wies ihr den Weg. Sie verschwand und ich nutzte die Gelegenheit, in Windeseile ein paar Klamotten einzusammeln und in den Wäschekorb im Schlafzimmer zu versenken. Dann trat ich ins Wohnzimmer, das in eine offene Küche überging. Ich reichte Charlie ein Glas Wasser, als sie zurückkam. Sie nahm es an, nippte daran.

„Schöne Wohnung", sagte sie, die Unterarme auf der Theke abgelegt. „War von Anfang an klar, dass du nebenan einziehen würdest?"

„Nicht sofort. Ich hatte erst vorgehabt, eine Wohnung auf das Restaurant zu bauen. Dann habe ich den Kostenvoranschlag bekommen und mich entschieden, lieber in die Breite statt in die Höhe zu bauen. Wie sich herausstellte, war das eine gute Entscheidung, denn mittlerweile weiß ich, dass die Statik nicht für eine zusätzliche Etage ausgelegt ist. Am Ende ist es mir egal, ob sich die Wohnung über der *Beach Dive* befindet oder nebenan, Hauptsache so nah wie möglich."

„Das verstehe ich gut", flüsterte Charlie. Sie musterte mich eindringlich, während sie trank. Was wohl in ihrem hübschen Kopf vor sich ging?

Es würde zu ihr passen, wenn sie noch abwägte, was Sex mit mir zu haben für sie bedeutete. Für uns. Für die Konkurrenten, die wir waren – oder auch nicht. Je nach Blickwinkel. Wenn ich in den letzten Wochen eines über Charlotte Campbell gelernt hatte, dann, dass sie verkopft sein konnte. Mit ihrer Einstellung hatte sie es vermutlich nicht leicht in Byron Bay. Zumindest nicht, wenn man ihren Eltern glaubte, für die der Hippie-Lifestyle mit seiner freien Mentalität und Liebe der Hauptbeweggrund gewesen war, hierherzukommen. An zweiter Stelle hatte der Surfspot gestanden. Auf die erste Information hätte ich gern verzichtet, aber Charlies Eltern gingen sehr locker mit der Thematik um.

Ohne daraus getrunken zu haben, stellte ich mein Glas ab und umrundete die Theke. Charlie folgte jeder meiner Bewegungen und wandte sich mir zu, ein erwartungsvolles Funkeln in den Augen. Da wusste ich, wie es weitergehen würde, wusste, was wir beide wollten. Wusste, dass sich in den letzten Minuten nichts geändert hatte.

Ich blieb erst vor Charlie stehen, als sich unsere Nasenspitzen fast berührten. Dann nahm ich ihre Hand in meine und führte sie an meinen Mund, hauchte einen

Kuss auf ihren Handrücken, ohne den Blickkontakt zu unterbrechen.

„Was hältst du davon, wenn wir dort weitermachen, wo wir aufgehört haben?", fragte ich sie mit kratziger Stimme.

„Dafür müsstest du aber mehr küssen als meine Hand." Ein freches Lächeln huschte über ihr Gesicht.

„Sehr gern."

17. Falling

Charlotte

Alex überbrückte die letzten Zentimeter und legte seine Lippen auf meine. Einen flüchtigen Augenblick fing ich seinen Blick ein, ehe ich die Augen schloss und mich in den Kuss fallen ließ. Seine Lippen waren rau vom Salzwasser, ohne spröde zu sein. Seine Bartstoppeln kratzen meine empfindliche Haut, und als unsere Zungen sich berührten, schmeckte ich Kaffee.

Im Shop hatte Alex mich nur geküsst, damit ich die Klappe hielt und aufhörte, ihn anzuschnauzen. So bescheuert ihm die Idee vielleicht anfangs auch selbst erschienen war, es ging ihm schon lange nicht mehr darum, mich aus dem Konzept zu bringen. Dafür hätte ein kleiner Kuss ausgereicht, ein schüchternes Berühren unserer Lippen.

Das, was Alex gerade mit mir anstellte, zeigte mir sehr deutlich, was er wollte. Heftig knutschend hatten wir uns von der Küchentheke wegbewegt, in Richtung Flur, wo Alex mich mit dem Rücken gegen die Wand drückte. Ich presste mich an ihn, spürte seinen Körper an meinem, die Hitze zwischen uns, seine Härte an meinem Becken. Meine Körpermitte rumorte nervös, und zwischen meinen Beinen pulsierte die Vorfreude.

„Schlafzimmer", murmelte ich atemlos zwischen den Küssen. Er nahm meine Hand und zog mich mit sich in den dunklen Raum, der nur vom Mondlicht spärlich erleuchtet wurde. Einige Grillen zirpten laut vor dem schräg geöffneten Fenster, der Geruch nach Salz wehte vom Meer herüber. Der Vorhang blähte sich sanft im Wind.

Ich schob Alex zum Bett. Bereitwillig ließ er sich auf die Matratze fallen, zog mich mit sich, sodass ich das Gleichgewicht verlor und der Länge nach auf ihn fiel, was ihm ein überraschtes Keuchen entlockte, gefolgt von einem Lachen. „Uff."

„Sorry", murmelte ich. Rasch setzte ich mich auf ihn, ein Bein links, eines rechts, und musterte sein schiefes Grinsen. Mit den Händen strich er meine Hüften hinauf, unter den Saum meines Tops, streifte den Rand meines Bikinioberteils.

„Charlie", raunte er. Einfach nur meinen Namen, sonst nichts. Für einen Augenblick verharrten seine Finger auf meiner Haut, erzeugten ein Prickeln, lösten ein Verlangen in mir aus, das ich lange nicht mehr empfunden hatte. Plötzlich fühlte es sich an, als ginge es um mehr als Sex, als wäre da etwas, tief in mir. Zwischen uns.

Aber dann zog er mir das Top aus, setzte sich auf, befreite mich auch von meinem Bikini, umschloss meine Brüste mit seinen Händen, und dieser Gedanke verlor sich in Empfindungen. Alex saugte an einer Brustwarze und knabberte zärtlich daran. Mir entglitt ein kehliges Stöhnen, was ihn nur mehr anzuspornen schien. Hitze jagte durch meinen Körper, und ehe sie mich verbrannte, ließ ich los.

Kleidungsstücke flogen. Heftiges Knutschen, Atempausen, um nicht zu ersticken. Das leidenschaftliche Feuer, das sich vor einer Stunde noch von Verzweiflung, Wut und einer gehörigen Portion Eifersucht auf das Glück meines Nachbarn genährt hatte, brannte nun lichterloh.

Ich brannte lichterloh.

Wo Alex mich berührte, kribbelte meine Haut, seine Finger hinterließen eine Gänsehaut. Wir erkundeten einander mit den Händen, mit unseren Mündern, küssten uns immer und immer wieder. Wie versprochen folgte ich der Spur seiner Tattoos bis zur Schulter und entdeckte in der Dunkelheit die Umrisse eines riesigen Oktopus, dessen Tentakel seinen Rücken zierten. Ich nahm mir vor, mich diesem Kunstwerk später ausführlicher zu widmen, wenn ich wieder in der Lage war zu denken.

Irgendwann lag ich unter Alex, meine Hand um sein bestes Stück geschlossen, ihn massierend. Er stöhnte auf, krallte die Hände ins Laken, beherrschte sich aber meisterlich. Er wollte nicht kommen. Ich spürte, wie er dagegen ankämpfte. Spürte seine Sehnsucht, das Verlangen, loszulassen, spürte es so deutlich, weil es auch mich erfüllte.

Wir waren beide am Rande der Ekstase. Ich war bereit für ihn – und ich wollte ihn. Blind tastete ich in der Schublade seines Nachttisches nach einem Gummi, fand es und reichte es ihm.

Das Reißen von Plastik ertönte, dann Stille. Nur der Pulsschlag donnerte mir in den Ohren, übertönte sogar das Meer. Alex verlagerte sein Gewicht, schob sich zwischen meine Schenkel und dann, endlich, endlich, *endlich*, drang er in mich ein.

Scheppern, Donnern und ein Vibrieren rissen uns aus dem süßen Schlaf, der über uns irgendwann früh in den Morgenstunden überkommen hatte.

„Was ist das?" Alex war aufgesprungen und zum Fenster gerannt, riss den Vorhang auf, ungeachtet der Tatsache, dass er nichts als unsere Pheromone am Körper trug. Auch ich war aufgeschreckt, schnappte mir ein Laken und wickelte es behelfsmäßig um mich.

„Was zur ..." Mit offenen Mündern bestaunten wir den Bagger, der rumpelnd direkt an der *Beach Dive* vorbeizog, zur ...

„NEIN!", schrie ich. „Die *Surfers' Heart!*"

Schon war ich bei meinen Klamotten und zog mich mit zittrigen Händen an, verhedderte mich in der Unterwäsche und vielleicht war das Top auch auf links gedreht. Egal!

„Charlie! Beruhig dich! Du weißt doch gar nicht, ob er zur *Surfers' Heart* fährt. Wie kommst du überhaupt darauf? Warum sollte er?"

Alex' Einwand zum Trotz wusste ich mit absoluter Sicherheit, was jetzt geschah, denn in der Sekunde, in der ich den Bagger gesehen hatte, setzten sich alle Puzzleteile zusammen. Die schnelle Zustimmung meiner Eltern, dass ich die Surfschule eine Saison übernehmen durfte, das Geld für den Flug nach Nepal, obwohl wir pleite waren, und ihre Erleichterung, als sie mir von ihren Plänen erzählt hatten. Plötzlich sah ich messerscharf.

„Sie haben sie verkauft!“, rief ich aufgebracht.

„Was?!“

„Ich muss ihn aufhalten!“

Und schon war ich aus der Tür.

Ich rannte, als hinge mein Leben davon ab. Die *Surfers' Heart* und die *Beach Dive* trennten nur wenige Meter. Jetzt kamen sie mir vor wie Kilometer. Hinter mir hörte ich Alex immer wieder rufen, ich solle stehen bleiben. Ich rannte weiter.

Der Bagger hatte einen Vorsprung und fackelte nicht lange. Ich sah noch, wie der Baggerfahrer einem Mann im Anzug und mit Sonnenbrille zunickte. Dann hob sich die Schaufel und versank mit einem einzigen Hieb in der Seitenwand der *Surfers' Heart*. Holz splitterte, frisch gestrichene Bretter flogen zur Seite. Ein Teil des Daches brach weg, kaum fehlte der Halt der Wand.

„STOPP!“ Ich schrie, obwohl meine Lunge vom Sprint brannte. Der Baggerfahrer hörte mich nicht und setzte sein zerstörerisches Werk fort.

Der Anzugtyp drehte sich zu mir um und runzelte die Stirn. Schnaufend kam ich vor ihm zum Stehen.

„Was tun Sie da?“, schrie ich ihn an, obwohl leider allzu offensichtlich war, was sich vor meinen Augen abspielte.

„Das Ding abreißen!“

„Das dürfen Sie nicht!“

Nun hob er eine Augenbraue. „Aber natürlich. Wer bist du überhaupt? Verschwinde vom Grundstück!“

Ich sog scharf die Luft ein, schickte ein letztes Stoßgebet an wen auch immer, in verzweifelter Hoffnung, es würde sich um ein Riesenmissverständnis handeln. Hao könnte die Wand bestimmt schnell reparieren, das wäre kein Problem. Moment ... Hao?

„HAO!“, kreischte ich, plötzlich wie von Sinnen. Ich wollte losstürmen, in die *Surfers' Heart*, doch der Mann hielt mich fest am Arm zurück. „Spinnst du? Du kannst da nicht rein! Das Gebäude ist instabil!“

„Mein Freund!“, schrie ich.

„Es ist niemand mehr drin! Nur ein bisschen alter Kram von den Vorbesitzern. Nichts von Wert und erst recht keine Menschen!“

Nichts von Wert. Die Worte hallten wie ein Echo in mir nach.

„Aber ...“, setzte ich zu einem neuen Versuch an, deutlich schwächer.

„Charlie! Was ist hier los?“ Alex tauchte neben uns auf, sein Gesicht ein Spiegel meiner Gefühlswelt. Blankes Entsetzen über das, was vor uns lag: das Ende der *Surfers' Heart*.

„Bist du ihr Freund?“, fragte der Anzugträger.

„Was? Nein. Ja ... warum?“

„Kannst du bitte mal deine Freundin von hier wegschaffen?“

Alex sah mich an, unsere Blicke trafen sich und ich war mir sicher, dass er all den Schmerz, die Verzweiflung und die Wut erkannte, die in mir loderten. Er straffte die Schultern.

„Haben Sie Unterlagen dabei, die belegen, dass hier alles mit rechten Dingen zugeht?“, fragte Alex. Ich warf ihm einen dankbaren Blick zu. Auf die Idee war ich nicht gekommen.

Der Typ blinzelte überrumpelt, dann verzogen sich seine Lippen zu einem schmalen Lächeln. „Natürlich."

Er kramte die Dokumente aus der Tasche, zeigte uns seinen Ausweis, der bewies, dass er im Namen des neuen Eigentümers vor Ort war, um den Abriss der Surfschule und des Wohnhauses zu beaufsichtigen. Er hielt uns alles unter die Nase, was wir sehen wollten. Immerhin hatte der Baggerführer seine Arbeit auf einen Wink des Mannes pausiert.

Es gab keine Lücke, kein Hintertürchen, keinen Irrtum. Unter der Flut an Dokumenten erkannte ich die Unterschriften von Mum und Dad. Ich blinzelte mehrfach, was nichts an der Tatsache änderte.

In mir zerbrach der letzte Funke Hoffnung. Wie aus weiter Ferne bekam ich mit, dass sich Alex mit ihm unterhielt und diskutierte, ob ich noch einmal in das Gebäude dürfte, in das Haupthaus, um Sachen auszuräumen. Ich hörte, wie er argumentierte, dass ich von alldem nichts gewusst hatte, dass es sich um einen riesigen Irrtum handeln musste. Es gelang mir kaum, ihren Worten zu folgen, weil das Blut in mir lauter toste als das Meer an stürmischen Tagen.

Ich versuchte mit aller Kraft, mich zusammenzureißen. Erst als Alex mir eine Hand auf die Schulter legte und ich den Blick vom Gebäude losriss, war ich wieder bei mir.

„Charlie?"

„Alex?"

Er lächelte traurig. „Hey. Da bist du ja. Komm, wir kümmern uns um deine Sachen. Ich habe den guten

Mann überzeugt, dass du von dem Verkauf nichts wusstest. Er kann die ganze Sache zwar nicht stoppen und die Dokumente sind eindeutig, aber er kann uns etwas Zeit verschaffen. Sein Auftraggeber ist wohl ein ziemlich großer Immobilienhai, der sich in jüngster Zeit einiges an der Ostküste unter den Nagel gerissen hat. Der versteht keinen Spaß. Immerhin konnte ich den Bauleiter erweichen. Wir dürfen in euer Haus, um die Sachen rauszuholen. Die Surfschule können wir nicht mehr betreten, die ist einsturzgefährdet. Tut mir leid, Charlie."

Ich nickte wie betäubt, hatte wenn überhaupt nur die Hälfte von dem gehört, was mir Alex erklärt hatte, und folgte ihm zum Gebäude. Der Anzugträger, dessen Namen ich nicht einmal kannte und der auch keine Rolle spielte, pfiff den Baggerfahrer nun endgültig zurück. Die Maschine kam zum Stillstand, die Schaufel ruhte am Boden, vor ihr die Trümmer unserer Surfschule. Ein paar Planken stachen wie die Hand eines Ertrinkenden in die Höhe, ich erkannte Fetzen des Schriftzugs. Mir schnürte sich die Kehle zu, und bevor ich darüber nachdenken konnte, was ich tat, drehte ich mich um und rannte, rannte, rannte.

18. Just Memories

Alexander

„Charlie! Bleib stehen! Verdammt!", rief ich ihr hinterher, aber entweder hörte sie mich nicht oder ignorierte mich.

Längst hatten sich Schaulustige um den Bauzaun versammelt, den ich nun zum ersten Mal bewusst wahrnahm. Sie begafften das, was bis vor wenigen Minuten noch Charlies Zukunft gewesen war.

Ich starrte Charlies kleiner werdenden Silhouette hinterher, bis sie um eine Ecke bog und ich sie nicht mehr sah. Ich ließ sie ziehen, weil ich wusste, wie es sich anfühlte, alles zu verlieren, für das man so hart gearbeitet hatte. Sie brauchte Zeit, musste einen klaren Kopf bekommen. Vermutlich würde sie Zuflucht bei Hao finden. Der Gedanke versetzte mir einen Stich, denn ich wünschte mir, sie wäre hiergeblieben, bei mir. Ich wünschte mir, es wäre meine Schulter, an der sie sich ausweinte. Aber Hao war immer an ihrer Seite, und deswegen schluckte ich den bitteren Geschmack hinunter. Stattdessen beschloss ich zu handeln und rief Liv an.

Knapp eine halbe Stunde später traf ich Liv und Josh vor dem Wohnhaus der Familie Campbell, das sich so nah neben der *Surfers' Heart* befand wie mein Wohnbungalow neben der *Beach Dive*. Rasch hatte ich den beiden erzählt, was passiert war. Josh war mit dem Pick-up die wenigen Meter von der *Beach Dive* rübergefahren und parkte vor den Trümmern der Surfschule.

Liv schüttelte immer wieder den Kopf. „Ich kann einfach nicht glauben, dass ihre Eltern alles verkauft haben, ohne ihr was zu sagen! Und ohne sie zu warnen! Die haben doch 'ne Vollmeise. Sie hätte verletzt werden können! Sie hätte *tot* sein können! Was stimmt mit denen nicht?" Die Empörung über das rücksichtslose Verhalten von Charlies Eltern triefte aus jedem ihrer Worte, Abscheu verzerrte ihr hübsches Gesicht. Ich konnte gut nachvollziehen, wie Liv sich fühlte. Kopfschüttelnd betrachtete ich die beiden Gebäude, an denen Charlie mit ganzem Herzen hing.

„Es wurde wohl geprüft, ob noch jemand im Gebäude ist." Selbst in meinen Ohren klang die Aussage schwach.

Liv schnaubte. „Wow, das macht es so viel besser! Welche Eltern hinterlassen ihrer Tochter wissentlich einen riesigen Scherbenhaufen und warnen sie dann nicht einmal vor, wenn die Bagger anrücken?"

Besonders der letzte Teil wollte mir auch nicht in den Kopf gehen. Es musste eine Erklärung für ihr Verhalten geben, allerdings fiel mir keine plausible ein. „Weiß ich nicht. Ich habe drüber nachgedacht, Judy und Sam anzurufen und ihnen zu erzählen, was passiert ist, nur habe ich ihre Nummer nicht. Du weißt ja, für mich war die Sache nicht interessant."

„Die Nummer hat Hao vielleicht?", schlug Josh vor.

„Wahrscheinlich", antwortete ich zögernd. „Ich glaube, es ist besser, wenn wir uns vorerst nicht einmischen. Jetzt ist der falsche Zeitpunkt dafür. Das Warum und Weshalb herauszufinden, ist Charlies Aufgabe. Ich werde sie natürlich unterstützen. Obwohl ich nicht viel mit Judy und Sam zu tun hatte, traue ich ihnen das nicht zu. Gehen wir ins Haus und holen wir raus, was wir tragen können und was von Wert ist. Vor allem aber, was nach Charlies persönlichen Sachen aussieht. Wir können von mir aus die gesamte *Beach Dive* vollstellen. Hauptsache, wir retten, was geht. Charlie hat genug verloren." Ich sah meine Schwester an. „Ich hätte nie gedacht, dass der Tag kommen würde, an dem ich froh darüber bin, dass meine kleine Schwester in ein billiges Hostel mit Mehrbettzimmer absteigt. Jetzt ist es praktisch, dass das Gästezimmer frei ist und wir genug Stauraum haben. Falls Charlie nicht bei mir übernachten will, dann sollen ihre Sachen so lange wie nötig bei mir stehen."

Liv schnaubte. „Hey, ich mag's in meinem Hostel! Da kann ich tun und lassen, was ich will."

„Das ist ja manchmal das Problem", murmelte ich leise. Anscheinend nicht leise genug, denn Josh warf mir einen amüsierten Blick zu, woraufhin ich nur à la *Ist doch wahr* mit den Schultern zuckte.

Ein letztes Mal betrachtete ich die Überreste der *Surfers' Heart.* Vor ein paar Monaten, lange bevor ich Charlie kennengelernt hatte, hatte ich mir das erste Mal gewünscht, dass die Surfschule schlecht lief, weil ich der festen Überzeugung gewesen war, einen starken Konkurrenten zum Nachbarn zu haben. Doch mit jedem Tag, der verstrichen war, hatte ich erkannt, wie viel und gleichzeitig wenig das Surfen und das Tauchen verband. Wir waren niemals echte Konkurrenten gewesen, und ich hätte Charlie mehr als alles auf der Welt gewünscht, dass es ihr gelänge, das Ruder herumzureißen. Dass sie ihre Eltern überzeugt hätte, die Surfschule und den Grund und Boden, auf dem sie stand, zu behalten.

Ich fragte mich, wann genau der Verkauf stattgefunden hatte. Vor oder nachdem sie die *Surfers' Heart* in Charlies Obhut gegeben hatten? Es konnte nur vorher gewesen sein, denn wenn sie gesehen hätten, was ich gesehen hatte ...

„Alex?" Liv legte mir eine Hand auf den Unterarm und folgte meinem Blick.

„Weißt du, Livie, ich glaub, ich habe gerade etwas verstanden. Charlie ist die beste Surflehrerin, die ich kenne. Nein, warte bitte, bevor du etwas Zynisches einwirfst. Sie ist eine großartige Surflehrerin, weil sie das Meer versteht, weil sie begriffen hat, was das Surfen ausmacht, dass es so viel mehr ist, als nur auf einem Board zu stehen und dabei gut auszusehen. Sie spürt die Wellen, ist eins mit dem Element. Sie braucht die *Surfers' Heart* nicht, um zu unterrichten. Es ist nur eine Bude, in der sie ihre Boards gelagert und Kursanmeldungen verwaltet hat. Dafür braucht man nur einen Laptop und ein bisschen Lagerfläche. Das, was die Schule ausgemacht hat, ist Charlie. Sie *ist* die *Surfers' Heart*."

„Alex", flüsterte Liv, hörbar gerührt von meinen Worten. „Das ist das Schönste, das ich je gehört habe. Du musst es ihr sagen. Sie muss es hören."

„Mach ich später. Jetzt kümmern wir uns erst einmal um ihre Sachen.“

„Dann mal los“, sagte Josh und öffnete die Tür.

19. This is the end

Charlotte

Hao stellte keine Fragen, als er mich sah.

Tief in meiner Verzweiflung fragte ich mich, ob er längst Bescheid gewusst hatte. Doch ebenso rasch wie die fiesen Zweifel aufgekommen waren, verwarf ich sie wieder. Er hätte nie zugelassen, dass ich morgens von einem Bauleiter aus dem Bett geworfen wurde. Er sagte kein Wort, weil es nichts mehr zu sagen gab.

Stattdessen schloss Hao seine Arme fest um mich, als wollte er mich zusammenhalten, und ich weinte, weinte, weinte. Heulte wie noch nie zuvor in meinem Leben. Betrauerte die *Surfers' Heart*, die Arbeit, die wir investiert hatten, und die Zukunft, die verloren war, bevor sie begonnen hatte.

Irgendwann waren die Tränen versiegt, und er schickte mich auf eine Matratze, die er irgendwo hergezaubert und für mich in ein Bett verwandelt hatte. Ich hätte auch seine Hängematte genommen oder auf dem Boden geschlafen. Mir war alles egal.

Ich fiel in einen unruhigen Schlaf und wachte desorientiert auf. Fragte mich, ob alles nur ein böser Traum gewesen war. Meine Lider, schwer und verquollen, waren stumme Zeugen des Geschehenen. Langsam richtete ich mich auf.

„Hao?“, fragte ich mit dünner Stimme.

Ich hatte keine Ahnung, wie viel Zeit vergangen war. Ein halber Tag, ein ganzer, zwei? Dem Stand der Sonne nach zu urteilen war es später Nachmittag. Ich stand auf und holte mir ein Glas Wasser, das ich in großen Schlucken leerte. Gefolgt von einem zweiten, einem dritten. Ich war wie ausgetrocknet.

Dann tastete ich nach meinem Smartphone, konnte es aber nicht finden. Vermutlich lag es noch bei Alex. Plötzlich prasselten die Erinnerungen mit voller Wucht auf mich ein. Alex! Ich hatte ihn einfach stehen gelassen.

Die *Surfers’ Heart* – auch sie hatte ich ihrem Schicksal überlassen. Meine Sachen – vermutlich längst in einem Container. Und das alles nur, weil ich mich nicht zusammengerissen hatte, weil meine Gefühle die Oberhand gewonnen hatten.

„Du bist wach.“ Ich drehte mich zu Hao um, der in der Tür stand und mich mit einem zaghaften Lächeln auf den Lippen bedachte. „Aha, dein Kampfgeist kommt zurück.“

Ich runzelte die Stirn. „Ich glaube, du siehst mehr, als ich weiß.“

Er ging zur Küchentheke und legte eine Tüte mit Einkäufen ab. „Kaffee?“

„Gern.“

„Eis?“

„Unbedingt.“

Wenige Minuten später saßen wir im Schneidersitz auf meinem Bettlager, jeder einen Becher Eis auf dem Schoß. Endlich erzählte ich ihm, was passiert war. „Ich war bei Alex. Jaja, ich weiß, ich habe dir versprochen, ihn nicht anzupflaumen, aber verdammt, Hao, ich war so wütend. Tja, dann kam alles anders als gedacht – er hat mich geküsst." Ich lächelte bei der Erinnerung daran und schüttelte ungläubig den Kopf. „Wir, na ja, es ist dann einfach so passiert."

„Einfach so?"

Hitze kroch mir in die Wangen. „Er wollte es. Ich wollte es. Also haben wir es getan."

Hao nickte, als hätte er das alles schon kommen sehen, was mich wiederum nicht überraschte. Sein Blick auf mich war schon immer sehr klar gewesen.

Ich fuhr fort: „Morgens wurden wir dann vom heranfahrenden Bagger geweckt, und da habe ich es begriffen. Erinnerst du dich an den verpassten Anruf neulich? Ich habe Mum nicht zurückgerufen, weil ich einfach keine Lust hatte, mir ihr Nepal-Gesülze anzuhören. Ich vermute, dass das ihr schwacher Versuch war, mich vorzuwarnen, was passieren würde. Was nun passiert ist."

Hao kratzte einen Löffel Eis aus dem Becher und steckte ihn sich nachdenklich in den Mund. „Möglich. Sehr gut möglich sogar. Mich haben sie nicht angerufen."

Ich schluckte hart. „Scheiße, also haben sie dich auch hintergangen." Ich war so auf mich selbst fokussiert gewesen, dass ich ausgeblendet hatte, wie viel Hao die *Surfers' Heart* und unser Leben, das wir uns gemeinsam aufgebaut hatten, bedeutete. Wie viel wir, die Campbells, ihm bedeuteten. Sein Nachname mochte ein anderer sein, doch im Herzen war er immer einer von uns gewesen. Mum und Dad hatten uns beide verarscht. Sie hatten mit uns beiden gebrochen, nicht bloß mit mir. „Es tut mir so leid", flüsterte ich, beugte mich vor und legte meine Hand auf seinen Arm.

„Schon gut", krächzte er, obwohl natürlich nichts gut war.

Schweigend löffelten wir unser Eis. *Ben & Jerrys* mit diesen kleinen Eisbären aus weißer Schokolade. Meine Lieblingssorte.

„Hao?"

Er sah mich fragend an.

„Eine Sache geht mir nicht aus dem Kopf, und ich hoffe, du bist nicht böse, wenn ich dich das frage", begann ich.

„Ich bin dir nie böse, Charlie. Das weißt du."

„In dem Fall bin ich mir unsicher." Ich drehte den Becher Eiscreme zwischen meinen Händen und knibbelte am Rand, während ich über meine nächsten Worte nachdachte. Ob ich sie wirklich aussprechen sollte.

„Charlie", sagte Hao in unnachahmlichem Tonfall, der mich dazu brachte, über meinen Schatten zu springen.

„Was hast du in Sydney gemacht?" Ich atmete tief ein.

Er zog die Augenbrauen zusammen, als müsste er sich an die Fahrt erinnern.

„Du warst doch in Sydney?", fragte ich. Langsam atmete ich aus. Die Anspannung blieb.

„Ja."

„Und?"

„Du weißt, ich erzähle dir alles", sagte er.

Nun war ich diejenige, die die Augenbrauen zusammenzog. „Normalerweise schon, weshalb ich mich frage, warum du jetzt so ein Geheimnis draus machst."

„Ich frage mich, warum du es unbedingt wissen willst", entgegnete Hao. Mit seinem Konter traf er voll ins Schwarze.

„Weil ich den Verdacht hatte, dass du von dem Verkauf wusstest."

„Du sprichst in der Vergangenheitsform. Also hat sich dein Verdacht aufgelöst?"

Ich konnte nicht fassen, wie ruhig Hao war, obwohl ich ihn beschuldigt hatte, von Mum und Dads Plänen gewusst zu haben. „Mittlerweile denke ich das nicht mehr. Dennoch würde ich gern wissen, weshalb du ausgerechnet zum Beginn der Hochsaison in Sydney warst."

Nun lächelte er. „Daher weht der Wind. Na schön. Charlie, es tut mir leid, dass ich nicht für dich da war, als Judy und Sam dich mit der Nepal-Geschichte überrannt haben. Ich habe jemanden in Sydney besucht, der mir wichtig ist." Seine Gesichtszüge wurden weich. „Eine alte Freundin, die ich seit vielen Jahren nicht gesehen habe, um genau zu sein."

„Eine Freundin?" Ungläubig sah ich ihn an. „Das hättest du mir doch erzählen können! Das ist keine große Sache."

Hao lächelte. An seinen Augen bildeten sich Fältchen, und zum ersten Mal sah ich ihn erröten. „Für mich schon."

„Oh", murmelte ich. Dann noch einmal: „Oh!"

Er zuckte mit den Schultern. „Ich weiß nicht, ob etwas draus wird, deswegen wollte ich die Sache für mich behalten."

Ich wich seinem Blick aus. „Tut mir leid, dass ich gebohrt habe. Ich dachte wirklich ..."

„Schon in Ordnung", sagte Hao. „Iss dein Eis, bevor es schmilzt."

Ich musterte ihn, suchte in seinem Gesicht Anzeichen dafür, dass er mir meine Fragen krummnahm. Hao schenkte mir ein offenes, ehrliches Lächeln, und mir fiel endlich der Stein vom Herzen, den ich so lange mit mir herumgeschleppt hatte.

Irgendwann sagte ich in die Stille hinein: „Wir müssen weitermachen."

Hao sah auf. „Ja."

„Nur ... ich weiß nicht recht, wie. Wir sind pleite. Alles ist weg. Das, was ich im *Salt & Vinegar* und mit dem letzten Kurs verdient habe, ist in die Renovierung der Schule und der Boards geflossen. Keine Ahnung, was sie für das Grundstück bekommen haben, aber das spielt auch keine Rolle, weil wir eh keinen Zugang zu dem Geld haben."

„Ich habe Geld", sagte Hao. „Daran soll es nicht scheitern, das weißt du. Wichtiger ist, dass du dir klar wirst, was du willst, Charlie. Willst du in Byron Bay bleiben, auch ohne die *Surfers' Heart?"*

Ich seufzte. „Keine Ahnung. Du weißt, ich hatte keinen Plan B. Das Ziel war, eine gute Saison zu haben und Mum und Dad zu überzeugen, die Schule nicht zu verkaufen. Jetzt ist in meinem Kopf gähnende Leere."

Er lachte leise. „Dein Kopf ist niemals still, Charlie. Du denkst viel zu laut für einen Hohlraum zwischen den Ohren."

„Hey!"

„Du kannst bei mir wohnen, solange du möchtest. Oder – nur so ein Gedanke – du kommst bei deinem Freund unter." Hao bedachte mich mit dem intensiven Hao-Blick, den er immer dann zeigte, wenn er sich mehr dabei dachte, als er sagte.

„Moment. Mit *mein Freund* meinst du Alex?"

„Wen sonst?"

Ich öffnete den Mund, um zu sagen, dass Alex nicht gleich mein Freund war, nur weil wir einmal miteinander im Bett gewesen waren. Aber das zu behaupten, wäre falsch, denn die Wahrheit war, dass mir flau im Magen wurde, sobald ich an ihn dachte. Also schloss ich den Mund wieder. „Ich muss ihn anrufen."

„Nimm das Rad und fahr hin", entgegnete Hao. „Nachdem du geduscht hast."

„Danke für den dezenten Hinweis." Ich war auf halbem Weg zum Bad, als mir plötzlich eine Idee kam und ich mich erneut Hao zuwandte. „Kannst du mir einen Gefallen tun?"

„Alles."

„Würdest du mir eine Figur schnitzen?"

Überrascht hob er eine Augenbraue, dann leuchteten seine Augen. „Sag mir, was dir vorschwebt."

20. Stay with me

Alexander

Anderthalb Tage. Sechsunddreißig Stunden waren vergangen, seit Charlie Hals über Kopf davongelaufen war. Ich wusste nicht, wie es ihr ging, hatte kein Sterbenswörtchen von ihr gehört, hatte keine Möglichkeit, sie zu erreichen, denn ihr Smartphone lag bei mir. Ich wusste nicht, wo Hao wohnte, und hatte seine Nummer nicht. Auf die Idee, jemandem im Ort nach ihm zu fragen, kam ich erst in diesem Augenblick. Doch bevor ich näher darüber nachdenken konnte, ob ich es vor dem Nachttauchgang schaffte, in die Stadt zu fahren, vibrierte mein Smartphone in der Hosentasche.

Überrascht nahm ich den eingehenden WhatsApp-Anruf an. „Ethan?"

Viel zu lange hatte ich nicht mehr mit meinem besten Kumpel gesprochen. Seit er nach Ägypten ausgewandert war, hatten wir unsere liebe Not mit der Zeitverschiebung. Ausgerechnet jetzt meldete sich der Kerl bei mir, als hätte er gespürt, dass ich Redebedarf hatte. Wenn ich mich nicht irrte, hatte sein Tag gerade erst begonnen.

„Glückwunsch, Mann!", begrüßte mich Ethan überschwänglich.

„Wovon sprichst du?“

„Von dem Artikel natürlich!“ Sein Lachen schwappte durch die Leitung.

Ach ja, der Artikel über die *Beach Dive*. Was für Ethan die News des Tages waren, schien mir kilometerweit weg, wie in einem anderen Leben. „Danke“, murmelte ich.

„Ich wusste, du packst es!“ Ethan klang stolz. Seine Worte umhüllten mich wie eine herzliche Umarmung, in die ich mich gern sinken ließ. Er hatte immer an mich und die *Beach Dive* geglaubt.

„Wie hast du von dem Artikel erfahren? Online? Oder sag bloß, dass die Post nun doch wieder ihren Dienst aufgenommen hat?“

Bei unserem letzten Telefonat hatten wir Belanglosigkeiten ausgetauscht, weil wir uns die ernsten Themen für ein Treffen aufheben wollten, das wir viel zu oft aufschoben. Jetzt fühlte er sich unendlich weit weg an. Wie auf einem anderen Stern statt auf einem anderen Kontinent. Verdammt, es war viel zu lange her, seit wir uns gesehen hatten. Ich vermisste ihn und hätte ihn gern bei der Eröffnung dabeigehabt. Aber auch darüber hinaus hätte ich mir ab und an seinen Rat gewünscht. Besonders in der Angelegenheit mit Charlie und dem Drama rund um die *Surfers’ Heart*. Ich sehnte mich nach ihr, fragte mich in jeder Minute, wie es ihr ging.

Ethan schien von meinem wehmütigen Anflug nichts zu spüren. Wir hatten die Videofunktion nicht eingeschaltet, um die Leitung nicht zu überstrapazieren. „Machst du Witze? Die Post hier ist so gut wie tot, habe ich dir doch erzählt. Außer ein paar Urlaubsgrüßen geht hier nichts mehr. Ich denke, es ist nur eine Frage der Zeit, bis auch die letzte arme Socke das sinkende Schiff verlässt. Wenn du wichtige Dokumente brauchst, musst du sowieso zur nächsten Behörde fahren oder direkt nach Kairo. Also nein, nicht die Post. Arielle hat die neueste Ausgabe aus Deutschland mitgebracht.“

„Arielle?“ Den Namen hörte ich zum ersten Mal.

„Zweisprachige Ausgabe,“ ergänzte Ethan, ohne auf mein Nachhaken einzugehen. Ich tat ihm den Gefallen, nicht nachzubohren. Entweder spielte diese Arielle wirklich keine Rolle oder eine sehr große, aber er war noch nicht so weit, mit mir darüber zu reden. Oder konnte es gerade nicht, weil sie in der Nähe war.

„Erzähl ich dir wann anders.“ *Bingo.* „Wenn du magst.“

„Und ob. Auf die Geschichte bin ich gespannt!“ Besser am Telefon über die wichtigen Dinge reden als gar nicht. Ich wechselte das Thema. „Wie läuft’s in Ägypten?“

„Es ist irre heiß. Tagsüber so um die vierzig Grad, fast windstill, nachts nicht unter fünfundzwanzig Grad.“

„Klingt übel, schlimmer als die Sommer in Cairns.“

Erneut erklang sein Lachen. Er war stets gut drauf, wenn wir telefonierten. Zwar waren die Anrufe nur Momentaufnahmen, dennoch schien er glücklich zu sein. Ich nahm mir fest vor, ihn endlich zu besuchen, sobald die *Beach Dive* sicher auf eigenen Beinen stand und ich mir guten Gewissens eine Auszeit gönnen konnte. Im Roten Meer zu tauchen stand ganz oben auf meiner Liste.

Heute klang Ethan besonders gut gelaunt. Ob es an Arielle lag?

„Die Hitze ist eine andere als in Australien. Meist viel trockener wegen der Wüste. Ich hasse die Luftfeuchtigkeit in Cairns, einfach unerträglich. Hier ist es nur heiß. Aber hey, ich beschwere mich nicht, schließlich bin ich den halben Tag im Wasser. Wir haben viele Italiener, die Anfängerkurse gebucht haben. Kaum bin ich mit der einen Gruppe fertig, hat Tommaso mir schon die nächste Gruppe aufs Auge gedrückt. Denen scheint die Hitze nichts anzuhaben, im Gegensatz zu den Deutschen, die den ägyptischen Sommer meiden und erst wieder im Herbst kommen. Da ist die Basis dann ausgebucht."

„Ein Traum. Bei uns war bisher nur der Eröffnungskurs wegen des Lockangebots ausbucht."

„Ach, das kommt. Warte mal ab. Die Leute werden dir die Bude einrennen!" Sein Optimismus rührte mich, denn ich selbst zweifelte ab und an, ob ich manchmal zu streng mit den Schülerinnen und Schülern war. Ethan interpretierte mein Schweigen richtig. „Was ist los, Alex?"

Tausend Themen und Fragen in meinem Kopf überschlugen sich, um als erste vorne auf meiner Zunge anzukommen.

Eine schaffte es: „Bin ich zu streng?"

„Ich höre dich von hier aus denken, Mann. Von all den Dingen, die dir im Kopf rumgehen, ist das die Frage, die dich nun beschäftigt? Komm schon, Alex. Wir kennen uns seit dem Kindergarten. Ich weiß, was für ein harter Hund du sein kannst, aber ich weiß auch, dass du voller Selbstzweifel bist. Wir haben das alles durch. Du bist weder ein Weichei noch ein Softie, nur weil du hinterfragst, was du tust. Ich würde mich ja lieber mit dir über Frauen unterhalten, aber wenn du nun hören musst, dass du ein großartiger Lehrer bist, hat das Vorrang." Mit angehaltenem Atem lauschte ich seinen Worten. „Also, nein, du bist nicht zu streng. Und wie gesagt, für ein Weichei halte ich dich auch nicht."

Ich hoffte inständig, dass auch Charlie das nie tun würde, wenn sie erführe, wie es wirklich in meinem Inneren aussah. Ich dachte an unseren Schnorchel-Ausflug zurück. Wie sie mir gegenüber auf der wackeligen Kante des Speedboots gesessen hatte, die Haare vom Wind verweht. Ein Lächeln hatte ihre Lippen umspielt, weil sie sich auf dem Wasser befand und kurz davor war, die Unterwasserwelt zu entdecken, von der ich ihr so vorgeschwärmt hatte. Ein Augenblick, der sich mir für immer ins Gedächtnis eingebrannt hatte.

Charlie.

Wo war sie? Was tat sie gerade? Wie würde es für sie weitergehen?

„Alex." Ethan riss mich aus dem Labyrinth, in das sich meine Gedanken verirrt hatten. Ich blinzelte, um mich zu orientieren. Charlies Silhouette blieb wie ein Nachbild vor meinem geistigen Auge. „Du bist ein guter Tauchlehrer. Ich muss es wissen, habe dich schließlich ausgebildet. Klar, vielleicht geht's woanders entspannter zu, weil du gleichermaßen viel Wert auf den Theorieteil wie auf die Praxis legst. Aber das ist gut so! Jeder, der bei dir lernt und später woanders taucht, wird darüber froh sein. Das ist wichtiger als eine Spaßveranstaltung, bei der man nur nebenbei etwas über das Tauchen lernt und erst merkt, was man nicht kann, wenn

man von einer ordentlichen Strömung erwischt wird."
Wenn es ums Tauchen ging, war auch Ethan sehr ernst.

„Danke, Mann." Ich presste die Worte an dem dicken
Kloß vorbei, der sich plötzlich in meiner Kehle gebildet
hatte.

„Ruf mich an, wenn ich dich aufbauen soll. Oder dein
Ego wieder einstampfen, weil du ausgebucht bist. Was
immer du brauchst."

„Ist klar."

„Nur ein Angebot."

Ich sah ihn vor mir, wie er mit den Schultern zuckte
und breit grinste. In unserer kleinen Zweierclique war
er immer der Sunnyboy gewesen. Wie gern hätte ich
heute Abend ein kühles Bier mit ihm getrunken, ihm
die *Beach Dive* gezeigt, ihm Charlie vorgestellt. Bevor
ich die Gelegenheit hatte, über Charlie, die *Surfers' Heart* und meine Rolle in der ganzen Geschichte zu sprechen, hörte ich, wie er auf Arabisch angesprochen
wurde. Er antwortete fließend, wovon ich natürlich
kein Wort verstand.

„Alex? Sorry, Mann. Ich muss leider aufhören, der
Kurs beginnt gleich und ich muss bei den Vorbereitungen helfen."

„Kein Problem. Ich habe auch zu tun", antwortete ich
tapfer. „Danke, dass du angerufen hast. Bis dann."

„Immer gern. Ciao!"

Mit dem Smartphone in der Hand starrte ich auf die
Wand mit den Unterwasserfotografien, ohne sie wirklich zu sehen. Ich versuchte, mir vorzustellen, was
Ethan tun würde, wenn er in meiner Situation wäre.
Würde er auch versuchen, Charlie zu finden oder ihr
den Freiraum geben, den sie anscheinend benötigte?

Jemand klopfte an meine Bürotür. Seufzend setzte ich mich auf. „Herein?"

Liv steckte den Kopf durch die Tür. Sie sah so mitgenommen aus, wie ich mich fühlte. Auch sie ließ das, was nebenan geschehen war, nicht kalt. Wir hatten immer geglaubt, mein Dad wäre das ein oder andere Mal ein echtes Arschloch gewesen. Bis zu der Sache, die die Campbells abgezogen hatten. Das übertraf alles. „Du weißt schon, dass du gleich Nachttauchen hast?"

„Ja ... Verdammt, wie spät haben wir denn? Ich hatte es auf dem Schirm, bis Ethan angerufen hat und ... egal! Bin ich zu spät?"

„Nein, nein. Es ist noch genug Zeit, damit du deinen Hintern hochwuchten und dich in den Neopren werfen kannst. Die ersten beiden sind schon da und warten vorne an der Tafel auf ihr Briefing. Schätze, die beiden anderen werden jeden Moment auch da sein. Heute sind's nur vier."

Ich nickte. „Okay. Passt schon."

„Josh ist in den Startlöchern."

„Gut, danke."

Sie stand noch immer in der Tür und schien mit sich zu ringen.

„Was ist los, Liv?"

„Hast du was von Charlie gehört? Oder von ihren Eltern? Ich kann nach wie vor nicht glauben, was passiert ist."

„Ich auch nicht, und ich hoffe, dass sie eine gute Erklärung parat haben, wenn sie aus ihrem Urlaub zurückkommen." Der Zorn, den ich seit dem Abriss in mir trug, regte sich wieder. Ich atmete tief durch. Die

Scheiße mit der *Surfers' Heart* stellte meine Selbstbeherrschung ordentlich auf die Probe. „Nein, ich habe nichts von Charlie gehört. Du etwa?"

Bedauernd schüttelte sie den Kopf. „Das hätte ich dir sofort gesagt. Denkst du, ihr ist etwas passiert?"

Ich runzelte die Stirn, horchte in mich hinein. „Bestimmt nicht. Ich denke, sie ist bei Hao."

Liv entspannte sich. „Das ist gut. Einen Freund an der Seite zu haben ist das Wichtigste." Sie musterte mich. „Dir wäre lieber, sie wäre hier."

„Das kann dich nicht ernsthaft überraschen", erwiderte ich.

Sie schnaubte. „Quatsch. Ich sagte ja schon vor Wochen, dass du dich Hals über Kopf in sie verknallt hast, und bevor du mich nun fragst: Ja, ich denke, es ist eine sehr gute Idee, wenn du herausfindest, wo Hao wohnt und sie holst. Ob sie will oder nicht. Wir müssen ihr aus dem Tief raushelfen, in das ihre Eltern sie geworfen haben. Nur ... vielleicht musst du sie noch überzeugen." Meine Schwester war voll in ihrem Element. Sie grinste schelmisch und mir schwante, dass ein frecher Spruch folgen würde. „Ich habe gesehen, was zwischen dir und Charlie abgeht. Schnapp sie dir, findet eine Lösung für ihr Problem und werdet glücklich! Macht 'nen Haufen kleiner Babys mit Schwimmhäuten oder so. Seid kitschig. Bitte, Alex, hol sie aus dem Loch raus, in das sie sich vermutlich gerade verkrochen hat."

Ich konnte nicht anders, als sie anzustarren. Noch nie hatte meine Schwester so mit mir geredet. „Wann bist du so klug geworden?"

Ein vorsichtiges Lächeln deutete sich in ihren Mundwinkeln an. „Weiß ich nicht. Ich bin ziemlich gut, oder?"

„Scheint so", gab ich zu. „Auch wenn mir deine Wortwahl teilweise echt nicht gefällt und ich garantiert nicht vorhabe, mit Charlie einen *Haufen Babys mit Schwimmhäuten* zu machen. Du hast eindeutig zu viele Schnulzen gesehen."

„Also wirst du sie suchen?"

„Ja. Nach dem Tauchen. Und dann werde ich ihr zeigen, dass Byron Bay auch ohne die *Surfers' Heart* der richtige Ort für sie ist."

„Was hast du vor?"

„Ihr helfen, ihre Selbstzweifel zu überwinden und wieder in die Spur zu kommen. So ein Telefonat mit dem besten Freund wirkt manchmal wahre Wunder."

***

Nachts war die Unterwasserwelt eine andere. Mystisch und dunkel. Eine weitestgehend unberührte Welt, in der Gefahren lauerten, insbesondere jenseits der Achtzehn-Meter-Marke, die ich mit den Tauchern nicht überschritt. Mit rund fünf Prozent ihrer Gesamtmasse waren die Weltmeere so gut wie kaum erforscht. Ja, man musste wagemutig sein, um sich eine Pressluftflasche auf den Rücken zu schnallen und in diese Welt zu tauchen, ohne zu wissen, was wirklich alles in der Tiefe des Meeres lauerte.

Natürlich waren die Gefahren nachts dieselben wie am Tag. Der offensichtliche Unterschied lag in der eingeschränkten Sicht, weshalb ein Nachttauchgang nicht bei jedem Taucher auf Begeisterung stieß. Ich hatte häufig Leute getroffen, die sich vor der Dunkelheit im Meer fürchteten, weshalb sie lieber sterben würden als freiwillig nachts tauchen zu gehen. Dieselben, die sich tagsüber unbedingt eine Begegnung mit einem Hai wünschten, hatten nachts Angst, angegriffen zu werden. Oder das Boot nicht mehr zu finden. Dabei hatten sie keine Ahnung, was ihnen entging.

Erst mit der Abenddämmerung erwachte das Riff richtig zum Leben. Dann suchten die Jäger nach unachtsamen Opfern, während sich die Fische schlafen legten.

„Deswegen ist es enorm wichtig, dass wir einen größeren Abstand zum Riff halten, damit wir die Fische, Schildkröten oder andere schlafende Tiere nicht wecken. Ein aufgescheuchtes Tier wird versuchen, vor uns zu fliehen, und könnte sich verletzen oder als Beute enden. Ihr wisst ja, als Taucher versuchen wir, nicht in die Natur einzugreifen und nichts zu beschädigen. Wir sind Zaungäste, und beim Nachttauchgang müssen wir noch mehr auf unsere Rolle achten." Mit diesen Worten hatte ich die vier Taucher – zwei deutsche Männer ungefähr in meinem Alter sowie ein Paar Mitte dreißig – eingewiesen. Dann hatte uns Josh pünktlich mit der untergehenden Sonne im Speedboot zum Julian Rocks gefahren. Weil Byron Bay an der Ostküste Australiens lag, gab es keinen Sonnenuntergang zu bewundern. Dennoch lag das Meer für einige Minuten in der gesamten Bandbreite von Rot- und Orangetönen vor uns. Der Wind hatte zum Nachmittag hin aufgefrischt, das Speedboot hüpfte nur so über die Wellen.

Wir näherten uns vom Süden dem Julian Rocks, wobei wir an *The Pass* vorbeifuhren, einem von Byron Bays beliebtesten Surfspots. Für einen Augenblick glaubte ich, Charlies schlanke Gestalt auf dem Meer zu sehen. Dann lenkte Josh das Boot in eine Kurve und erinnerte mich an meinen Job.

Ich hoffte, die Strömung wäre nicht allzu stark. Der Wind war zwar stets ein Indikator, aber kein Garant für die Bewegung unter Wasser. Mehr als einmal hatte ich erlebt, wie es an der Oberfläche stürmte, wovon ich unter Wasser nichts gemerkt hatte. Ein Vorteil gegenüber dem Schnorcheln, wo zu starker Wellengang schnell für einen Abbruch sorgte. Unsere Tauchausflüge mussten selten aufgrund der Wetterbedingungen abgesagt werden. Meist war es bei Wind und Wetter nur wichtig, vorsichtiger zu sein. Für diese Vorsicht hatten die vier ihren Tauchgang bei mir gebucht.

Der Einstieg ins Wasser erfolgte problemlos, ebenso das Runtergehen auf fünf Meter, wo wir uns obligatorisch einmal gegenseitig versicherten, dass alles in Ordnung war. Die Handzeichen erfolgten in den Lichtkegeln der Tauchlampen. Dann führte ich die Gruppe vorbei am Julian Rocks Riff.

Im Kegel unserer Lampen wirkten die Korallen und Felsformationen des Riffs wie bizarre Kulissen eines Science-Fiction-Films. Kleinste Planktonpartikel schwebten um uns herum, die man am Tag kaum wahrnahm, weil das Treiben bunter Fische die Aufmerksamkeit auf sich zog. Zwischen den Korallen wuselte es von Garnelen und Krebstierchen, die auf der Suche nach Nahrung umher huschten und blitzschnell in winzigen Höhlen ins Riffinnere verschwanden, sobald wir ihnen zu nahe kamen.

Je länger der Tauchgang dauerte, desto mehr Plankton entdeckte ich um uns herum. Die Konzentration war außergewöhnlich hoch, fast wie eine Wand, durch die wir jetzt durchtauchten.

Könnte das ...?

Einem Impuls folgend, bedeutete ich den Tauchern hinter mir, sich an den Händen zu halten, um sich nicht zu verlieren und für einige Minuten die Lampen auszuschalten.

Und dann leuchtete plötzlich nur wenige Meter über uns das Meer in einem strahlenden Blau auf.

Meeresleuchten!

Tausende – ach, *Millionen!* – Mikroorganismen hatten sich berührt, wodurch das Spektakel überhaupt erst entstanden war, das wir nun durch unbeschreibliches Glück beobachten durften: Biolumineszenz. Ein überwältigender Anblick!

Das strahlende blaue Gebilde wirbelte durch das Wasser, wurde von einer Welle aufgegriffen und weitergetragen. Wir folgten. Beobachteten das magische Schauspiel regungslos, bis ich den Tauchgang beenden musste, weil sich unsere Sauerstoffflaschen leerten.

21. Just one moment that makes you smile

Charlotte

„Hey, Liv", grüßte ich Alex' Schwester, die gerade damit beschäftigt war, Ware zu sortieren. Sie drehte sich zu mir um und ihre Augen weiteten sich.

„Charlie? O mein Gott, geht's dir gut?" Bevor ich antworten konnte, hatte sie mich fest in die Arme geschlossen. Überrascht erwiderte ich die Umarmung.

„Ich freu mich auch, dich zu sehen."

„Alex hat mir erzählt, was passiert ist. Es tut mir so leid. Hey, wir haben deinen ... ach, sorry, ich plappere schon wieder."

Ich rang mir ein Lächeln ab. „Macht nichts. Alex ist nicht da?"

„Der hat einen nächtlichen Tauchgang. Ihr habt euch gerade verpasst. Willst du auf ihn warten? Kann ungefähr zweieinhalb, drei Stunden dauern."

„Nein, ich ..." Beinahe hätte ich gesagt, dass ich die Zeit nutzen wollte, um mir ein Board zu schnappen und zu surfen, da fiel mir ein, dass ich keines mehr besaß. Auf dem Weg hierher war ich natürlich an der *Surfers' Heart* und unserem Haus vorbeigekommen. Ein stoffbespannter Bauzaun, der neugierige Blicke abhalten sollte, umgab das Grundstück. Man musste nicht Sherlock Holmes sein, um zu erkennen, dass die beiden Gebäude, die höher als der Bauzaun gewesen wären, nicht mehr existierten. Minutenlang hatte ich vor dem Zaun gestanden und alles betrauert, was ich verloren hatte. Ich hatte die einzige Chance verpasst, noch einmal ins Haus zu gehen und Abschied zu nehmen. Die einzige Chance, einen Teil meiner Sachen zu retten. Nur die wichtigsten Gegenstände lagen bei Alex: Handy, Ausweis, Geldbeutel.

Erneut waren mir die Tränen in die Augen geschossen, bis ein anderes Gefühl die schmerzende Trauer in meinem Inneren ablöste: Wut. Sie waberte durch meine Adern, wann immer ich an meine Eltern dachte. Sie hatten mir alles genommen. Die *Surfers' Heart* war nicht nur ihre Surfschule gewesen. Es war immer klar gewesen, dass ich sie eines Tages übernehmen würde. Sie hatten mich meiner Zukunft beraubt. Und ich verstand nicht, wieso.

„Charlie? Hier, trink was." Liv reichte mir ein Glas Wasser, das ich dankend annahm und mit zittrigen Händen an den Mund führte. Ein paar zaghafte Schlucke halfen mir, runterzukommen. Ich schob die Wut beiseite, so gut es ging.

„Hey, ich habe eine gute Nachricht für dich, die dich hoffentlich aufheitern wird", sagte Liv.

„Aha?" Ich hob eine Augenbraue und sah Liv skeptisch an.

„Als du weg warst, hat Alex Josh und mich angerufen. Wir waren im Haus und haben das meiste eurer Sachen gesichert. Ein paar Möbel mussten wir stehen lassen. Dafür haben wir so ziemlich alles rausgeholt, was ansatzweise persönlich aussah. Und zwei Boards konnten wir auch noch aus der *Surfers' Heart* retten, die nicht einmal eine Macke abbekommen haben. Wir durften das Gebäude eigentlich nicht betreten, aber als der Typ nicht hingesehen hat, ist Alex schnell reingehuscht und hat sich die erstbesten Boards gegriffen. Ich glaube, das, mit dem du immer auf dem Wasser bist, ist dabei."

„Ihr wart in der *Surfers' Heart?*" Überrumpelt blinzelte ich Liv an. „Ich weiß nicht, was ich sagen soll."

Und das stimmte. Ich war sprachlos. Die drei hatten sich um meinen Kram gekümmert, während ich mich in den Schlaf geheult hatte. Erneut schossen mir die Tränen in die Augen, weil mein Herz vor Zuneigung für diese sagenhaft tollen Menschen drohte, überzulaufen.

Liv sah mich erschrocken an. „Scheiße, Charlie, das tut mir leid. Wir meinten es nur gut. Wenn wir etwas getan haben, das nicht richtig war ..."

Ich wischte mir mit dem Ärmel meines Hoodies die Tränen weg, dann brach ein verschnupft klingelndes, glucksendes Lachen aus mir heraus. „Alles gut, Liv. Das sind Freudentränen. Womit habe ich euch verdient?"

Erleichtert stimmte sie in mein Lachen ein. „Das passt schon, mach dir da mal keinen Kopf drum. Du bist ziemlich cool, Charlie Campbell. Und coole Leute verdienen coole Freunde."

„Du bist unverbesserlich!"

„Ich weiß, aber genau deshalb liebt ihr mich."

Kopfschüttelnd umarmte ich Liv und drückte sie fest an mich. „Danke."

Sie murmelte etwas an meine Schulter, das ich nicht verstand, und erwiderte die Umarmung. So verharrten wir einige Augenblicke, bevor sie sich von mir löste. „Was hältst du davon, wenn wir deine Sachen durchsehen?"

„Später. Ich will erst zu den Boards."

***

Am Ende des Tages zählt nur, dass ein Moment dabei war, der dich lächeln ließ, Charlie.

Ich erinnerte mich genau an den Tag, an dem Hao diese Worte zu mir gesagt hatte. Wir standen am Gate im Inouye International Airport, früher besser bekannt als Honolulu-Flughafen, und warteten auf den Flieger. Meine Eltern hatten One-Way-Tickets gekauft und versuchten, mich mit Erzählungen über meine zukünftige Heimat bei Laune zu halten. Sie erzählten mir von Koalas, Kängurus, der Weite des Landes. Für mich spielte es keine Rolle, ob in Australien eine einzigartige Flora und Fauna herrschte, ich hatte mich in Hawaii und unseren Nachbarn Samuel verliebt und hasste meine Eltern für ihre Pläne.

Ich war vierzehn Jahre alt. An diesem Tag fühlte es sich an, als hätte sich die Welt gegen mich verschworen. Bevor ich der Frau, die die Karten kontrollierte, missmutig meine Bordkarte hinhalten konnte, hatte mich Hao zur Seite genommen und mir gesagt, dass jeder Tag das Potenzial hatte, einen guten Moment zu haben. Viele sogar mehrere. Es wäre schlicht unwahrscheinlich, dass vierundzwanzig Stunden am Stück nur schlecht wären. Er schenkte mir eine Kette, ein aus grünem Stein geschnitztes Surfbrett mit einem Lederband, das ich im Laufe der Jahre einige Male hatte erneuern müssen. Der Stein hingegen glänzte wie am ersten Tag.

Jetzt schloss ich meine Hand um den Anhänger an meinem Hals, während ich breitbeinig auf meinem Brett saß, die Füße ins Wasser baumelnd, umgeben von Meeresleuchten. Die Schönheit trieb mir Tränen in die Augen, ein Lächeln auf meine Lippen.

Hao hatte recht. Wenn es einen Moment am Tag gab, der einen zum Lächeln brachte, fühlte sich der Rest nur halb so schlimm an. Mit den Reids hatte ich unverhofft Freunde gefunden, die mir geholfen hatten, als ich selbst nicht mehr dazu in der Lage gewesen war. Hao, mein treuester Freund, meine echte Familie, war mein Fels in der Brandung. Wenn diese drei wunderbaren Menschen an mich glauben konnten, dann musste ich es verdammt noch mal selbst auch tun. Ich musste aufstehen, einen Weg finden, weiterzumachen.

Plötzlich durchströmte mich neue Energie, neuer Mut. Ich würde die *Surfers' Heart* nicht mehr retten können. Sie war verloren. Aber ich war immer noch eine Surflehrerin.

Die letzten Tage hatten gezeigt, dass die Leute schon die kleinsten Veränderungen positiv aufnahmen. Der neue Anstrich und das freundlichere Design – allein das hätte schon bewirkt, dass die Kunden wieder mit Freude durch den Shop stöberten. Wenn sie die Gelegenheit dazu bekommen hätten.

Nicht die *Surfers' Heart* war schuld an der Misere, nicht ihre abblätternde Farbe, nein, wir, die Campbells, denn wir hatten sie vernachlässigt. Mein Anteil war ebenso groß wie der meiner Eltern, ich musste endlich aufhören, ihnen die alleinige Schuld daran zu geben. Wie oft hatte ich mir vorgenommen, Dad auf die Festivals anzusprechen? Rückblickend betrachtet, hätte ich nachdrücklicher sein sollen. Ich hätte mit Hao ein Konzept ausarbeiten müssen, das wir Dad unter die Nase gerieben hätten. Vielleicht hatte ich nicht die finanzielle Verantwortung für die *Surfers' Heart* getragen – jedenfalls nicht bis zu dieser Saison – aber ich war Teil der Familie, und als solcher mitverantwortlich für unser gemeinsames Leben. Mein Schweigen hatte uns ebenso in die Situation manövriert wie Dads Starrköpfigkeit und seine verschlossene Art neuen Dingen gegenüber.

Aber jetzt war Schluss damit. Ich würde meine Angelegenheiten regeln, eine nach der anderen, würde Probleme lösen, statt neue zu sehen.

Und ich wusste auch schon genau, wo ich anfangen würde: bei mir. Wer war Charlotte Campbell? Und was konnte sie erreichen?

22. So, here we are

Alexander

In der *Beach Dive* herrschte große Aufregung. Das Meeresleuchten war Thema Nummer eins. Doch ich konnte den Gesprächen kaum folgen, weil ich unentwegt an Charlie dachte. Rasch zog ich mich um und schnappte mir den Autoschlüssel, um in die Stadt zu fahren und herauszufinden, wo Hao wohnte.

„Wo willst du hin?", fragte Liv hinter mir.

„Charlie suchen, das haben wir vorhin besprochen."

„Nicht nötig. Ich weiß, wo sie ist." Ein Lächeln huschte über Livs Lippen.

„Und wo?"

„Sie ist surfen. Hat etwas vom Pass gesagt, zu dem sie wollte."

„Surfen? Liv, kannst du bitte Klartext reden und mir erklären, was passiert ist?"

„Ganz ruhig, ja?" Sie hob die Hände. „Ihr habt euch knapp verpasst. Sie wollte zu dir, als du schon im Boot warst. Ich habe ihr gesagt, dass wir ihren Kram aus dem Haus geholt haben, bevor es abgerissen wurde. Sie war total gerührt. Jedenfalls wollte sie nicht tatenlos hier herumsitzen, hat sich eines der Boards geschnappt und ist mit ihrem Bulli abgerauscht." Ich wollte etwas erwidern, doch Liv bedeutete mir, noch nicht fertig zu sein. „Ich denke, sie braucht einen Surf, um sich wieder zu ordnen. Sie ist auf einem guten Weg."

Ich nickte langsam. „Okay. Dann werde ich mich wohl gedulden müssen."

„Oder du fängst sie am Pass ab." Liv zwinkerte mir zu. Meine Schwester, die Kupplerin.

„Das ist eine hervorragende Idee." Kaum hatte ich die Worte ausgesprochen, war ich auch schon auf dem Weg zum Auto. Der Pass befand sich nur wenige Minuten von der *Beach Dive* und dessen entfernt, was bis vor Kurzem die *Surfers' Heart* gewesen war. Die Strecke ließ sich auch bequem mit dem Rad bewältigen, aber mit dem Auto wäre ich schneller. Und ich wollte so schnell wie möglich zu Charlie.

Der Parkplatz lag im Dunkeln. Nahe der Treppe, die zum Strand hinunterführte, erkannte ich Charlies Bulli. Ich parkte direkt daneben, sprang aus dem Wagen und eilte die Treppe hinab, wäre beinahe gestürzt, weil der Weg in der Dunkelheit nur schwer erkennbar war. Am Treppenplateau, das in feinen Sandstrand überging, hielt ich inne, suchte mit zusammengekniffenen Augen das dunkle Wasser nach Charlie ab. Das Mondlicht schimmerte auf der Wasseroberfläche, eine sanfte, kühle Brise wehte landeinwärts. Erst glaubte ich, sie verpasst zu haben, doch dann entdeckte ich sie weit draußen auf dem Wasser. Sie schwang sich gerade aufs Brett, nahm eine aufrechte Haltung ein und surfte mit einer Welle auf den Strand zu. Auch wenn es dunkel war, erkannte ich sie sofort, zumal sich sonst weit und breit kein Mensch mehr hier aufhielt. Ich lief am Wasser entlang und wartete auf sie, wusste nicht, ob sie mich sah und deshalb ihre Session beendete oder ob sie genug hatte.

„Alex?“, fragte sie ungläubig, das riesige Brett unter den Arm geklemmt. Das Wasser rann an ihr hinunter und erst da fiel mir auf, dass sie einen schwarzen Neoprenanzug trug, der mir sehr bekannt vorkam. Liv musste ihr einen ausgeliehen haben, weil wir nicht mehr an alle Sachen in der *Surfers’ Heart* rangekommen waren. Ehrlich gesagt war es ein Wunder, dass wir die beiden Boards noch aus der Bude hatten retten können.

„Hey.“ Ich schenkte ihr ein vorsichtiges Lächeln, weil ich nicht wusste, in welcher Stimmung sie war. Am liebsten hätte ich sie fest an mich gedrückt.

„Hey“, flüsterte sie. Charlie rammte das Board in den Sand und hielt es fest, damit es nicht umkippte. „Was machst du denn hier?“

„Was glaubst du denn? Liv hat mir erzählt, dass du am Pass bist, surfen. Ich wollte nach dir sehen. Wärst du heute nicht aufgetaucht, hätte ich in der Stadt nach dir und Hao fragen müssen. Du warst doch bei Hao?“

„Schon, aber ...“ Sie klang, als wollte sie mich fragen, weshalb ich mich um sie bemühte, hielt jedoch inne und musterte mich stattdessen. „Alex, ich ... danke.“

„Gern geschehen“, murmelte ich verlegen. Ich wollte ihren Dank gar nicht. Ich hatte ihr geholfen, weil ich wusste, es war das Richtige. Für mich war mein Handeln selbstverständlich gewesen. Sie war meine Freundin, jedenfalls fühlte es sich für mich so an. Wir hatten bisher nicht darüber gesprochen, jedenfalls nicht mit Worten, denn das war nicht nötig. Es hatte sich schon lange nach etwas Großem angefühlt, irgendwo zwischen dem Kennenlernen am Strand, wo sie so herrlich verwirrt gewesen war, und ihrem wütenden Auftritt in der *Beach Dive* hatte es mich schwer erwischt. Vermutlich war es die Liebkosung ihres Fingers am Briefing Board gewesen – oder ihr glückliches Strahlen nach dem Schnorchel-Ausflug. Das mit Sicherheit.

„Lass mich bitte ausreden, Alex, ja?" Ich bedeutete ihr, fortzufahren. „Ich habe dich stehen gelassen, und obwohl ich weiß, dass du meine Gründe verstehst, möchte ich dir sagen, dass es mir leidtut. Ich wollte nicht vor dir davonlaufen, und ich wollte dich nicht mit der Scheiße bei der *Surfers' Heart* stehen lassen. Ich *konnte* einfach nicht anders." Sie schluckte, sah kurz zu Boden und ich hatte das dringende Bedürfnis, ihre Hand zu nehmen, mit der sie das Board fest umklammerte, als wäre es ihr Anker in tosender Flut. „Ich werde dir, Liv und Josh nie vergessen, was ihr für mich getan habt."

„Warum klingen deine Worte nach Abschied?", fragte ich mit belegter Stimme. Erneut huschte mein Blick zu ihrer Hand am Board. Ich wollte sie halten, wollte, dass ich ihr Anker war.

„Weil ich nicht weiß, wie es weitergehen soll, ob ich den Anblick der *Surfers' Heart* ... oder dessen, was sie mal war, ertragen kann, Alex. Gerade als ich auf dem Wasser war, habe ich mir fest vorgenommen zu kämpfen. Ich weiß, dass ich eine sehr gute Surferin bin, vielleicht auch eine gute Surflehrerin. Was ich nicht weiß, ist, ob das für einen Neuanfang reicht. Oder ob ich ihn will. Eine neue Surfschule bedeutet eine Menge Verantwortung. Und als wäre das nicht genug, frage ich mich, was mit meinen Eltern ist. Ich denke, früher oder später werden wir uns wiedersehen, und wenn ich ehrlich bin, habe ich eine Heidenangst davor. Ich werde ihnen viele Fragen stellen müssen."

„In all dem erkenne ich keinen Abschied. Du musst da nicht allein durch, Charlie. Du sagst, du willst kämpfen? Okay, dann helfe ich dir. Du sagst, du hast Angst vor der Begegnung mit deinen Eltern? Dann bin ich bei dir." Ich trat einen Schritt auf sie zu und der Größenunterschied zwang sie, zu mir aufzusehen. „Charlotte Campbell, so einfach kommst du mir nicht davon."

Sie wich meinem Blick aus, ihre zarte Gestalt bebte, als unterdrückte sie mit aller Macht eine Welle an Gefühlen. Verdammt, sie wirkte so zerbrechlich. Eine nasse Haarsträhne schmiegte sich an ihre Wange, es juckte mich in den Fingern, sie ihr hinters Ohr zu streichen. „Das will ich auch gar nicht." Trotz ihres Flüsterns hörte ich die Bestimmtheit, die in ihren Worten mitschwang.

Mein Herz setzte einen Schlag aus. Wie damals, bei unserem ersten Kuss, trat ich einen Schritt näher und hob ihr Kinn mit meinen Fingern an, zwang sie, mich anzusehen. Und wie damals, vor gefühlten Äonen von Jahren, verwoben wir unsere Blicke ineinander. Nur im Gegensatz zu damals war ich mir dessen, was ich fühlte und tat, deutlich bewusst. Jetzt handelte ich nicht intuitiv, um meine vor Wut schäumende Nachbarin zu besänftigen, sondern ganz bewusst, mit all meinen Sinnen. Ihre Haut war federleichte Meereskühle unter meinen Fingerspitzen, und während wir weiter ineinander versanken, ich in ihren Ozeanaugen sah, was ich selbst empfand, fragte ich mich, ob es so einfach sein konnte. So unkompliziert.

Mein ganzer Körper kribbelte, als ich sagte: „Charlie, geh nicht. Bleib hier in Byron Bay. Bleib bei mir. Lass uns das gemeinsam durchstehen. Du und ich gegen deine Eltern, gegen den Immobilienhai, gegen alle, die sich uns in den Weg stellen."

Sie musterte mich eindringlich, schien abzuwägen, wie ernst mir mein Angebot war, suchte vielleicht nach einem Haken an der Sache. Ihr warmer Atem kitzelte auf meiner Haut, so nah standen wir uns. Ich roch das Salz auf ihrer Haut, erinnerte mich, wie ihre Lippen schmeckten. Nach Salz und Sonne und Liebe.

Ich nahm all meinen Mut zusammen und sprach endlich aus, was ich schon lange für sie fühlte, was ich seit unserer ersten Begegnung für sie empfand, was Liv gesehen hatte, bevor ich selbst auch nur die leiseste Ahnung gehabt hatte. „Charlie, ich liebe dich."

Ihre Augen weiteten sich, und für einen Herzschlag, für ein Flüstern des Windes fürchtete ich, mein Geständnis hätte sie verschreckt. Ein spöttisches Lächeln zeichnete sich auf ihre Lippen. „Das ist also dein Verständnis von *guten Nachbarn,* ja?" Mir sank das Herz in die Hose, meine Kehle war trocken. Doch dann wurden ihre Gesichtszüge weich wie das Mondlicht, das uns umgab, und sie flüsterte: „Ich liebe dich auch, Alexander Reid. Du und ich gegen den Rest der Welt."

Das war alles, was ich hören musste.

Ich legte meine Arme um sie, nass wie sie war, die eine Hand fest am Board, und küsste sie. In diesem Moment wusste ich, ich würde sie immer und immer wieder küssen wollen.

23. I'll strike back

Charlotte

An diesem Abend zog ich bei Alex ein. Natürlich nur vorübergehend, bis ich wieder auf eigenen Beinen stehen würde. Aber eine innere Stimme flüsterte mir zu, dass das der Anfang einer verdammt großen Sache war.

Es war Abend und wir kochten gemeinsam. Vielmehr kochte ich und Alex schnippelte Gemüse fürs Curry. Obwohl ihm mein letztes beinahe alle Geschmacksnerven verbrannt hätte, hatte er sich gewünscht, dass ich es erneut kochte. Ich schüttete einen guten Schuss Kokosmilch hinzu. Prophylaktisch.

„Was jetzt?", fragte Alex. Ich reichte ihm eine Paprika. „Davon die Hälfte."

„Alles klar, Chefin." Er grinste schelmisch.

„Das gefällt dir, ja?"

„Schon ein bisschen, ja. Klappt doch gut!"

„Warum habe ich das Gefühl, dass du nicht nur vom Kochen redest?", fragte ich, die Kokosmilch ins Curry rührend.

„Erwischt. Ich dachte gerade an uns beide." Er legte das Messer beiseite und rückte näher.

„Die Paprika, Alex", murmelte ich schwach. Mein Herz, dieses verräterische Miststück, schlug höher vor

Freude. Alex legte seine Hand auf meine, stoppte den Kochlöffel. „Die kann warten.“

Ich sah zu ihm auf. „Hast du denn keinen Hunger?“

„Doch, aber erst möchte ich auskosten, was hier gerade passiert. Du, ich, in meiner Küche. Daran könnte ich mich gewöhnen.“

„Verdient man als Inhaber einer Tauchschule gut genug, um sich eine anständige Köchin leisten zu können?“

Ein leises Lachen entwich ihm. „Leider nein. Zum Glück hat sich die Köchin in mich verliebt und macht dafür ein paar unbezahlte Überstunden.“

„Tz, du bist einfach ...“

„Ja? Was bin ich?“ Mittlerweile hatte er den Topf von der Herdplatte geschoben und sie abgedreht. Er war mit der Hand meinen Arm hinaufgewandert und hinterließ eine Gänsehaut, wo er mich berührte. Ich schluckte, fing seinen Blick ein.

„Du bist ein arroganter, überheblicher, besserwisserischer, zynischer Pinsel, Alexander Reid.“ Seine Augenbrauen schossen in die Höhe, und ehe er antworten konnte, fuhr ich fort: „Aber du hast Glück, dass ich auf Kiwanos stehe.“

„Auf was?“

Ich griff hinter mich, wo die Einkäufe lagen, und reichte ihm eine orangegelbe stachelige Frucht.

„Was soll das sein?“

„Eine Kiwano. Die wird unser Nachtisch. Schmeckt wie Zitrone, Banane und Passionsfrucht.“

„Du vergleichst mich mit einer Frucht?“

Nun war ich diejenige, die ihn herausfordernd angrinste. „Ja. Und ich stehe ziemlich auf diese Frucht.“

Alex nahm sie mir ab, drehte sie in seiner Hand und betrachtete sie eingehend. Dann sah er wieder auf und lächelte das unschuldigste Lächeln, das ich je gesehen habe. „Ich bin gespannt, wie ich schmecke."

Hitze schoss mir in die Wangen. Ich war zu perplex, um etwas zu erwidern und zu überrumpelt, um meine schmutzigen Gedanken aufzuhalten. Alex grinste höchst amüsiert, beugte sich zu mir hinab und flüsterte: „Und ich bin gespannt, ob sich Zitrone, Banane und Passionsfrucht mit deinem Salz vertragen."

Ich hatte keine Ahnung, von was für einem Salz er sprach, aber als er seine Lippen auf meine legte, war das Gespräch sowieso beendet.

***

„Und wenn wir fortgehen?", fragte ich Alex, meinen Kopf auf seine Brust gebettet.

„Wohin denn?"

„Weiß nicht. Hawaii?"

Er blinzelte mich an. „Willst du denn wirklich von hier weg, Charlie? Byron Bay ist deine Heimat."

„Da bin ich mir nicht mehr so sicher. Die *Surfers' Heart* war meine Heimat. Aber jetzt ist sie nicht mehr und ich fühle mich einerseits verloren, als hätte man mir die Beine weggezogen oder meinen sicheren Hafen abgebrannt. Andererseits ..." Ich stockte, rang nach den richtigen Worten. Alex zwirbelte eine meiner Haarsträhnen zwischen seinen Fingern und blinzelte mich unter schweren Lidern an. Für einen Moment verlor ich mich in seinen Augen, dann fuhr ich leise fort: „Andererseits ist da dieses Gefühl, an jedem Ort der Welt zu Hause sein zu können, solange er am Meer liegt. Weißt du, ich habe in den letzten Tagen viel nachgedacht; und am Ende kann ich sagen, dass ich an jedem Ort glücklich war. Hauptsache, er lag am Meer. Ergibt das einen Sinn?"

„Jedes Wort. Du bist Surferin durch und durch. Ein Teil von dir ist immer im Wasser." Er richtete sich auf und zog mich mit sich hoch, hielt mich an den Schultern und sah mir fest in die Augen. „Charlie, die *Surfers' Heart* hat dir viel bedeutet, doch am Ende war es nur ein Gebäude. Du bist die Person, die diesem Gebäude, der Surfschule Leben eingehaucht hat. Zu dir kommen die Leute, um das Surfen zu lernen. Um zu lernen, eins mit dem Meer zu sein, mit einem Board auf einer Welle zu gleiten. Es spielt keine Rolle, für wen du arbeitest oder ob du deine eigene Schule hast, solange du weiterhin mit dieser Leidenschaft surfst und lehrst."

Zwei, drei Atemzüge lang sah ich Alex einfach nur an. Dann seufzte ich und sagte: „Mein Vater hat die *Surfers' Heart* gebaut, er ist das Hirn."

„Und du das Herz."

Ich lachte auf. „Das Herz kann ohne das Hirn nicht schlagen und das Hirn ohne das Herz nicht überleben. Willst du mir also sagen, ich brauche meine Eltern, um mir etwas Neues aufzubauen? Denn das werde ich auf keinen Fall tun! Die können mich mal!"

Er schüttelte den Kopf. „Medizinisch betrachtet hinkt der Vergleich etwas. Theoretisch kann das Herz noch schlagen, wenn das Hirn schon tot ist, aber ja, ich weiß, was du meinst – und nein, darauf wollte ich nicht hinaus. Ich wollte damit sagen, dass du genug Herzblut und Leidenschaft in dir hast, um dir etwas Neues aufzubauen, weil ein Gebäude mit einem Namen keine Rolle spielt, sondern der Mensch dahinter. Und bei dir bin ich mir sicher, dass du es schaffen kannst – wenn du willst. Also, vergessen wir die *Surfers' Heart*, vergessen wir, was war. Du bist eine begnadete Surferin und eine hervorragende Lehrerin. Du willst mit deinem Talent Geld verdienen, richtig?" Ich nickte. „Dann muss die Welt davon erfahren."

„Wir haben eine Website", warf ich ein.

„Vergiss das *wir*. Die *Surfers' Heart* ist Geschichte. Ab jetzt baust du dir dein eigenes Business auf."

„Dafür brauche ich Startkapital, das ich nicht habe."

„Alles, was du brauchst, steckt in dir, Charlie. Wir müssen es nur vermarkten. Gut, dass du dir einen Vollprofi geangelt hast." Alex grinste mich frech an.

„Moment, hast du mich nicht geangelt?"

„Details." Er machte eine wegwerfende Handbewegung.

„Es sind immer die Details, die über Sieg oder Niederlage entscheiden", konterte ich.

„In diesem Fall widerspreche ich dir. Denn ob ich mich zuerst in dich oder du dich in mich verliebt hast, ist irrelevant. Wichtig ist nur das Ergebnis!" Mit einer hochgezogenen Augenbraue und ausladender Geste deutete er auf die zerwühlten Laken um uns herum.

„Ausnahmsweise lasse ich dir das durchgehen", murmelte ich, meine Lippen dicht an seinen.

***

„Hier rechts“, sagte ich. „Dann da vorne links. Da müsste es sein.“

Alex’ Pick-up ruckte über einen unbefestigten, schlaglochübersäten Weg direkt auf ein heruntergekommenes Haus in der Mitte vom Nirgendwo zu. Auch wenn ich nicht der ängstliche Typ war, erinnerte mich die Kulisse an die eines Horrorfilms. Die junge Frau, die sich beim neuen Nachbarn etwas leihen will, eine angelehnte Tür, Stimmgewirr. Blut. Ein Killer.

„Ich hoffe, das hier wird besser als meine letzte *Gumtree*-Erfahrung“, murmelte Alex.

„Wieso? Was ist passiert?“ Mich fröstelte bei dem Gedanken an die Horrorgeschichte, die nun kommen könnte.

„Ach, eigentlich nichts Schlimmes. Der Typ war einfach seltsam. Lebte irgendwo am äußersten Rand der Stadt und war sehr exzentrisch.“

Ein erleichtertes Schnauben entwich mir. „Hoffentlich ist der Kerl heute ganz normal drauf und hat einfach nur ein bisschen Festivalkram übrig.“

„Sieht ganz schön abgerockt aus, die Bude“, brummte Alex, während er den Pick-up am Rand parkte und den Motor ausschaltete. „Na dann wollen wir mal.“ Er sprang aus dem Wagen.

Als ich nicht folgte, kam er zu mir auf die Beifahrerseite und öffnete die Tür. „Das ist kein Date, aber ich will mal nicht so sein.“

„Daran liegt’s nicht. Ich habe ein ungutes Gefühl.“

„Du hast anscheinend zu viele Horrorstreifen gesehen. Ich passe auf dich auf.“ Er schenkte mir ein aufmunterndes Lächeln und reichte mir die Hand. Ein Kribbeln breitete sich in meiner Körpermitte aus, das meine Bedenken vertrieb. Ich legte meine Hand in seine und ließ mir aus dem Wagen helfen. Es war nur eine gewöhnliche Berührung, doch wie alles in den letzten Tagen fühlte sie sich gut an, richtig. Unser Liebesbekenntnis hatte alles verändert. Die Welt schien mir heller, bunter, besser. Trotz allem, was geschehen war.

Ich drückte leicht seine Hand und er sah mich fragend an. Statt zu antworten, schenkte ich ihm ein Lächeln, das er erwiderte und seine Augen zum Leuchten brachte. „Danke, dass du mich begleitest", sagte ich.

„Gern geschehen".

Wir gingen zum Haus. Alex klingelte.

Es dauerte einige Sekunden, bis sich jemand im Haus bewegte und zur Tür kam. Bei *Gumtree* trieben sich die skurrilsten Gesellen herum, auch Männer, die sich in der Dating-Kategorie als Frauen ausgaben, um andere Männer zu verarschen. Oder dubiose Handwerker, die nur ins Haus wollten, um Schmuck oder andere Wertgegenstände zu klauen. Immer wieder machte die beliebte Internetplattform für Kleinanzeigen Schlagzeilen mit beängstigenden oder verrückten Geschichten. Fairerweise musste man erwähnen, dass auch das ein oder andere verlorene Haustier dank *Gumtree* wieder zu seinem Besitzer gefunden hatte oder mit viel Glück die wahre Liebe dort zu finden war.

Heute hatten wir Glück.

An der Tür tauchte ein Typ mittleren Alters auf, der uns, obwohl es nach zehn Uhr war, aus verschlafenen Augen ansah. „Du bist die, die Klamotten für den Stand abholt?"

Ich nickte. Sobald das geklärt war, setzte er eine freundlichere Miene auf. Vielleicht hatte er auch selbst schon schlechte Erfahrungen mit Kontakten über die Kleinanzeigen gehabt. Er war absolut kein Sympathieträger, aber zumindest auch kein Killer.

Nach der Begrüßung folgten wir ihm in den Garten, wo die Holzelemente für den Tresen sowie Wände für den Standbau parat lagen. Ein kurzer Check, dann überreichte ich ihm wie vereinbart einhundert Dollar.

„Wofür brauchst du den Kram denn?“

„Für das *Winter-Blues*-Festival in Byron Bay nächste Woche. Ich habe mich dort kurzfristig als Surflehrerin angemeldet.“

„Ach, cool. In welcher Schule arbeitest du denn?“

„Bis vor Kurzem in der *Surfers' Heart*“, antwortete ich knapp.

Nun war er plötzlich hellwach. „*Die Surfers' Heart?* Am Main Beach?“

„Genau die.“ Alex' Blick ruhte auf mir, als befürchtete er, ich würde jeden Moment in Tränen ausbrechen.

„Das ist der absolute Hammer! Ich war dort mal vor ein paar Jahren und habe mir 'n Board ausgeliehen. Muss aber sechs, vielleicht sieben Jahre her sein – vermutlich erinnerst du dich nicht ... arbeitet der coole Typ noch da? Warte, wie hieß er gleich? Jack? Andi?“

„Sam?“

„Ja, genau!“

„Das ist mein Dad.“

„Ach was, cool. Wie geht's ihm?“

„Ähm. Ich nehme an, gut. Er ist aktuell verreist. Seid ihr alte Freunde?“ Ich bemühte mich um einen sachlichen Tonfall. Bisher hatte ich wenig Freunde von Dad getroffen und wenig Lust, über ihn zu reden. Zwar fiel es Dad dank seines Charmes leicht, auf Menschen zuzugehen, aber echte Freundschaften pflegte er nur wenige. Hao und eine Handvoll Männer aus Byron Bay, mit denen sich meine Eltern ab und an trafen. Das mit Hao war nun vermutlich auch passé. Schwer vorstellbar, dass Hao Dad seinen Verrat verzieh.

„Nee, Freunde würde ich uns nicht nennen. Wir haben uns einfach gut verstanden. Wann ist er denn wieder da? Dann komm ich mal vorbei."

„Vermutlich erst im September. Er ist für einige Wochen in Nepal."

„Nepal? Krass. Na ja, man wird sich schon sehen."

Mittlerweile hatten wir die Teile auf die Ladefläche des Pick-ups geräumt. Während der Hinfahrt hatte sich der Himmel immer mehr verdunkelt, sodass ich jeden Moment mit einem heftigen Regenguss rechnete. Die Palmen bogen sich bereits im Wind und ich bildete mir ein, in einiger Entfernung ein Donnergrollen zu hören.

„Passt besser auf gleich", bemerkte Dads Kumpel, ebenfalls mit Blick in den Himmel, während Alex die Sachen auf der Ladefläche mit Planen sicherte. „Und grüß mir deinen Dad, ja? Ich bin übrigens James."

„Wenn du Lust hast, schau doch nächste Woche mal vorbei, beim *Winter Blues*." *Dann kannst du dir gleich ansehen, was dein Kumpel aus der Surfers' Heart gemacht hat,* dachte ich angesäuert.

Er lachte. „Mal sehen."

Ich winkte ihm zum Abschied, bevor wir in den Wagen stiegen und wegfuhren. Wir hatten die Autobahn fast erreicht, als ein Blitz den Himmel erleuchtete. Das laute Krachen, das darauf folgte, ließ uns beide zusammenzucken. Dünnere Bäume abseits der Straße bogen sich unter heftigen Windstößen, die wie aus dem Nichts gekommen waren.

„Mist", murmelte Alex. „Sieht so aus, als würden wir es nicht mehr zurück schaffen."

„Die Autobahn ist bestimmt sicher", sagte ich.

Alex erwiderte nichts. Stattdessen hatte er die Hände so fest um das Lenkrad geschlossen, dass die Knöchel weiß hervortraten. Sein ganzer Körper war angespannt und die Lippen hatte er fest zusammengepresst.

Dass mit Alex etwas nicht stimmte, war offensichtlich. Rasch ging ich in Gedanken die Alternativen durch und kam zu dem Schluss: „Wir könnten zu James zurück. Oder du fährst die nächste Ausfahrt wieder runter und wir sehen nach einem Café oder Restaurant, wo wir abwarten, bis sich der Sturm gelegt hat." Zwar hatte ich keine Angst vor Unwettern und es lag auch keine Sturm- oder Hochwasserwarnung vor, aber Alex' Verhalten beunruhigte mich zunehmend. Seine Nervosität steckte mich an. Und ich war nicht scharf darauf, mit einem beladenen Pick-up von Windböen über den Highway geschoben zu werden.

„Einverstanden", presste Alex hervor und fuhr die nächste Ausfahrt wieder runter.

Dicke Tropfen fielen auf den Schotterweg, erst gemächlich, dann immer heftiger. Wir rannten auf das Café zu und erreichten gerade noch rechtzeitig den Eingang, bevor es Sturzbäche regnete. Die Welt um uns herum versank in einem dunkelgrauen diesigen Unwetter, während wir eine Zeitreise zurück in die Fünfziger machten.

Mit den schwarz-weißen Fliesen und den knalltürki-
sen Metallstühlen sowie den Bistrotischen und Sitz-
bänken hatte der Laden den Charme eines amerikanischen Diners. In der Ecke stand sogar eine Jukebox, die
bei näherer Betrachtung aber kein Original, sondern
eine moderne Retro-Variante war, die gerade stumm
auf ihren Einsatz wartete. Abends wäre der Laden si-
cherlich gut besucht, aktuell waren wir mit Ausnahme
von zwei Polizisten, die an der Theke saßen und Kaffee
tranken, die einzigen Gäste. Erneut fühlte ich mich wie
in einem Film.

„Na, da habt ihr ja noch mal Glück gehabt", begrüßte
uns eine Kellnerin, stilecht in einem türkisen Kleid. *Rachel* stand auf ihrem Namensschildchen. „Setzt euch,
wohin ihr wollt."

Wir entschieden uns für einen Fensterplatz mit Blick
auf den Pick-up. Die Plane wölbte sich im Wind, schlug
Wellen, wollte sich losreißen, dem Sturm entfliehen.
Alex hatte gute Arbeit geleistet, denn noch hielten die
Riemen sie fest.

„Was darf ich euch bringen? Schon was zu trinken?"
Rachel reichte uns die Karten. Wir bestellten Kaffee
und warfen einen Blick in die Karte, während sie die
Getränke zubereitete.

Alex saß mir gegenüber. Seine Hände zitterten leicht,
während er die Karte so fest umklammert hielt, dass
das Papier sich wellte. Immer wieder huschte sein Blick
nach draußen.

„Ist alles in Ordnung?"

„Geht schon", murmelte er. Dann ließ er die Karte sinken und sah mich an. „Scheiße, nein, das war gelogen.
Ich kann Gewitter nicht ausstehen." Er bedachte das

Unwetter mit finsterer Miene. „Vor knapp fünf Jahren gab es einen schweren Sturm, einer dieser echt heftigen, wie sie in Queensland häufig wüten. Mein Vater war gerade dabei, die Gartenmöbel in Sicherheit zu bringen. Normalerweise wäre das keine große Sache gewesen, aber wir waren spät dran, weil ich vorher beim Rugby-Training war und Dad arbeiten. Mum war irgendwo, ich glaube, sie wollte schnell einkaufen, bevor der Sturm richtig loslegen und vielleicht der Strom ausfallen würde. Ist alles schon vorgekommen."

Rachel kam mit dem Kaffee zurück und nahm unsere Essensbestellung auf. Da wir, so wie es draußen aussah, noch eine Weile hier sitzen würden, hatten wir beschlossen, zu Mittag zu essen. Ich bestellte ein Käsesandwich und pochierte Eier. Alex ein Club-Sandwich mit Süßkartoffelpommes und Coleslaw.

„Jedenfalls", fuhr Alex fort, während er den Kaffeebecher zwischen seinen Händen drehte, „war der Sturm heftig. Mein Vater war mies drauf, machte mir ständig Vorwürfe, ich hätte auf dem Rückweg getrödelt. Das stimmte nicht, was wir beide wussten. Aber es hatte keinen Sinn, mit ihm zu streiten. Du musst wissen, unser Verhältnis zueinander ist nicht das Beste. Wäre ich früher als erwartet nach Hause gekommen, hätte er mir vermutlich vorgeworfen, ich würde mein Training vernachlässigen. Meinem Dad kann ich nichts recht machen." Alex trank einen Schluck, setzte die Tasse wieder ab und schwieg. Während er einen Moment lang die Handlungsfäden in seinem Kopf zu sortieren schien, schob ich die Fragen, die sich mir förmlich aufdrängten, vorerst zur Seite. Ich wollte seinen Redefluss auf keinen Fall unterbrechen, weil ich fürchtete, ich würde keine zweite Chance bekommen, die Geschichte zu hören. Er war so in den Erinnerungen versunken, dass er den weiteren Blitzen keine Beachtung schenkte, und auch mich schien er kaum noch zu bemerken, obwohl er eigentlich mit mir sprach.

„Na ja ... wir waren fast fertig mit den Möbeln. Ich sammelte gerade einige lose Teile ein, die der Wind schon im Garten verstreut hatte. Plötzlich schlug ein Blitz in den Baum neben mir ein. Ich wollte ausweichen, aber ..." Er verfing sich in der Erinnerung, durchlebte den Moment erneut, das sah ich ihm an. Mehr zu sich selbst sagte er: „Aber der Baum explodierte, und ich stand direkt daneben."

Alex drehte die Kaffeetasse in seiner Hand. Dann, endlich, sah er auf. Unsere Blicke trafen sich, Alex blinzelte wie jemand, der gerade aus einem langen Traum erwacht war. In seinem Lächeln lag Traurigkeit.

„Glaub mir, ich habe vorher auch nicht gewusst, dass ein Baum *explodieren* kann. Aber die enormen Temperaturen, die so ein Blitzeinschlag mit sich bringt, lässt sofort sämtliches Wasser verdampfen. Tja, leider hat Wasserdampf ein höheres Volumen als Wasser, nur kann er nirgendwo hin, weshalb der Druck dann den Baum oder Teile von ihm bersten lässt. Ich habe unzählige Holzsplitter abbekommen. Keiner davon war lebensbedrohlich, zum Glück. Alles ist wieder sehr gut verheilt. Nur mein Knie ..."

Alex starrte auf die Tasse in seinen Händen, als suchte er nach einer längst verlorenen Wahrheit. Mit einem Mal wirkte er verletzlich. Ich las in ihm wie ein offenes Buch, was ihn entweder nicht zu stören schien oder er bekam es gar nicht mit, weil ihn die Erinnerungen an den Unfall eingenommen hatten. Ich legte meine Hand über den Tisch neben seine, berührte ihn sanft. Gern hätte ich seine Hand genommen, aber gegen die Tasse hatte ich keine Chance. Dennoch sah er bei der Berührung auf und der Anflug eines Lächelns huschte über sein Gesicht. „Sorry, die Story ruiniert uns noch den ganzen Ausflug."

„Du meinst, das romantischste Date aller Zeiten? Du und ich und der Typ von *Gumtree?"*

Er lachte. „Ach ja, den hatte ich ausgeblendet." Alex nahm meine Hand und verflocht unsere Finger miteinander. Es sah hübsch aus, unsere Hände zusammen auf dem Bistrotisch. Richtig.

„Was ist mit deinem Knie passiert?", fragte ich leise.

„Ein Ast ist drauf gefallen. Die Wucht hat mich umgerissen. Ich erinnere mich nur verschwommen an das, was danach kam, weil ich vor Schmerzen nicht klar denken konnte. Er hat mir die Kniescheibe gebrochen. Eigentlich ..." Alex holte tief Luft, dann lachte er nervös auf, fuhr sich mit der freien Hand durch die Haare, die nun wirr abstanden. „Meine Güte, ich weiß gar nicht, wieso ich das nicht einfach erzählen kann. Es ist so lange her. Mir geht's gut. Eigentlich ist der Kram längst verarbeitet."

Ich drückte seine Hand. „Ist schon okay. Nur weil man mit einer Sache klarkommt, heißt das nicht, dass man bei der Erinnerung daran keine Gefühle mehr haben darf."

„Na gut." Erneut schien er sich zu sammeln. Sein Daumen strich über meinen, ob unbewusst oder absichtlich konnte ich nicht sagen. Aber ich genoss die Berührung, sie verursachte eine feine Gänsehaut auf meinen

Armen, die von meinem Hoodie verdeckt wurden. „Dad fand mich nach wenigen Minuten und hat sofort den Rettungswagen gerufen, der aber wegen überschwemmter Straßen und anderer Einsätze länger zu uns brauchte als gewöhnlich. Ich war sehr lange wütend auf so ziemlich alle. Heute weiß ich, dass auch ein schneller Einsatz an dem Ergebnis nichts geändert hätte. Ich hatte eine komplizierte Patellafraktur, also eine gebrochene Kniescheibe, die sofort operiert werden musste. Ungefähr dreiviertel aller Kniescheibenbrüche verheilen wieder ganz, die anderen können Komplikationen verursachen.“

Mir schwante Übles. „Wie bei dir?“

Er nickte. „Wie bei mir. Ich hatte einen Querbruch, durch die Wucht und den Sturz. Im Prinzip ist alles gut verheilt und ich habe normalerweise kaum Schmerzen, allerdings ist der Knorpel an der Rückseite der Kniescheibe hin.“

„Damit gehst du joggen?“

„Nur einmal die Woche, wenn ich wirklich einen klaren Kopf brauche“, gestand er. „Sollte ich eigentlich nicht. Tja, jedenfalls war mein Knie kaputt. Und damit auch meine Karriere.“

24. The dreams that are not dreamed

Alexander

Überrascht blinzelte mich Charlie an. „Was für eine Karriere?"

Ach richtig, das hatte ich ihr noch nicht erzählt. Mir fiel auf, dass ich, seit wir das Café betreten hatten, nonstop redete. Charlie schien es nicht zu stören, und mich überraschenderweise auch nicht. Sie war eine gute Zuhörerin, bei ihr war meine Geschichte sicher. Nachdem sie nun schon fast alles gehört hatte, verdiente sie es auch, das Ende zu erfahren.

In dem Moment kam die Kellnerin mit unserem Mittagessen. Charlie zog ihre Hand zurück und griff nach dem Besteck.

„Guten Appetit", sagte sie und nahm einen Bissen.

„Guten Appetit. Um deine Frage zu beantworten: Rugby. Ich war Rugbyspieler, ein ziemlich guter sogar, mit vielversprechenden Aussichten."

Sie hielt inne. „Das tut mir leid, Alex."

„Schon gut. Wie gesagt, ich bin drüber weg. Aber ehrlich gesagt hat es lange gedauert. Ich hatte immer nur den einen Plan für mein Leben und bin danach in ein tiefes Loch gefallen. Die Schmerzen, die so ein gebrochenes Knie verursacht, waren ein Witz gegen die Machtlosigkeit und die Leere, die danach kam. Am Anfang habe ich geglaubt, die Rehamaßnahmen würden alles wieder kitten. Ich habe mich so sehr an dem Wunsch geklammert, ein gesundes Knie zu haben, dass ich die Diagnose des Arztes ignoriert habe. Der hat nämlich recht schnell gesehen, dass nicht die gebrochene Kniescheibe das Problem sein würde, sondern der Knorpel dahinter, der bei einer Überbelastung, wie sie bei Leistungssportlern meist auftritt, schneller verschleißt. Beziehungsweise dafür sorgt, dass das Gelenk schneller verschleißt. Und ganz nebenbei hat er mir noch mitgeteilt, dass mein Oberschenkelmuskel nie mehr so kräftig sein würde wie der andere."

„Scheiße."

„Jap." Ich spießte eine Pommes auf und schob sie mir in den Mund. Wirklich gut. „Den Laden sollten wir uns merken. Ist doch fast wie in deiner Heimat, oder?"

Charlie schüttelte den Kopf. „Da sieht's meistens moderner aus. Aber ja, solche alten Diner oder welche, die auf alt getrimmt sind, gibt's in Amerika zuhauf. Die Leute stehen drauf, und wenn das Essen gut ist, brummt der Laden. Wie sind die Pommes?" Sie beugte sich über den Tisch und klaute sich eine von meinem Teller. Ich ließ sie gewähren. „Nicht schlecht!"

„Bedien dich ruhig", sagte ich betont ironisch. Charlie grinste frech.

Es regnete weiterhin wie aus Eimern, allerdings hatte es aufgehört zu gewittern. Auf dem Parkplatz hatten sich riesige Pfützen gebildet, in die schwere Tropfen fielen.

„Ein paar Monate nach dem Unfall habe ich mich in einer Tauchschule angemeldet. Meine Therapeutin hat mich damals dazu verdonnert. Mehr oder weniger. Man kann das Tauchen nicht verordnen, nur empfehlen. Ich weiß noch, dass ich überhaupt keinen Bock darauf hatte, weil mir der Gedanke, nicht frei atmen zu können, unheimlich war. Wasser war nie wirklich mein Element, früher schon nicht. Klar war ich auch mit Kumpels am Strand, aber schwimmen hat mir nie Spaß gemacht. Dr. Barett bestand drauf. Sie meinte, unter Wasser würde ich die ganze negative Scheiße ausblenden, die in meinem Kopf unterwegs sei. Ich würde runterkommen und entspannen. Meine Wortwahl, nicht ihre. Ich war skeptisch und unwillig. Schließlich bin ich ihrer *nachdrücklichen Empfehlung* doch gefolgt.“

„Warum?“, fragte sie.

Ich zuckte mit den Schultern. „Die Aussicht, für immer ein Nervenbündel zu bleiben, das bei jedem Mülltonnenscheppern zusammenzuckt, schien mir nicht wie die Krönung eines erfüllten Lebens zu sein.“

Sie schmunzelte, vermutlich wegen meiner poetischen Wortwahl. „Und bist dabei geblieben“, sagte sie.

„Es war der wertvollste Rat, den ich je erhalten habe. Das Witzige daran ist, dass mein bester Freund Ethan Tauchlehrer ist. Mann, hat er der sich geärgert, als ich ihm erzählt habe, dass ich tauchen gehe. Er hatte alles, wirklich alles versucht, dass ich ihn zum Tauchen begleite. All seine Angebote habe ich ausgeschlagen. Es brauchte einen krassen Einschnitt in meinem Leben, damit ich mich getraut habe, damit anzufangen.“

„Scheint so." Etwas an Charlies Tonfall ließ mich innehalten. Mit einem Mal wirkte sie selbst tief in Gedanken, beinahe betrübt.

„Alles okay?"

„Was? Ja, alles gut. Sorry, hat nichts mit dir zu tun."

„Sicher?"

Sie lächelte etwas gezwungen. „Nein, und wenn es für dich okay ist, möchte ich gerade lieber nicht darüber reden."

Ich hätte gern gewusst, was meine Worte in ihr ausgelöst hatten, doch ich wusste zu gut, wie es sich anfühlte, wenn jemand Themen immer wieder ansprach, über die man eigentlich nicht reden wollte. Manchmal half es, wie bei Dr. Barett, manchmal verhärtete es die Fronten. Wie bei Dad und mir. „Okay, kein Problem."

„Danke."

Wir aßen auf und bestellten zum Nachtisch Milchshakes. Vanille für Charlie, Erdbeere für mich. Natürlich ebenfalls stilecht in hohen Gläsern mit Rillen serviert.

„Du hast eben erzählt, dass du nach dem Unfall in ein Loch gefallen bist", sagte Charlie und griff die Unterhaltung erneut auf. „Als wir Hawaii verlassen haben, habe ich alles verloren. Die wunderschöne Insel, das Meer, meine Freunde. Ich habe nicht viele Freunde hier, weil ich mich seitdem schwertue, echte Freundschaften aufzubauen. Und jetzt ... ist wieder alles weg." Charlie sah auf die Tischplatte vor sich, die Schulter hochgezogen, als läge die gesamte Last der Welt auf ihnen.

„Nichts ist je umsonst", sagte ich. „Auch wenn es sich im Moment nicht so anfühlt, hat alles einen Grund."

Sie lachte bitter. „*Das* glaubst du?"

„Nein, das *weiß* ich. Weil ich es selbst erlebt habe. Mittlerweile weiß ich, was mich wirklich glücklich macht. Und zwar das Tauchen, nicht Rugby."

Sie schüttelte den Kopf, als wollte sie ihren Ärger loswerden. „Dann hattest du Glück. Im Unglück sozusagen. Ohne den Unfall wärst du Rugbystar geworden. Ich habe die *Surfers' Heart* geliebt, Alex. Ich dachte wirklich, ich hätte noch eine Chance. Weißt du, was das Schlimmste an alldem ist? Dass meine Eltern nicht den Arsch in der Hose gehabt haben, um mir die Wahrheit zu sagen. Dass sie nach Nepal abgehauen sind, mit dem Wissen, ich würde alles geben. Und dass es ihnen egal war! Egal, was mit der Surfschule passiert, egal, wie es ihrem Freund Hao dabei geht, und scheißegal, wie es mir dabei geht!"

Ihre Verzweiflung, Trauer und Wut versetzten mir einen Stich. Ich fühlte mit ihr, wie ich noch nie in meinem Leben zuvor mit jemanden gefühlt hatte. Ihre Situation erinnerte mich an das, was ich durchlebt hatte, und ich wusste, der Weg, den sie eingeschlagen hatte, würde ein langer sein. Aber ich sah das Licht am Ende dieses Weges, und ich wusste, Charlie würde es schaffen, ihn zu gehen.

„Etwas Gutes hat das Ganze", warf ich ein. Sie sah mich aus neugierigen wasserblauen Augen an. „Du hast es selbst schon gesagt. Du liebst das Meer und du willst surfen. Natürlich hast du die *Surfers' Heart* geliebt und es ist schrecklich, was passiert ist. Sieh es so: Ohne den Abriss wärst du dir vielleicht nie bewusst geworden, dass alles, was du willst, schon in dir steckt. Ich kenne Sam und Judy nicht gut, aber ich nehme an, sie haben gehofft, du würdest einen Weg für dich finden, damit umzugehen."

„Das glaubst du wirklich?"

Ich zuckte mit den Schultern. „Ist das so schwer vorstellbar?"

Charlie rührte mit dem Strohhalm in ihrem Milchshake herum. „Ja. Ehrlich gesagt schon, denn es ergibt keinen Sinn, dass sie mir nicht die Wahrheit gesagt haben."

„Sie haben dir die *Surfers' Heart* überlassen", gab ich zu bedenken.

„Das verstehe ich bis jetzt nicht. Das macht alles nur noch schlimmer. Wenn sie gesagt hätten, sie wollen verkaufen, dann ..." Sie brach ab und seufzte.

„Du denkst, es hätte dich weniger hart getroffen?"

„Ich weiß nicht, Alex. Vermutlich nicht. Ja, der Bagger war ein Schock. Aber ich denke, das wäre es auch gewesen, wenn ich gewusst hätte, dass er anrückt. Sie haben nur einmal versucht, mich anzurufen. Ein einziges verdammtes Mal. Und selbst wenn ich den Anruf nicht verpasst hätte, wage ich zu bezweifeln, dass sie mir von dem Verkauf und dem Abriss erzählt hätten. Sie haben mich von Anfang an belogen, und ich verstehe nicht, warum. Das treibt mich in den Wahnsinn." Eine weitere Umdrehung in cremiger Vanille. Dann sah sie auf. Unsere Blicke trafen sich und ich erschauderte bei der Entschlossenheit, die ich trotz ihrer Verletztheit erkannte. „Die *Surfers' Heart* ist Geschichte. Aber mich, mich gibt es noch. Ich bin Charlie Campbell – und ich werde ihnen zeigen, was in mir steckt!"

„Geht doch", sagte ich und hob mein Glas. „Versprich mir, dass du dir diesen Moment merkst!"

Unsere Gläser klirrten, als wir anstießen. Charlie reckte ihr Kinn. „Ich werde ihn nicht eine Sekunde vergessen.“

Endlich war sie aufgestanden, um zu kämpfen. Ich wünschte, ihre Eltern würden sehen, was ihre feige Aktion mit ihrer Tochter gemacht hatte. Mit welcher Leidenschaft sie ihre Zukunft anging.

Sie würden sie fürchten.

25. Flashes and memories

Charlotte

Nachdem wir unsere Milchshakes ausgetrunken hatten, hörte es auf zu regnen. Wir ließen die *Surfers' Heart* und Alex' Rugbyträume dort, wo sie hingehörten: in der Vergangenheit. Stattdessen lernten wir uns besser kennen.

„Wie ist es eigentlich so in Queensland? Im Norden, meine ich“, fragte ich Alex. Er hob eine Augenbraue und musterte mich, als wollte er prüfen, ob ich einen Scherz machte. „Ich war bisher nur mal in Brisbane“, erklärte ich entschuldigend.

Alex schien einen Moment nachzudenken, wägte ab, was er mir erzählte und was nicht. „*Tropisch* trifft es wohl gut. Die Luftfeuchtigkeit ist hoch, ganz anders als hier. Manchmal ist es so krass, dass einem das Atmen schwerfällt. Meine Mutter hat sich immer aufgeregt, dass die Wäsche nicht trocknet. Was für sie ein nerviges Übel ist, sorgt dafür, dass die gesamte Region vor Leben strotzt. Der Regenwald ist schon verdammt cool, auch wenn er nicht mein Favorit ist.“

„Sondern?“

„Die Whitsundays. Wenn du einmal dort segeln warst – das vergisst du nie mehr, Charlie. Die weißen Sandstrände, das türkise Wasser, ich sag's dir: Das ist das Paradies.“

„Solche Worte ausgerechnet von einem Taucher“, murmelte ich. „Was willst du an einem Sandstrand ohne Riff?“

Alex grinste. „Die Whitsundays grenzen ans Great Barrier Reef und haben selbst zahlreiche Tauchspots: The Woodpile, The Pinnacles oder die Blue Pearl Bay, um nur einige zu nennen. Felswände mit beeindruckenden Korallenbäumen, malerische Plateaus – hast du je einen Mantarochen in freier Wildbahn gesehen?“ Ich schüttelte den Kopf. „In den Wintermonaten hast du in den Whitsundays gute Chancen, welchen zu begegnen.“

Staunend lauschte ich seinen Worten. Er hatte so viel mehr von Australien gesehen als ich, und wenn es mich bisher nicht gestört hatte, wie wenig ich von meiner Heimat entdeckt hatte, änderte sich diese Ansicht mit jeder Minute. Ich wollte unser Land sehen, all die Orte bereisen, für die sich Alex im letzten Jahr auf seiner langen Fahrt von Queensland nach Byron Bay die Zeit genommen hatte. Ich wollte mit ihm nach Bundaberg, mir die Brauerei ansehen, die mein geliebtes Ingwerbier herstellte, wollte mit ihm am weißen Sandstrand sitzen und an den Riffen schnorcheln. Wollte den Orten, die ich nur aus dem Fernsehen kannte, Erinnerungen geben – mit Alex.

Er erzählte weiter, spürte meine Sehnsucht nicht, die mit jedem Reisebericht anwuchs, aber das war okay, denn ich hing an seinen Lippen. „Fraser Island ist auch echt besonders. Weil die ganze Insel aus Sand besteht, kann man dort nur mit Allradantrieb fahren. Ich habe mich kurzfristig einer Reisegruppe angeschlossen und eine Nacht auf dem Campingplatz übernachtet. Das war eine ganz andere Welt. In der Ferne heulten die Dingos. Die Tiere sind auf der Insel wohl eine echte Plage, denn sie können richtig aggressiv sein, wenn sie auf Futtersuche sind. Dann greifen sie sogar die Menschen in den Camps an." Ich erinnerte mich, dass ich von solchen Angriffen in den Nachrichten gehört hatte. „Leider habe ich erst zu spät erfahren, dass seit wenigen Jahren vor Fraser Island das Wrack der HMAS Tobruk auf dem Meeresgrund liegt. Habe mir sagen lassen, das Wrack sei schon ziemlich gut mit Korallen und Muscheln bewachsen. Außerdem leben dort Rifffische, Anemonen, Oktopoden und Zackenbarsche. Sogar Schildkröten und Rochen gibt es. Die Sicht soll großartig sein, besonders durch die Nähe zum Naturschutzgebiet. Irgendwann will ich dort mal tauchen."

„Was hat dich bisher davon abgehalten?"

Alex runzelte die Stirn. „Ach, nur die Zeit. Im letzten Jahr habe ich gefühlt jede freie Minute in die *Beach Dive* investiert."

„Nachvollziehbar. Vielleicht fahren wir mal zusammen hin?"

Wieder bedachte er mich mit einem nachdenklichen Gesichtsausdruck, als müsste er erst abwägen, ob er es mit mir zusammen mehr als einen Tag aushielt. Ich wollte ihm gerade etwas Schnippisches an den Kopf werfen, da hoben sich seine Mundwinkel zu einem Lächeln, das einmal um sein ganzes Gesicht gelaufen wäre, wären die Ohren nicht im Weg. „Wann immer du willst.“

„Nach dem Cup“, erwiderte ich rasch.

„Welcher Cup?“

„Der Byron-Bay-Cup. Ich werde das Ding gewinnen.“

Alex pfiff durch die Zähne. „Das ist mal ’ne Ansage!“

„Damit hast du nicht gerechnet.“

„Ja und nein. Jetzt verstehe ich endlich, wofür du die ganze Zeit trainierst. Ich finde, du und Wettkämpfe, das passt irgendwie nicht zusammen.“

Nun war ich diejenige, die verblüfft dreinsah. „Wieso nicht?“

Alex ließ sich einen Moment Zeit, über seine Worte nachzudenken, drehte das längst leere Milchshakeglas zwischen den Händen. „Ich habe dich oft auf dem Brett gesehen, und ich weiß, was dir das Surfen bedeutet. Immer waren zwischen dir und dem nächsten Surfer, sofern ich überhaupt jemanden gesehen habe, hunderte Meter Abstand. Du hast dich nie mit jemanden unterhalten, nie den Kontakt gesucht. Vom Strand aus wirkte es immer so, als wärst du allein auf dem Wasser. Wie soll ich es richtig ausdrücken? Wenn du auf dem Meer bist, wirkst du erhaben. Als wenn du über den Dingen stehst. Ein Wettbewerb ... nein, das passt nicht. Charlie Campbell misst sich nicht mit anderen Surfern. Sie muss nicht beweisen, dass sie die Beste ist.“

Alex endete und ich starrte ihn an. Sprachlos darüber, wie er mich sah. Ein leises „Wow“ entglitt meinen Lippen, mehr brachte ich nicht zustande. Das war ich für Alex also: Die einsame Surfer-Seele.

In diesem Augenblick wurde mir bewusst, dass er mich nicht nur einmal oder zweimal beobachtet hatte, sondern wann immer er die Gelegenheit dazu fand. Mir dämmerte, dass Alex längst ein Auge auf mich geworfen haben musste, bevor ich überhaupt auf den Trichter gekommen war, dass da mehr zwischen uns sein könnte als Nachbarschaft oder eingebildete Konkurrenz.

Seine Worte rührten mich. Die Art, wie er mich sah, bewegte mich tief im Inneren. Ich konnte mich nicht erinnern, jemals so etwas Schönes gehört zu haben. Dass er es nicht am Strand oder als wir zusammen im Bett gelegen hatten gesagt hatte, machte es nur noch besser, denn nichts wirkte gekünstelt oder aus der Situation heraus gesagt, sondern echt.

„Danke", ergänzte ich nach einer gefühlten Ewigkeit. Und dann ein weiteres Mal: „Danke, Alex."

Er lächelte. „Immer wieder gern. Wollen wir?"

„Warte. Ich habe was für dich."

Alex machte große Augen. „Für mich?"

Ich nickte und kramte in meinem Rucksack nach der Figur, die ich bei Hao in Auftrag gegeben hatte. Vorsichtig zog ich das in Stoff eingeschlagene Kunstwerk heraus und reichte es Alex. Behutsam befreite er das Geschenk. Sekundenlang betrachtete er die glatt polierte Figur aus dunklem Holz in seinen Händen, das Hao mit bemerkenswerter Detailverliebtheit in einen Taucher verwandelt hatte, der ein Riff erkundete.

„Charlie", flüsterte Alex.

Ich beobachtete jede seiner Regungen, wollte nichts verpassen. „Gefällt sie dir?"

„Sie ist wunderschön. Ich weiß gar nicht, wie ich dir danken soll. Die wird einen Ehrenplatz bekommen.

Danke." Er sah mich mit einer Zärtlichkeit an, die mich wärmte.

„Ich habe zu danken, Alex", sagte ich leise. „Ich danke dir für alles, was du für mich getan hast."

„Nichts habe ich jemals lieber getan", entgegnete er. Dann wickelte er die Figur vorsichtig wieder in ihren weichen Mantel, packte sie ein, schnappte sich meine Hand, küsste mich ungestüm mitten im Lokal, und bevor die Kellnerin uns rauswerfen konnte, rannten wir kichernd in die regenschwangere Welt hinaus.

26. Me and you

Alexander

In den nächsten Tagen war ich froh, dass Charlie eine Aufgabe hatte. Sie bereitete sich jeden Tag entweder auf das *Winter-Blues*-Festival vor, auf dem sie sich als Surflehrerin präsentieren wollte, oder trainierte hart für den Byron-Bay-Cup, der wenige Wochen später stattfand. Als wäre das noch nicht genug, half sie in der *Beach Dive*, wann immer es ging. Sie räumte auf, ordnete, putzte und mehr als einmal hatte ich den Eindruck, die Aufgaben halfen ihr, sich selbst zu sortieren. Nachdem ich ihr dreimal erklärt hatte, dass sie das nicht tun musste, hatte ich es aufgegeben und sie einfach gelassen. Sie wollte sich dafür revanchieren, dass sie bei mir wohnen durfte. „Ich weiß, dass du es auch für uns tust, Alex. Ich möchte meinen Teil dazu beitragen und dir nicht auf der Tasche liegen.“

„Tust du nicht“, hatte ich erwidert, auch wenn es nur halb stimmte. Denn die Wahrheit war: Charlie war pleite und ich zahlte alles, was sie zum Leben benötigte. Das war überschaubar, dennoch verstand ich, woher ihr Bedürfnis kam, für Ausgleich zu sorgen.

Sie sah die Sache anders. „Wenn ich nicht in der *Beach Dive* helfen darf, gehe ich ins *Salt & Vinegar* und steuere die Kohle zu unseren Ausgaben bei. Dort habe ich vor ein paar Wochen gejobbt."

„Auf keinen Fall musst du irgendwo anders jobben. Wie sieht das denn aus?"

Sie lachte. „Darüber machst du dir Gedanken? Wie es aussieht? Für wen? Für dich? Für mich? Für Hao? Ist mir egal, was die anderen von mir denken. Sollen sie doch sehen, dass ich jobbe, um Geld zu verdienen und mir etwas Neues aufzubauen."

„So war das nicht gemeint", murmelte ich und ruderte zurück.

„Wie denn dann?"

Ich zuckte mit den Schultern. „Weiß ich auch nicht so genau. Am ehesten würden sich die Leute wohl fragen, warum ich meiner Freundin nicht einen Job gebe."

„Ich hätte nicht gedacht, dass du jemand bist, der sich für die Meinung anderer interessiert", erwiderte Charlie. „Aber klar, du bist noch nicht in Byron Bay angekommen. Du hast Sorge, die Leute könnten dich nicht leiden und dir das Leben schwer machen."

Volltreffer.

„Mach dir nicht so einen Kopf. Außer mir hat dich niemand für einen arroganten Pinsel gehalten. Habe ich jedenfalls nicht mitbekommen. Die *Beach Dive* läuft gut, und solange du deine Nase nicht zu tief in die Angelegenheiten der anderen steckst, wird dir hier niemand was tun. Byron Bay mag vieles sein, und vor allem für jeden etwas anderes, aber eines ist es nicht: unfair. Im Großen und Ganzen sind die Leute hier echt okay."

„Ich wusste gar nicht, dass du viel mit ihnen zu tun hast."

„Habe ich auch nicht. Ich kenne die Leute dennoch ziemlich gut, und diese gechillte Hippie-Mentalität hat einen großen Vorteil: Die Leute lassen dich leben. Sie lassen dich in Ruhe, bis du anfängst, sie zu nerven. Da du das nicht vorhast, wirst du hier gut leben können."

„Alles klar", murmelte ich und sah Charlie zu, wie sie einen Karton zerkleinerte, den wir zuvor gemeinsam leer geräumt hatten. „Na schön."

Sie drehte sich zu mir um. „Was?"

„Du darfst hier arbeiten."

„Mach ich doch schon", sagte sie und packte die Pappstücke in eine große Tüte, in der wir Kartonagen sammelten, um sie später zum Altpapiercontainer zu bringen.

„Ja, ab jetzt wird's offiziell."

Charlie hielt inne und sah mich wachsam an. „Was meinst du?"

„Ganz einfach. Wenn du hier arbeiten willst, dann bezahle ich dich. Ich will nicht, dass du hier jobbst, weil du glaubst, einen Ausgleich schaffen zu müssen. Du wohnst bei mir, weil du meine Freundin bist, Charlie. Wenn die Lage umgekehrt wäre, hätte ich auch bei dir wohnen dürfen, und ich bin mir sicher, dass du mir unter Androhung von so mancher Gewalttat verboten hättest, dir Geld fürs Essen zu geben."

„Alex ..."

„Charlie, ich will nicht den noblen Ritter spielen oder so etwas. Ich will nur fair sein. Du arbeitest hier, also lass mich dir bitte etwas dafür bezahlen."

Erneut setzte sie zu einem Widerspruch an, doch etwas hielt sie zurück. Schließlich lächelte sie. „Also gut. Aber glaub nicht, dass ich nun auch tauche."

„Wart's ab, das ist nur eine Frage der Zeit!"

27. Only some photos

Charlotte

Der Tag des *Winter-Blues*-Festivals war gekommen, und mit ihm mein Auftritt als selbstständige Surflehrerin.

Gerade hatte ich mich mit zwei jungen Frauen unterhalten, die sich auf einer Reise die Ostküste hoch Richtung Cairns befanden und die Haos kunstvoll verziertes Board angelockt hatte. Sie kamen aus Frankreich und hatten sich fest vorgenommen, möglichst viel Australien-Feeling einzufangen, wozu für sie auch das Surfen gehörte. Zwar bot Frankreich selbst mit seiner rauen Atlantikküste fantastische Spots, aber die Temperaturen deutlich unterhalb von zwanzig Grad und der starke Wind schreckten viele Anfänger ab. Nur die hart gesottenen Surfer wagten sich in die eisigen Fluten. Für die beiden waren die aktuellen Temperaturen im Gegensatz zum Atlantik somit angenehm – und das mitten im Winter!

„Aloha, Charlie! Wie läuft's?"

Ich drehte mich um und entdeckte zu meiner großen Freude Liv und Alex. „Hey, ihr beiden, schön, dass ihr da seid."

Sofort setzte das Kribbeln in meiner Magengegend ein, das mich in den letzten Tagen ständig begleitet hatte. Unsere Beziehung hatte mit meinem spontanen Einzug bei ihm noch mal an Fahrt aufgenommen, und zwischen der Arbeit hatten wir uns auch immer wieder Zeit für kleine Auszeiten gestohlen. Ein Abend am Strand, gemeinsames Kochen. Wir hatten es nicht eilig, kosteten die gemeinsamen Momente aus.

Liv sah sich bereits neugierig um. „Cooles Board." Sie ging um den aus mehreren Holzkisten aufgestapelten Stand herum, auf dem ich Infoflyer und eine Schale mit Bonbons bereitgestellt hatte, um Haos Meisterwerk zu begutachten. „Wer hat das gemacht?"

Ich deutete auf Hao, der mit unserem Standnachbarn in ein Gespräch vertieft war, einem lokalen Anbieter für Kunst aus angespültem Strandgut. Die beiden fachsimpelten über die besten Methoden, Holz in Unikate zu verwandeln.

„Wow, der Hammer. Darf ich ein paar Fotos machen?"

„Ähm, klar."

Liv zückte ihre Kamera und schoss Bilder des Stands. Dann sah sie mich und Alex fragend an. „Und ihr?"

Leicht überrumpelt zuckte mein Blick zu Alex. Der schien genau zu wissen, worauf seine Schwester hinauswollte. Natürlich, er arbeitete schon länger mit ihr zusammen und war es gewohnt, vor ihre Linse zu müssen. Auf seiner Website waren zahlreiche Fotos von Alex und dem Rest des Teams zu finden, was, wie ich zugeben musste, dazu beitrug, einen authentischen Eindruck und Nähe zu vermitteln.

Im Vergleich dazu war die Website der *Surfers' Heart* ein echter Witz gewesen. Ein altes Foto von außen, ein leicht verschwommenes Gruppenfoto, ein Bild von mir beim Surfen, wo ich so klein war, dass es auch irgendwer anders hätte sein können. Leider fehlten mir Zeit, Geld und Wissen, um eine eigene Website aufzuziehen. Außerdem musste ich mir erst klar werden, ob ich eine neue Surfschule eröffnen wollte, wie ich generell weitermachen wollte. Klar, ich wollte den Byron-Bay-Cup gewinnen. Und danach?

Ein paar nette Fotos wären ein guter Start, und selbst wenn nicht für die Website, dann wenigstens für mich. Eine Erinnerung an das Festival.

Ich rückte näher zu Alex, woraufhin er ganz selbstverständlich einen Arm um mich legte und mich näher an sich heranzog. Wir grinsten in die Kamera. Liv schoss gleich mehrere Fotos.

„Süß", kommentiere sie. „Alex, geh doch mal bitte zur Seite. Charlie, stell dich neben das Board. Ja, genau so. Die Hand ruhig ans Board legen, schön lässig. Super, perfekt." Sie knipste ein paar Fotos, kam dann auf mich zu, zupfte mein Oberteil zurecht, rückte Haos eingetopfte Palme, die er als Deko mitgebracht hatte, näher heran. Alles ging so schnell, dass ich gar keine Gelegenheit hatte, zu protestieren oder mich zu fragen, was das alles sollte. „Ich glaub, wir haben es!"

Irritiert sah ich Liv an. „Was haben wir?"

„Na, dein neues Begrüßungsfoto für die Website." Sie sagte es, als wäre das offensichtlich. Ich hingegen begriff gar nichts. „Alex hat sich gedacht, deine Website auf Vordermann zu bringen, würde dir helfen. Daher das spontane Fotoshooting. Ich mag übrigens dein Outfit, cooles Shirt."

„Ähm, danke." Die Situation überforderte mich komplett. Website? Alex' Idee? Allmählich dämmerte mir, was Liv da sagte. „Ihr wolltet mir helfen, eine Website zu erstellen?"

Liv lachte. „Quatsch, nein. Nicht helfen – ich übernehme das!"

Nun schaltete sich Alex ein. „Vorausgesetzt natürlich, du möchtest das. Liv, echt ..."

„Was denn? Sorry, man muss die Dinge benennen, wie sie sind. Sieh dir doch das Design der *Surfers' Heart* an, das ist so 2000er, geht gar nicht. Da muss jemand mit Ahnung ran. Wirklich, Charlie, nichts gegen dich, aber du bist überhaupt keine Webdesignerin."

Blinzelnd sah ich Liv an. „Moment, was hat die Website der *Surfers' Heart* damit zu tun? Ich kann dir nicht folgen."

Liv grinste beinahe diabolisch. „Wir kapern sie. Wenn deine Eltern dir nicht sagen, was Sache ist, musst du auch keine Rücksicht mehr nehmen, oder?"

Ich zögerte und sah Alex an. „Wie siehst du das?"

Der war versucht, Liv allein mit der Kraft seines Blickes im Zaum zu halten. Liv wiederum ignorierte ihren Bruder, und ihr Gesicht strahlte beim bloßen Gedanken daran, eine moderne Website für mich zu erstellen.

Alex schüttelte den Kopf. „Ich sehe das ähnlich wie Liv. Deine Eltern haben die Surfschule verkauft, nicht den Namen. Es gibt niemanden, der sie übernommen hat und dich verklagen könnte, wenn du die *Surfers' Heart* in deinem Sinne weiterführst. Du kannst auf dem aufbauen, was war und die Schülerinnen und Schüler sowie potenzielle Interessenten mitnehmen, die auf der Website unterwegs sind. Das wäre dann dein neuer Kundenstamm. Warum bei null anfangen?"

Ich kaute auf seinen Worten herum. Die Idee war gut, und ehrlich gesagt hatte ich lange nicht so weit gedacht wie die beiden. In Sekundenbruchteil war die Entscheidung gefallen.

Ein leises, ungläubiges Schnauben entglitt mir. „Ich wäre eine schlechte Unternehmerin, wenn ich das Angebot nicht annehmen würde! Also gut, Liv. Du hast freie Hand. Was brauchst du?"

„Nur die Zugangsdaten, Darling, nur die Zugangsdaten."

„Bekommst du", sagte ich. „Und mach so viele Fotos vom Stand, wie du willst."

Liv sah sich um, mein Blick folgte ihrem, huschte über die Theke, über die Palme, die Boards. Die beiden hatten recht. Alles hier schrie nach *Surfers' Heart*. Was das Design anging, so hatten Hao und ich alles beim Alten belassen. Wenn die Leute uns ansprachen, was mit der Surfschule geschehen war, warum auf dem Grundstück Bagger ihre vernichtende Arbeit taten, erzählten wir ihnen die Wahrheit – oder zumindest das, was sie wissen mussten. Dass ich wieder unterrichten würde, ohne die Surfschule, die abgerissen worden war.

„Und ich brauche die Freigabe, dich zu fotografieren, wann immer ich der Meinung bin, es könnte was Gutes dabei rumkommen."

Ich kniff die Augen zusammen. „Das wäre?"

Liv zuckte mit den Schultern. „Weiß nicht, muss ich sehen. Eben alles, was die Leute interessiert. Das bist in erster Linie *du*, Charlie. Deine Geschichte. Mit allen Höhen und Tiefen. Lass sie ruhig wissen, dass die *Surfers' Heart* nicht mehr existiert. Natürlich gehen wir nicht detailliert auf das ganze Drama ein, das geht niemanden was an. Aber dass du dich von deiner Familie löst und die *Surfers' Heart* in dir weiterlebt, das ist eine interessante Geschichte. Du bist ein Teil von Byron Bay und präsentierst, was den Ort ausmacht: das Surfer-Feeling. Klar, viele kommen her, weil sie surfen lernen wollen. Doch sind wir ehrlich, die meisten wollen ein Stück des Kuchens abhaben, des unglaublich freien Lebensgefühls, das man nur hat, wenn man am Meer lebt. *Das* ist deine Geschichte! Das ist das, was die Leute interessiert, wenn sie überlegen, einen Kurs zu besuchen oder sich Bretter auszuleihen. Stell dir mal vor, deine Website würde transportieren, was man hier vor Ort fühlen kann? Das wäre doch der Oberhammer! Die Leute wollen vorher wissen, was auf sie zukommt. Sie wollen angelockt werden von süßen Versprechungen nach unvergesslichen Surfmomenten. Wenn sie einmal hier sind und nicht in den Sonnenuntergang surfen – scheißegal. Dann überzeugt sie das Drumherum, denn insgeheim weiß natürlich jeder, dass die Fotos auf der Website perfekt sind und man selten genau das bekommt. Darum geht's ja auch gar nicht. Deine Gäste wollen wissen, wer die *Surfer's Heart* ist, wer Charlotte Campbell ist. Die haben keinen Bock auf einen anonymen Verleih."

Sprachlos lauschten Alex und ich Livs leidenschaftlicher Rede zum modernen Webdesign. Sie lächelte triumphierend, weil sie genau wusste, dass sie mich längst hatte. Dennoch holte sie zum finalen Schlag aus: „Also, wer ist Charlotte Campbell? Und warum liebt sie das Surfen, die *Surfers' Heart* und Byron Bay so sehr?"

Das waren gute Fragen. Sehr gute sogar. „Darf ich darüber nachdenken?", fragte ich. Ich spürte Alex' Blick auf mir, während ich mich weiter auf seine Schwester konzentrierte.

„Darüber, wer du bist?", fragte Liv mit amüsiertem Unterton.

„Wie man es für eine Website formuliert, damit es nicht komisch klingt", präzisierte ich.

„Na klar. Ich werde sowieso ein paar Tage brauchen. Allein schon für die Fotos und das Layout. Aktuell weiß ich nicht einmal, welche Programmierung ihr bisher genutzt habt. Das werde ich mir in Ruhe ansehen und dann mit ein, zwei Ideen auf dich zukommen. Heutzutage ist es kein Hexenwerk mehr, eine moderne Website ins Netz zu bringen, und teuer ist es auch nicht."

Das konnte ich mir zwar kaum vorstellen, aber ich vertraute ganz auf Livs Expertise. Nach ihren Ausführungen von gerade hatte ich keinen Zweifel mehr daran, dass sie wusste, wovon sie sprach.

Liv boxte ihren großen Bruder mit der Faust gegen den Oberarm. „Und jetzt lass ich euch zwei Turteltauben mal allein und hol mir dort drüben so einen geilen Bubble Tea."

Kopfschüttelnd sah Alex Liv hinterher. Dann wandte er sich mir zu. Unsere Blicke trafen sich, und für einen Moment waren wir allein. Alex schloss mich in eine Umarmung, unsere Lippen fanden sich – und es war mir egal, wer uns sah. Sollte ganz Byron Bay wissen, dass ich, Charlie Campbell, was mit dem Neuen hatte. Ich wollte mehr von diesem Ziehen und Kribbeln in meiner Körpermitte, wollte mehr von Alex. Wollte den Geist der *Surfers' Heart* retten, aber auf meine Weise, im

Charlie-Style. *Surfers' Heart 2.0* quasi. Ich wollte in Byron Bay bleiben. Wollte alles.

Alex löste sich von mir, nahm meine Hand. „Sorry, dass wir dich nun so überrumpelt haben. Eigentlich hatte ich vorher mit Liv besprochen, dass ich dich in einer ruhigen Minute frage, was du von der Idee hältst. Dann hat sie etwas von wegen optimale Lichtverhältnisse gefaselt, toller Stand und so weiter ... na ja, den Rest hast du ja gerade mitbekommen."

„Macht nichts. Liv ist großartig! Ehrlich gesagt weiß ich gar nicht, wie ich ihr – euch beiden – danken soll."

„Warte erst mal ab, bis du das Ergebnis siehst", murmelte Alex.

„Da mach ich mir keine Sorgen. Abgesehen davon, dass alles besser ist als das, was wir gerade haben, weiß Liv genau, was sie kann. Sie hat ein Konzept im Kopf. Das ist die halbe Miete. Es wird mir sicher gefallen. Außerdem bin ich kein großer Fan der aktuellen Website. Tatsächlich habe ich letztens erst daran gedacht, dass mir deine viel besser gefällt."

Überrascht hob Alex die Augenbrauen. „Das sagst du nur, damit ich kein schlechtes Gewissen hab."

„Wenn du das ernsthaft glaubst, kennst du mich schlecht!", schoss ich mit einem breiten Grinsen auf den Lippen zurück. „Nein, ehrlich. Die Website hätte schon lange einen frischen Anstrich gebraucht. Liv hat recht, warum sollte ich nicht auf dem aufbauen, was da ist? Ich glaube nicht, dass es Probleme mit meinen Eltern geben wird. Denen ist doch eh alles egal."

„Die Website muss man wohl abreißen und neu bauen – zumindest, wenn es nach Liv geht", ergänzte Alex.

„Dann soll sie das machen.“

Es war noch nicht lange her, da hätten mich seine ehrlichen, aber harten Worte getroffen, weil sie mich mit einer Wahrheit konfrontierten, der ich mich hilflos ausgeliefert fühlte. Obwohl ich nichts von meinen Eltern gehört hatte und die Situation nicht hätte schlimmer sein können, hatte ich in den letzten Tagen neuen Mut geschöpft. Der Stand, die Website, der Cup – das alles gab mir Hoffnung. Haos unermüdlicher Einsatz. Alex' und Livs Hilfe.

Ich war nicht allein.

***

„Nicht direkt in die Kamera gucken! Tu einfach so, als wäre ich nicht da.“

„Sehr witzig“, rief ich Liv zu, die einige Meter von mir entfernt im Speedboot saß und ihre Profikamera auf mich gerichtet hatte, und zwar mit einem so großen Objektiv, als wollte sie mir direkt in die Nase fotografieren. Es war unmöglich, sie zu ignorieren. Dazu kam noch, dass Alex das Boot steuerte. Er stand lässig am Steuer, eine Hand auf dem Lenkrad, die andere in der Tasche einer bequemen Stoffhose. Dazu trug er ein lockeres Shirt. Obwohl es frisch war, schien er nicht zu frieren, denn sein Hoodie lag neben ihn. Die verspiegelte Sonnenbrille verhinderte, dass ich seine Augen sah, aber ich hatte ein klares Bild davon, wie sie funkelten, amüsiert von der Gesamtsituation. Wir befanden uns etwas weiter draußen auf dem Meer, weil hier die Groundswells länger hielten als die Beachbreaks in Strandnähe.

„Charlie, ehrlich! Ignorier mich. Beim Cup wird auch gefilmt."

Statt ihr zu antworten, ließ ich mich vom Brett ins Wasser gleiten. Ich brauchte das Nass zum Nachdenken. Mir war bewusst, wie ungeschickt ich mich anstellte. Sie hatte recht, ich musste das in den Griff bekommen. Für die *Surfers' Heart*. Für *mich*.

Das kühle Wasser der Tasmanischen See umfing mich. Zwar schützte mich der Neoprenanzug vor den kühlen Temperaturen, aber meine Finger und Füße waren kalt, weil ich mich bisher kaum bewegt hatte. Ich hatte auf die richtige Welle gewartet, damit der Blickwinkel für Liv stimmte und sie die perfekten Fotos schießen konnte. Hatte zu viel herumgehampelt, statt zu surfen.

Doch Liv war ein Profi – sie wusste, was sie tat. Sie würde ihre Fotos bekommen, auch ohne dass ich für sie mitdachte. Mein Job war es, eine gute Figur zu machen.

Ich zog mich wieder aufs Board und paddelte kniend näher an die beiden heran. Mit geschultem Blick hatte ich schon die nächste Welle ausgemacht. „Liv, zück die Kamera!"

Dann tat ich das, was ich am besten konnte: Ich surfte.

Auf dem Peak der Welle konzentrierte ich mich nur auf den einen Augenblick, auf die Welle unter mir, die sich wie ein lebendiges Wesen bewegte und mich auf ihrem Rücken reiten ließ. Ich zog nach links, tauchte die Fingerspitzen ins Wasser, Gischt schoss auf, meine Haare peitschten im Wind. Als sich nun ein Grinsen auf meinem Gesicht ausbreitete, war es echt. Im hintersten Winkel meines Bewusstseins war ich mir Livs und

Alex' Anwesenheit bewusst, aber sie spielte keine Rolle mehr. Ich war in meinem Element, kostete die Welle aus.

Nach ungefähr zwölf oder dreizehn Sekunden war der Spaß vorbei. Bäuchlings auf dem Board liegend, paddelte ich zum Boot zurück, wo mich eine freudestrahlende Liv erwartete. „Das war der Hammer! Genial! *Genau so* habe ich's mir vorgestellt. Die Leute werden ausflippen, wenn sie die Fotos auf der Website sehen und *sofort* bei dir buchen! Alex, fahr mal dort drüben hin, dann fotografiere ich Charlie von der anderen Seite."

Wir blieben eine weitere Stunde auf dem Wasser, ich ritt auf kleineren und größeren Wellen, drehte und wendete das Board so lange, bis meine Beine vor Anstrengung zitterten und ich vor Kälte bibberte. Ich verfluchte mich, denn ich hätte den dickeren Neopren anziehen sollen, aber der dünnere, der mit einer Nachlieferung eingetroffen war, die ich in all dem Chaos zunächst vergessen hatte, gefiel Liv besser. Egal, wie sehr es sich gerade nach Training anfühlte, ich durfte nicht vergessen, dass es sich um ein Fotoshooting und damit um Werbung handelte. Da zählte es zumindest ein bisschen, was ich trug.

Alex zog erst das Brett, dann mich ins Boot. Mittlerweile hatte er seinen Hoodie angezogen. Ich ließ zu, dass er mir aus dem nassen Anzug half. Kaum hatte ich ihn abgeschält, bedeckte eine Gänsehaut meinen gesamten Körper. Alex wickelte mich in ein riesiges Frotteehandtuch ein und gab mir einen Kuss auf die Stirn. „Du warst wundervoll." Dann reichte er mir einen Becher lauwarmen Tee aus der Thermoskanne, schmiss

den Motor an und fuhr uns zurück zum Anleger der
Beach Dive.

247

28. It could be good

Alexander

Warum wunderte ich mich eigentlich noch? Liv hatte mir schon oft bewiesen, was für ein unglaubliches Talent und Gespür sie hatte, wenn es um das Thema Marketing ging. Sie hatte ein gutes Auge für hervorragende Fotos, sich über Jahre für Social Media, Webdesign und Marketing interessiert. Die Aufnahmeprüfung der University of Sydney hatte sie mit Bravour gemeistert. Dennoch staunte ich, als sie mir die erste Version der neuen Website der *Surfers' Heart* zeigte.

Die Startseite zierte ein Foto von Charlie, wie sie auf einer Welle surfte, das Board nach links geneigt, eine Hand im Wasser. Die Haare vom Wind verweht, das pure Glück auf ihrem Gesicht. Ich starrte das Foto an. Sie war wunderschön.

„Hallo? Erde an Alex?" Liv schnippte mit Daumen und Zeigefinger direkt vor meinem Gesicht.

„Was? Sorry …"

Liv verdrehte gespielt genervt die Augen. „Ja, sie sieht toll aus, schon klar. Aber wie findest du den Aufbau der Seite?"

„Der gefällt mir sehr gut. Das Foto ist ein super Aufmacher, wobei ich mich frage, ob ein Foto von ihr beim

Unterrichten nicht besser wäre, denn es ist ja immer noch die Website einer Surflehrerin und kein persönlicher Blog von Charlie. Oder wie wäre es mit einer Slideshow?" Auch ich hatte in den letzten Monaten so manches gelernt.

„Eine Slideshow", murmelte Liv. „Keine schlechte Idee. Allerdings bleibt so gut wie niemand auf der Startseite, sondern klickt sich direkt durchs Menü. Heißt, einige Fotos würden gar nicht gesehen werden. Und mit zufälliger Bildanordnung arbeite ich nicht gern, aus demselben Grund. Da geht immer was verloren. Dann lieber die surfende Charlie unter *Impressionen.* Ich bau das mal um."

Das war mein Stichwort, sie in Ruhe zu lassen. Sie würde nicht mehr lange brauchen. „Was hältst du davon, wenn wir heute Abend ein Barbecue machen? Josh und Hao könnten auch kommen, wenn sie Lust haben. Ich habe heute Nachmittag keine Kurse mehr und Zeit fürs Einkaufen."

Liv strahlte mich über den Rand ihres Laptops an. „Tolle Idee!"

Ich ging in die Küche, um die Vorräte fürs Barbecue zu checken, als ich an Charlies Zimmertür vorbeikam, die einen Spalt breit offen stand. Ohne anzuklopfen, schob ich sie auf. „Hey, ich wollte dich fragen, ob du heute Abend Lust auf ein Barbie hast. Hao ist auch eingeladen. Ich denke, Josh kommt ebenfalls und natürlich ist Liv da. Das wird eine lustige Truppe." Ich hatte es so eilig, mein Geplapper loszuwerden, dass mir erst jetzt auffiel, wie ruhig sie war. „Charlie?"

Sie saß auf dem Boden, den Blick auf ein Dokument in ihrer Hand geheftet. „Das habe ich gerade in meinen Unterlagen gefunden."

Ihr Tonfall ging mir durch Mark und Bein. Eine Mischung aus Verzweiflung und Unglauben. Sie reichte mir einen handgeschriebenen Brief.

29. The unpleasant truth

Charlotte

Charlie, wir wissen nicht, wie wir es dir sagen sollen, darum haben wir uns entschlossen, dir diesen Brief zu schreiben.

Unsere größte Hoffnung ist, dass du uns eines Tages verzeihen kannst und wir wieder eine Familie sein können. Wir wissen, wie sehr du dich danach sehnst und dass du dich von uns missverstanden fühlst.

Du denkst, wir hätten unser Leben nicht im Griff. So ist es nicht. Wir wollten nur nie Teil dieser Hamsterradgesellschaft sein und haben einen anderen Weg für uns gesucht. Und für dich, Charlie. Wir wollten nicht, dass du mit dem Druck aufwächst, ein Leben führen zu müssen, das du nicht willst. Wir wollten für dich etwas anderes. Dabei haben wir unterschätzt, dass du Teil der Gesellschaft sein willst, dass du dich mit anderen messen möchtest, an Wettkämpfen teilnehmen möchtest.

Du wolltest die Surfers' Heart immer größer, sichtbarer machen, wolltest, dass sie jeder sieht, jeder kennt, jeder einen Surfkurs bei uns bucht. Als du uns das erste Mal gefragt hast, ob du am Cup teilnehmen darfst, haben wir es als spontane Idee abgetan. Beim zweiten Mal wussten wir, es ist dir ernst, und mit jedem weiteren Jahr wuchs die Kluft zwischen uns: Wir auf der einen Seite, die sich geschworen haben, sich nie wieder im Leben mit anderen zu vergleichen und nur das zu tun, was sie glücklich macht. Du auf der anderen Seite, dein ganzes Leben vor dir. Du bist so schnell erwachsen geworden und hattest deinen eigenen Kopf. Unsere Entscheidungen konntest du nicht nachvollziehen. Und wir haben versäumt, sie dir zu erklären.

Wir sind deine Eltern und haben sehr wohl mitbekommen, dass etwas zwischen uns nicht stimmt. Vermutlich wie du auch vieles mitbekommst, von dem wir glaubten, es wären gut gehütete Geheimnisse. Es würde uns nicht überraschen, wenn du uns sagtest, du hättest geahnt, dass mehr hinter Nepal steckt als nur die Liebe zu den Bergen. Die Wahrheit ist, Charlie, wenn du diesen Brief liest, ist die Surfers' Heart verkauft.

Bitte glaub uns, dass wir nicht leichtfertig oder aus einer Laune heraus gehandelt haben. Das haben wir nie getan, auch wenn es für dich manchmal so gewirkt haben muss. Wir haben alles versucht, um die finanzielle Schieflage zu korrigieren, in die wir mit der Surfers' Heart geraten sind. Doch es ging einfach nicht mehr.

Bitte verzeih uns, dass wir nicht mit dir darüber gesprochen haben. Deine Liebe für die Surfers' Heart war zu groß; wir wären nie dagegen angekommen.

Nepal erschien uns als der richtige Ort für einen Neuanfang. Ein Land ohne Meer, ohne schmerzhafte Erinnerungen an das, was wir hatten. Eines Tages wirst du uns hoffentlich verstehen.

Alex ließ das Papier sinken. Er hatte mich auf die Füße gezogen und ins Wohnzimmer aufs Sofa bugsiert, wo ich nun im Schneidersitz und Alex nach vorn gebeugt saß, die Ellbogen auf den Knien, den Brief meiner Eltern in den Händen.

„Ich weiß nicht, was ich sagen soll", murmelte er.

„Tja, da sind wir schon zwei. Ich weiß nicht einmal, was ich *fühlen* soll. Alles ist durcheinander. Ich bin wütend, enttäuscht, und irgendwie habe ich auch Mitleid mit ihnen."

„Mitleid? Das solltest du wirklich nicht haben. So wie sich das alles liest, haben sie dich wissentlich der Gefahr ausgesetzt, obdachlos zu werden. Ich kann's nicht fassen – wo hast du den Brief überhaupt her?", fragte Alex.

Ich schluckte. Alex hatte recht, seine Worte streuten Salz in meine Wunde. „Er lag zwischen meinen Sachen, vermutlich war er in der Schublade bei den Notizbüchern und dem Krimskrams. Dort, wo ich ihn zufällig hätte finden können."

Ich trank einen Schluck Tee und strich mir eine Strähne hinters Ohr, wollte den Moment nutzen, um meine Gedanken zu sortieren. Als das nicht gelang, sprach ich einfach aus, was mir als Erstes in den Sinn kam: „Ich glaube, wir haben einfach insgesamt viel zu wenig miteinander gesprochen. Wenn sie mir doch nur vorher gesagt hätten, was sie bewegt ... Wenn Dad wieder mal nicht am Festival teilnehmen wollte, hat er mir nie erklärt, warum. Nur dass es nicht zu uns passt. Ich dachte, er hätte einfach keine Lust auf den Aufwand."

„Woher hättest du das auch wissen sollen? Sie schreiben ja, dass sie den Moment verpasst haben, in dem du erwachsen wurdest."

„Das schon. Allerdings hatten sie es nicht immer ganz leicht mit mir. Ich kann ein ziemlicher Dickkopf sein."

„Das ist mir schon aufgefallen." Er legte den Brief zur Seite und sah mich an, in seinem Blick die Frage, die mich schon den ganzen Abend begleitete: was jetzt?

Ich drehte die Tasse zwischen meinen Händen und betrachtete die tiefrote Oberfläche. „Es mag naiv sein, aber ich will glauben, dass etwas gewaltig schiefgelaufen ist. Ich weiß nicht was, aber ich bin mir fast sicher, dass uns noch ein Teil fehlt, um das Rätsel zu entschlüsseln. Ein kleiner Teil von mir hofft trotz allem auf Versöhnung. Dieser Brief zeigt mir, dass es ihnen nicht leichtgefallen ist." Ich beugte mich vor, stellte die Tasse zur Seite und nahm Alex den Brief ab, überflog ihn erneut. „Sie schreiben: *Wir haben alles versucht, um die finanzielle Schieflage zu korrigieren, in die wir mit der Surfers' Heart geraten sind.*"

„Das glaubst du ihnen?"

Plötzlich erinnerte ich mich daran, dass Dad in den Wochen, bevor meine Eltern nach Nepal geflogen waren, häufiger in der Stadt gewesen war. Damals hatte ich nicht weiter darüber nachgedacht, jetzt ergab alles Sinn.

„Ja. Dad hatte viele Termine, über die er nicht gesprochen hat. Zumindest nicht mit mir. Du siehst, da gibt es ein Muster. Ich denke schon, dass sie alles getan haben, was ihnen eingefallen ist."

„Verzeihst du ihnen?"

Ich presste die Lippen zusammen. „Keine Ahnung, ob ich das kann. Kennst du das, wenn du vor lauter Wut nicht atmen kannst?" Alex nickte schmallippig. Seine Hände waren zu Fäusten geballt. Ich nahm seine Hand, in der Hoffnung, ihm ein kleines bisschen der Wut zu nehmen, die ich auf ihn übertragen hatte. Immerhin entspannte sich seine Mundpartie. Ich atmete tief aus. „Ich kann einfach nicht aufhören, mich ständig zu fragen, warum sie nicht mit mir gesprochen haben. Warum sind sie einfach abgehauen? Obwohl ich ihre Gründe nun schwarz auf weiß habe, kann ich einfach nicht nachvollziehen, wie man so handeln kann. Sie hätten mich wenigstens vorwarnen können. Ja, der Typ sagte, dass der Bagger nicht zum Einsatz gekommen ist, bevor das Gebäude überprüft wurde, und es mag stimmen, dass sie einen Deal mit diesem Immobilienhai hatten, wie der Bauleiter behauptet hat. Keine Ahnung, davon schreiben meine Eltern nichts. Bei einem so offenen Brief passt das nicht ins Bild."

„Stimmt", sagte Alex leise und starrte nachdenklich ins Nichts. „Was, wenn sie ihm irgendein Versprechen aus den Rippen geleiert haben, an das sich der Kerl nicht gehalten hat?"

„Möglich ... Nehmen wir an, sie haben mit ihm verhackstückt, dass sie bis zu Saisonende im Haus wohnen bleiben und die *Surfers' Heart* betreiben dürfen. Dann würde das bedeuten, dass sie gar nicht wissen, was passiert ist. Kannst du dir das vorstellen?"

„Nein", antwortete Alex. „Beim besten Willen, nein, kann ich nicht."

Ich sah ihm an, dass er mehr dazu sagen wollte, spürte die unterdrückte Wut, die wir seit dem Abriss miteinander teilten. Die Erinnerung an das, was geschehen war, reichte aus, um den Hauch von gutem Willen und Mitgefühl wegzublasen.

Ich seufzte. „Alles, einfach alles, was sie getan oder eben nicht getan haben, war feige und egoistisch. Und ich wünsche ihnen, dass ihr schlechtes Gewissen sie in Nepal auffrisst!"

Nun war Alex derjenige, der mich beruhigte, indem er mir eine Hand auf den Arm legte. Die Berührung löste einen Schauer in mir aus, der sich meinen Arm hinaufzog bis zu den Haarwurzeln, wo er kribbelte. Für einen kurzen Moment vergaß ich meinen Zorn.

„Sie sind deine Familie, Charlie. Die kann man sich bekanntlich nicht aussuchen. Finde heraus, was wirklich passiert ist, und überleg dir gut, ob du ihnen eine zweite Chance geben kannst oder willst. Jeder hat seine Fehler. Man hat nur diese eine Familie, und ein Streit verändert alles – oft für immer. Ich weiß, wovon ich rede."

„Du klingst wie Hao."

„Er ist ein sehr kluger Mann."

„Das stimmt. Ja, jeder hat seine Fehler. Nur verkaufen die wenigsten ihr komplettes Hab und Gut, ohne ihrer erwachsenen Tochter davon zu erzählen, seilen sich dann nach Nepal ab und sind plötzlich wie vom Erdboden verschluckt. Ich weiß nicht, wann sie den Brief geschrieben haben oder in welcher Verfassung. Das klingt nach einem Anflug von schlechtem Gewissen. Aber wo sind sie jetzt? Wenn sie meinen würden, was sie geschrieben haben, wären sie hier."

Alex schien über meine Worte nachzudenken. „Vielleicht ist es doch, wie du eben gesagt hast. Sie haben zwar den Verkauf abgewickelt, aber vereinbart, dass noch nichts abgerissen wird. Im Moment klingt das logischer als alles, was wir uns sonst zusammenspinnen. Fakt ist, wir wissen nicht, was geschehen ist", sagte Alex. „Egal, wie du dich entscheidest, ob für oder gegen eine zweite Chance, ich bin auf deiner Seite."

Ein amüsiertes Schnauben entfuhr mir. „Danke. Du gehörst sowieso schon zu meinem Team."

Ein ungläubiger Ausdruck trat auf sein Gesicht, der von einem breiten Grinsen abgelöst wurde. *„Dein Team?* Gefällt mir."

„Ja, mein Team. Liv ist das Marketing."

„Und ich? Was genau mache ich in deinem Team?"

Ich musterte ihn von oben bis unten und ließ mir dabei viel Zeit, kostete seinen Anblick aus. Alex. Mein Nachbar, mein Konkurrent, in den ich mich gegen meinen Willen verliebt hatte. Der Mann, der mich aufgebaut hatte, als ich am Boden lag. Der mich bei sich aufgenommen hatte, als ich obdachlos geworden war. Der Mann, der mein Herz höherschlagen ließ.

Mein Blick wanderte von seinem Gesicht über seinen tätowierten Arm, über die Brust, die sich unter seinem Shirt abzeichnete, zu seinen Beinen, die in einer Jeans steckten – und wieder hinauf, nur um an seinen Lippen hängen zu bleiben.

„Du bist mein Berater und Motivationscoach. Du hältst mich bei Laune."

Als er mich nun küsste, tat er es nicht, um mich abzulenken, wie vor einer kleinen Ewigkeit in der *Beach Dive*. Er stahl sich auch keinen flüchtigen Kuss von mir, weil ich mir noch unsicher war, wohin uns die Sache führte. Er küsste mich, weil alles stimmte.

Sofort breitete sich wieder eine wohlige Wärme von meiner Körpermitte aus, flatterte durch mich hindurch, brachte mich dazu, näher an Alex zu rutschen, als hätte mir eine unsichtbare Macht einen sanften Schubs verpasst. Ich schlang die Arme um ihn, während sich unsere Zungen fanden, gegenseitig neckten, miteinander spielten. Knabberte an seiner Unterlippe, bis er scharf die Luft einsog. Rutschte auf seinen Schoß und spürte schnell, dass wir beide mehr wollten. Wir waren allein. Für heute gab es keine Termine mehr, keine Anrufe, keine Ausreden, nur ein Grillabend mit Freunden, irgendwann, in ein paar Stunden.

Alex hob mich hoch und trug mich ins Schlafzimmer. Dort legte er mich sanft auf dem Bett ab. Wir sahen uns in die Augen und ich musste unweigerlich an unser erstes Mal denken. Seitdem hatte sich alles verändert. Einfach alles.

Wir hatten uns ineinander verliebt, und das machte den Sex unendlich viel besser.

***

Am Abend versammelten wir uns alle an der Grillstation im Außenbereich der *Beach Dive*. Alex hatte ein ordentliches Feuer entfacht, dessen Flammen an saftigen Fleischstücken, goldgelben Maiskolben und allerlei Gemüse züngelten. Mein Magen knurrte lautstark, als mir der himmlische Duft in die Nase kroch.

Ich schlang von hinten meine Arme um Alex' Taille und legte meine Wange an seinen Rücken. „Wie lange dauert es noch?"

„Ein paar Minuten. Schaffst du das oder beißt du mir gleich einen Arm ab?"

„Der ist schon sehr verlockend", murmelte ich und leckte ihm einmal über den Oberarm.

„Hey!"

Ich lachte leise und überließ ihn seinem Fleisch. Hao hatte sich den am weit entferntesten Platz zum Feuer ausgesucht und machte den Eindruck auf mich, als wollte er nicht hier sein. Ich setzte mich zu ihm.

„Was ist los?"

„Ich freue mich für dich, Charlie."

„Warum gefällt mir dieser Tonfall nicht?" Sofort huschte mein Blick zu Alex, der nun mit Josh über die perfekte Bräune des Fleisches fachsimpelte.

„Meine Freude ist echt."

Ich glaubte ihm nicht, was vermutlich daran lag, dass er meiner Frage auswich. Hao war generell nicht der Typ, der mit der Tür ins Haus fiel, aber für gewöhnlich beantwortete er Fragen. Da stimmte etwas nicht.

„Aber?"

Er seufzte. „Nichts aber, Charlie. Ich freue mich, dass ihr zueinandergefunden habt und glücklich seid."

Unverwandt sah ich ihm in die Augen, hielt seinen Blick mit meinem fest. Ein, zwei, drei Herzschläge vergingen. Dann sah er weg.

„Du lügst", stellte ich fest. „Was ist los? Was verheimlichst du mir?" Hao seufzte, mein Herz begann zu poltern. „Hao? Sag es. Was immer es ist. Ich will es wissen. Es reicht langsam mit der ganzen Geheimniskrämerei. Ich will die Wahrheit hören!"

Ein weiteres schweres Seufzen folgte. Mir wurde schlecht. Wenn mich die letzten Wochen eines gelehrt hatten, dann, dass ich zuhören und unangenehme Situationen aushalten konnte. Obwohl ein großer Teil von mir unter keinen Umständen noch einen Schlag in die Magengrube wollte.

„Alex wusste, dass die *Surfers' Heart* verkauft werden sollte."

„Was sagst du da?", fragte ich leise.

„Er wusste es", wiederholte Hao betont ruhig, als fürchtete er, ich könnte mich aufregen. Dabei war ich viel zu sehr damit beschäftigt, die Worte zu sortieren, die keinen Sinn ergaben. Alex sollte von dem Verkauf gewusst haben?

„Was? Woher? Warum?", fragte ich.

„Sam hat im letzten Jahr mit ihm gesprochen. Du warst surfen, als sich Alex als neuer Nachbar vorgestellt hat. Zunächst ging es nur darum, sich kennenzulernen. Dann wurden die Zahlen schlechter und Sam wusste, dass er etwas unternehmen musste. Er hat mir von den Schulden erzählt. Ich wollte ihnen unter die Arme greifen, aber zum einen waren sie zu stolz, das Geld anzunehmen, zum anderen waren sie nicht bereit, das Problem an der Wurzel zu packen. Ich riet ihnen, dich ins Boot zu holen, frischen Wind in die *Surfers' Heart* zu bringen, Veränderungen zuzulassen und dir in ein paar Jahren die Verantwortung zu übertragen. Davon wollte Sam nichts hören. Es gab einen hässlichen Streit, in dem er mir vorwarf, mich in die Angelegenheiten der Schule und der Familie einzumischen. Ich warnte ihn, dass er auf dem falschen Weg sei und jeder weitere Schritt euch mehr voneinander entfremden würde. Er wollte nicht auf mich hören." Hao schüttelte den Kopf, ein Ausdruck des Bedauerns huschte über sein Gesicht. „Judy war in manchen Punkten empfänglicher und stimmte mir zu. Leider hat es nichts genutzt. Am Ende ist – war – es Sams Surfschule, und sie konnte noch so viel einwenden, Sam hat schließlich beschlossen, zu verkaufen. Und der Erste, den er gefragt hat, war Alex."

Mittlerweile war das Gebrabbel der anderen verstummt, ich spürte Alex' Blick auf mir. Ich konnte nicht glauben, was ich soeben gehört hatte. Wollte es nicht glauben. Es konnte unmöglich sein, dass Hao und Alex von den Plänen meiner Eltern gewusst hatten, dass sie mir nichts gesagt hatten. Plötzlich erinnerte ich mich an das Gespräch mit meinen Eltern, als sie mir das erste Mal von Nepal erzählt hatten. Es war erst ein paar Wochen her.

„Ich … das kann nicht sein. Warum erzählst du mir das alles? Und warum erst jetzt?", krächzte ich. Hinter meinen Augenlidern baute sich ein unangenehmer Druck auf, der Tränen ankündigte.

„Weil die Wahrheit immer ans Licht kommt und ich es nicht ertragen habe, dich so zu sehen. Du hast die ganze Wahrheit verdient, Charlie. Heute mehr als jemals zuvor. Dein Glück ist auch mein Glück. Frag Alex, wenn du mir nicht glaubst."

Ich schluckte und atmete einmal tief durch. Dann sah ich auf, und als mein Blick Alex' traf, wusste ich, dass Hao die Wahrheit sagte.

Hao hatte von dem Verkauf gewusst.

Alex hatte von dem Verkauf gewusst.

Nur ich, ich war das naive, ahnungslose Mädchen gewesen. Und sie alle hatten mich belogen.

Für einen Moment war ich wie betäubt. Dann stand ich auf, ballte meine Hände zu Fäusten und knurrte an Hao gewandt: „Du solltest jetzt gehen, bevor ich noch etwas sage oder tue, das ich bereue."

Er wirkte nicht erschrocken. Nickte nur, stand auf und verließ die *Beach Dive*. Als er weg war, ging ich auf Alex zu. Auf halber Strecke stellte sich mir Liv in den Weg. „Es ist nicht so, wie du denkst, Charlie", sagte sie in dem Versuch, mich zu beschwichtigen.

„Ach nein? Geh mir aus dem Weg, Liv, ich muss etwas mit deinem Bruder klären."

„Nein", erwiderte Liv tapfer. Mein Blick war auf Alex gerichtet gewesen und zuckte bei ihrem Widerspruch zurück zu ihr. Ich wollte mich nicht mit ihr streiten, auch wenn die Wahrscheinlichkeit hoch war, dass auch sie in der ganzen Sache mit drinsteckte.

„Liv, misch dich da nicht ein. Das ist eine Sache zwischen Charlie und mir", sagte Alex und kam zu mir. Josh hatte den Grill übernommen und stapelte Fleisch und Gemüse auf Tellern, offenbar bemüht, nicht zu lauschen.

„Aber ...", setzte Liv an.

„Nichts aber. Ich kläre das."

„Da bin ich mal gespannt", erwiderte ich bissig.

Alex nahm meinen Arm und zog mich in den Loungebereich. „Setz dich", bat er mich. Für einen Moment schloss ich die Augen und kämpfte gegen all die negativen Gefühle, die in mir wüteten. Das hier war Alex, der Mann, der mir seine Welt, sein Unterwasserreich gezeigt hatte. Der Mann, der mir immer gut zuredete, der an mich glaubte. Der Mann, bei dem ich eingezogen war, als ich kein Dach mehr über dem Kopf hatte. Der Mann, den ich liebte.

Wir hatten es beide verdient, dass ich ihm zuhörte. Ich wusste, ich schuldete ihm viel, dennoch war mir plötzlich speiübel. Als ich meine Augen öffnete, bahnte sich die erste Träne ihren Weg in die Freiheit. Ich wollte nicht heulen, ich wollte ihm zuhören, wollte all die beschwichtigen Worte, die er sich bestimmt gerade parat legte, in mein Herz aufnehmen. Ich wusste nicht, wie. Es war zu viel. All die Lügen, all der Verrat, all die Informationen und Puzzleteile, die immer dann auftauchten, wenn ich glaubte, alles wäre in Ordnung. Wenn ich dachte, es würde bergauf gehen.

„Ich kann nicht", sagte ich mühsam. Dann drehte ich mich um, und obwohl ich mir nach dem Abriss geschworen hatte, nie wieder wegzulaufen und mich allem zu stellen, stolperte ich blindlings aus der *Beach Dive*.

„Charlie!" Alex setzte mir nach.

Ich hörte Liv, die mir ebenfalls etwas nachrief, das sich im Tosen meiner Gefühle verlor. Planlos rannte ich davon, nahm den erstbesten Weg. Ich kam nicht weit, denn Alex holte mich ein.

„Fass mich nicht an!", schrie ich, als er nach meinem Arm griff. Ich wirbelte herum und funkelte ihn an. Er wich einen Schritt zurück.

„Charlie, bitte, lass es mich erklären."

„Was gibt es da noch zu erklären?", fragte ich. Durch tränenbenetzte Wimpern sah ich zu ihm auf. Die pure Verzweiflung stand ihm ins Gesicht geschrieben.

„Charlie, bitte. Ich habe dich nie belogen."

„Ach nein?" Tränen liefen meine Wangen hinab, und ich sah, dass Alex schluckte und die Hände zu Fäusten ballte. Vermutlich unterdrückte er den Impuls, das salzige Nass aufzufangen. Ein Schluchzen entwich mir, als mir erneut bewusst wurde, wem ich gegenüberstand.

Plötzlich erklang Haos Stimme in meinem Kopf: *Charlie, die Kunst im Leben und beim Surfen ist, einmal mehr aufzustehen, als man umgeworfen wurde.*

Ich hatte die Wahl. Aufstehen und diesen Weg weitergehen oder alles aufzugeben, wofür ich bis hierhin gekämpft hatte.

Mit bebender Stimme sagte ich: „Erzähl. Und wag es nicht, ein einziges Wort auszulassen oder mich anzulügen!"

Alex schloss die Augen und atmete tief durch. Seine Schultern lockerten sich und er wirkte wie jemand, dem ein ganzes Gebirge vom Herzen gefallen war. „Es stimmt, was Hao gesagt hat", begann er. „Ich wusste, dass deine Eltern die *Surfers' Heart* verkaufen wollten. Das war Monate, bevor wir uns kennenlernten. Du erinnerst dich, dass ich dir von meiner Reise erzählt habe, die Ostküste hinunter bis nach Byron Bay? Im Diner? Ich war einige Wochen hier, um den Kauf der *Beach Dive* und des Grundstücks abzuwickeln. Dein Vater kam damals auf mich zu. Du musst mir bitte glauben."

„Warum hast du mir nichts erzählt?"

„Weil ich dachte, es würde keine Rolle mehr spielen. Erstens habe ich damals abgelehnt – was hätte ich mit einer Surfschule machen sollen? Und zweitens, weil mir Sam das Versprechen abgenommen hat, dir nichts zu sagen. Wir haben nie wieder darüber gesprochen und die Zeit verging. Ich habe die *Beach Dive* aufgemacht und dich kennengelernt. Als du mir erzählt hast, dass du die *Surfers' Heart* eine Saison lang übernommen hast, dachte ich, das Thema wäre vom Tisch. Ich habe mich gefreut, dass sich Judy und Sam umentschieden haben. Wie hätte ich ahnen sollen, dass dein Vater das Grundstück an einen Immobilienhai verscherbelt hat, dir nichts davon sagt und du eines morgens vor den Scherben eurer Existenz stehst. Bitte, Charlie, das ist die Wahrheit!"

Ich schüttelte den Kopf. "In all den Wochen bist du nicht auf die Idee gekommen, mir davon zu erzählen? Du hättest tausend Gelegenheiten gehabt. Zum Beispiel, als die *Surfers' Heart* abgerissen wurde. Oder danach. Du hättest es mir sagen sollen!"

Ein schmerzerfüllter Ausdruck huschte über sein Gesicht. "Ja, hätte ich. Ich weiß. Das war großer Mist."

"Allerdings!"

"Charlie, ich konnte nichts sagen. Ich habe deinem Vater mein Wort gegeben. Und daran halte ich mich."

"Wenn Hao nichts gesagt hätte, dann ..."

"... hätte ich geschwiegen." Der flehentliche Blick, mit dem er mich zuvor bedacht hatte, war fester Überzeugung gewichen.

"Du setzt alles für jemanden auf eine Karte, nur um dein Wort zu halten?"

"Wenn du das falsch findest, weiß ich nicht, ob wir zueinander passen", erwiderte er, von seinen Idealen überzeugt. Dennoch hörte ich die unterdrückte Angst in seiner Stimme. Er wollte mich nicht verlieren, und Scheiße, ich wollte ihn auch nicht verlieren. Ich wollte nicht mit ihm streiten, nicht wegen Kleinigkeiten, und erst recht nicht wegen meinen Eltern. Sie hatten zu viel Raum in meinem Leben eingenommen, zu viel Macht über mich gehabt, und in unserer Beziehung hatten sie nichts zu suchen. Ich wollte, dass der Spuk hier und jetzt endete, damit Platz für Neues wäre. Also fasste ich einen Entschluss.

„Du schwörst, dass du nichts von dem Abriss wusstest?"

Er legte eine Hand auf sein Herz, was mich unter anderen Umständen zum Lächeln gebracht hätte. „Ich schwöre."

„Hoch und heilig?"

„Beim Marianengraben", erwiderte Alex.

„Ich nehme das als ein *Ja*."

Ein zaghaftes Lächeln schlich sich auf seine Lippen. „Ja."

„Gut. Dann grillen wir nun und lassen das alles hinter uns." Ich griff nach seiner Hand und drückte sie fest.

Alex strich sanft mit dem Daumen über meinen Handrücken, bewegte sich aber nicht vom Fleck. Fragend sah ich ihn an.

„Ist das dein Ernst? Wir machen weiter?"

Schnaubend straffte ich die Schulter. „Es reicht. Meine Eltern haben die *Surfers' Heart* verkauft, das Grundstück, auf dem sie stand, und unser Haus gleich mit. Sie haben die Gebäude abreißen lassen, ohne einen Ton zu sagen. Sie haben sich nach Nepal verpisst und ich habe keinen blassen Schimmer, ob sie je zurückkommen. Alles, was sie mir hinterlassen haben, war ein armseliger Brief. Wenn wir uns jetzt noch ihretwegen streiten, dann ist alles kaputt. Unabhängig davon, ob ich ihnen verzeihen kann oder nicht, möchte ich ihnen keine Macht mehr über mein Leben geben.“

„Ich muss zugeben, ich bin sprachlos“, murmelte Alex.

„Habe ich von einer wirklich weisen Person gelernt.“

„Google?“

„Google ist keine Person, du Knalltüte. Natürlich von Hao. Und jetzt ruf ich ihn an, damit er zurückkommt.“

30. Success and failure

Alexander

Charlies Entschluss, die Vergangenheit ruhen zu lassen, bescherte uns viele ruhige Tage und Wochen. Die milderen Temperaturen kündigten den nahenden Frühling an, was Australier, die genug vom Winter hatten, nach Byron Bay lockte. Die meisten Einheimischen erkannte ich an ihrer typisch entspannten Art, die uns Aussies gern von den Touristen angedichtet wurde.

Die Touristen blieben oft nur einen, höchstens zwei Tage in Byron Bay und standen gleich morgens vor meiner Tür, manchmal schon bevor ich offiziell eröffnete. Sie hatten keine Zeit zu verlieren und wollten das Beste aus ihren kostbaren Urlaubstagen herausholen. Viele blieben zwei Wochen an der Ostküste, wollten aber in der Zeit alles zwischen Melbourne und Cairns sehen, was ein Ding der Unmöglichkeit war. Allein für meinen Trip von Cairns nach Byron Bay hatte ich mir über drei Wochen gegönnt und dennoch das Gefühl, längst nicht alles gesehen zu haben. Wie stressig wäre es, einmal um den Globus zu fliegen, innerhalb von zwei Wochen von einem Highlight zum nächsten zu hetzen und dann wieder in den Flieger zu steigen?

Zeit – oder das Fehlen dieser – war ein großes Thema. Mehr als einmal überredete ich einen Kunden zu einem Schnorchel-Ausflug oder einen Schnuppertauchgang, bei dem ich den neugierigen Taucher durch das Wasser führte, weil für einen Tauchkurs keine Zeit war. Ich fragte mich, was mit den Leuten los war. Was stellten sie sich vor, wie lange so eine Ausbildung dauerte? Morgens anfangen, abends den Schein haben?

Deswegen hatte ich im Laufe der Zeit ein Faible für Work-and-Traveler entwickelt, die mit ihrem eigenen Camper quer durchs Land zogen. Sie lebten in den Tag hinein, hatten nur vage Pläne und schienen den Luxus zu haben, nie auf die Uhr sehen zu müssen. Zwei junge Frauen, die einen Schnorchel-Ausflug gebucht hatten, kamen sogar nach zwei Tagen zurück nach Byron Bay und beschlossen, bei Charlie surfen zu lernen, weil ihnen Surfers Paradise mit seinen Hochhäusern überhaupt nicht gefallen hatte.

Generell lief es bei Charlie wieder besser. Die neue Website war online. Liv hatte sich selbst übertroffen. Die Fotos waren fantastisch und vermittelten ein authentisches Gefühl vom Surfer-Lifestyle. Ich erwischte mich mehr als einmal dabei, wie ich auf der Seite festhing und Charlie anstarrte.

Es war Ruhe eingekehrt, die uns allen guttat.

Liv überschlug sich mit Marketingideen. Von Konkurrenz war schon lange keine Rede mehr. Jetzt ging es allein darum, Charlie zu helfen, den bestmöglichen Start hinzulegen.

Die einzig unbekannte Variable in der Gleichung waren Sam und Judy. Wie würden Charlies Eltern reagieren, wenn sie erfuhren, was sich in ihrer Abwesenheit abgespielt hatte? Sollte Charlie recht behalten und ihre Eltern vom Abriss nichts gewusst haben, würden sie Augen machen. Ebenso, wenn sie herausfanden, dass ihre Tochter nicht aufgegeben hatte, sondern zum Gesicht der *Surfers' Heart* geworden war.

Es juckte mich in den Fingern, Sam anzurufen und der Sache auf den Grund zu gehen, aber ich wollte mich nicht in die missliche Lage bringen, von ihm ausgequetscht zu werden. Sie hatten es nicht verdient, von Charlies Plänen zu erfahren, nicht nach all dem, was gelaufen war. Nicht einmal, wenn sie diesem Arsch von Immobilienhai auf dem Leim gegangen waren.

Auch wenn ich gedanklich mehr bei Charlie und ihrer komplizierten Situation war, steckte ich all meine Energie in die *Beach Dive*. In wenigen Wochen war mir das gelungen, was ich am Eröffnungstag für unmöglich gehalten hatte.

„Wir sind ausgebucht", sagte ich fassungslos.

Liv, die gerade gesäubertes Equipment zurück hängte, hielt mitten in der Bewegung inne. „Was?"

„Ich habe es zweimal überprüft. Wir sind ausgebucht."

„Das glaube ich nicht", erwiderte sie verdattert.

„Ich kann's selbst kaum fassen." Ein Grinsen zupfte an meinen Mundwinkeln. „Ausgebucht, Livie!"

Sie legte das Jacket beiseite, kam um den Tresen herum und umarmte mich fest. „Das ist wundervoll. Herzlichen Glückwunsch!"

„Danke! Ich habe neulich noch mit Ethan gesprochen, für den das im September und Oktober Normalzustand ist. Klar, deren Tauchschule ist an ein Hotel angeschlossen, wo kilometerweit nichts außer Steinwüste ist.

Wenn das Hotel gut besucht ist, schwappt der Erfolg meist auch zum Tauchcenter. Aber er hat gesagt, dass es nur eine Frage der Zeit wäre, bis wir auch ausgebucht sind. Ich hätte nicht zu träumen gewagt, dass es in der ersten Saison passiert! Liv, das verdanke ich dir. Du und deine Marketingmagie – ihr seid der Hammer!" Ich drückte sie ein weiteres Mal fest an mich, hob sie spontan hoch und wirbelte sie einmal im Kreis herum.

Ihr überraschter Aufschrei ging in ein Lachen über. „Lass mich runter, du Spinner! Dank lieber dir selbst. Du hast verdammt hart gearbeitet und den Erfolg verdient! Wirst du es Dad sagen?"

Ich atmete scharf ein. „Weiß ich noch nicht."

„Es wäre eine gute Gelegenheit, euer Kriegsbeil zu begraben", gab sie zu bedenken.

„Wir haben keinen Krieg ... wir haben uns nur nicht viel zu sagen."

„Alex ..."

„Liv, komm schon. Was willst du von mir? Dad weiß, was ich mir hier aufbaue. Glaubst du, er hat einmal angerufen, um zu fragen, wie der Laden läuft? Mum schreibt wenigstens ab und mal eine WhatsApp. Dad interessiert es offensichtlich einen feuchten Dreck."

„Ich hätte die Klappe halten sollen", murmelte sie.

„Schon okay. Ich weiß, du meinst es nur gut. Ehrlich gesagt geht's mir ohne ihn besser. Denn dann mache ich einfach, was ich für richtig halte und überlege nicht zuerst, was er tun würde."

„Warum ist es eigentlich immer so kompliziert mit den Eltern? Ich meine, wo man auch hinsieht, es scheint nie einfach zu sein. Du. Charlie. Ich glaube, es liegt an diesem Generationsding. Ältere Generation mit anderen Werten versus die jüngere Generation. Die eine versteht die andere einfach nicht – und wie sollte sie auch? Sieh mal, wie schnelllebig alles ist, da kommt keiner mit. Früher war es normal, dass die Eltern ihren Kindern einen Weg vorgegeben haben. Heute geht es darum, seinen Weg selbst zu finden. Aber trotz aller Freiheit ist es schön, unterstützt zu werden. Jeder sehnt sich insgeheim nach einer helfenden Hand. Wenn ich Mutter wäre, wäre ich total überfordert. Ich wüsste gar nicht, wie ich das Mittelmaß finden würde.“

„Seit wann hast du diese philosophischen Tendenzen? Zum Glück bist du erst neunzehn. Da musst du dir ja noch keine Gedanken um die Mutterschaft machen.“ Im selben Atemzug beschlich mich ein ungutes Gefühl. „Musst du nicht, oder?“

„Was? Gott, nein! Ich bin nicht schwanger, keine Sorge. War nur so dahingesagt. Weißt du, Bruderherz, du bist nicht der Einzige, der allein am Strand rumsitzt und sich Gedanken um die wichtigen Dinge im Leben macht. Ich habe oft über dich und Dad nachgedacht. Dein Unfall ging uns alle was an und hat viel verändert. Ich dachte immer, du wärst glücklich. Ehrlich gesagt habe ich dich für einen ziemlichen Sportfreak gehalten. Dein ständiges Training und die Spiele an den Wochenenden gingen mir gehörig auf den Wecker. Am meisten hat mich wohl genervt, dass Dad von nichts anderem gesprochen hat.“

Zum ersten Mal hörte ich Livs Sicht auf die Dinge. Obwohl wir uns nahestanden, hatte sie sich mit ihrer Meinung zu meinem Unfall immer zurückgehalten.

„Das tut mir leid. Ich hatte keine Ahnung, wie es für dich war.“

„Schon okay. Im Endeffekt bin ich froh, wie es sich entwickelt hat. Also natürlich nicht dein Unfall."

„Ich weiß, was du meinst. Ich bin auch froh, hier zu sein. Und es ist schön, dass du da bist, wenn auch nur noch für ein paar Wochen."

Liv grinste breit. „Wir sollten heute Abend feiern gehen. Das erste Mal ausgebucht ist man schließlich nur einmal!"

***

Selbst wenn ich nicht gewollt hätte, Liv ließ mir keine Wahl. In bestem Befehlston schickte sie mich in den Feierabend, damit ich mich ausgehfein kleiden konnte – ja, *ausgehfein*, so ihre Wortwahl. Ich hätte ahnen können, dass sie etwas ausheckte, hätte misstrauisch werden sollen, weil ich sie ihr Leben lang kannte. Aber ich war überdreht und dabei, die guten Neuigkeiten zu verdauen. In meinem Kopf schrie das eine Wort mit jedem Mal lauter, sprang wie ein Flummi in einer Gummizelle von einer Wand gegen die andere, gegen die Decke, den Boden, überallhin.

Ausgebucht.

Ausgebucht!

Weil ich nicht zu den Menschen gehörte, die ihr Glück als selbstverständlich hinnahmen, fiel es mir schwer, die volle Tragweite dieser Nachricht zu begreifen. Nämlich, dass meine Tauchschule nur wenige Wochen nach der Eröffnung und weit vor der Hauptsaison großen Anklang in der Taucherszene fand. Wie würde es in ein paar Monaten laufen, wenn es die beliebten Leopardenhaie zu besichtigen gäbe? Ich konnte es kaum erwarten, Charlie davon zu erzählen. Sie war weder in der *Beach Dive* noch in meiner Wohnung. Sie hatte auch keinen Zettel hinterlassen und nicht Bescheid gesagt. Sofort beschlich mich ein ungutes Gefühl, schließlich war sie mir bereits zweimal davongelaufen.

„Weißt du, wo Charlie ist?", fragte ich Liv, während ich mein Hemd mit nervösen Fingern zurechtzupfte.

„Surfen? Der Cup ist bald."

„Sonst sagt sie mir immer Bescheid, wenn sie geht."

„Vielleicht hast du es nicht mitbekommen? Mach dir keinen Kopf. Ihr habt über alles gesprochen, sie wird dir nicht mehr weglaufen." Liv zwinkerte.

„Danke. Du wirst recht haben", sagte ich, obwohl ein Rest Aufregung blieb.

„Übrigens, sehr schick." Liv begutachtete mein Outfit, bestehend aus einem schwarzen Freizeithemd, dessen oberste drei Knöpfe ich offen gelassen hatte, dunkelblauer Jeans, weißen Sneakern und meine alte schwarze Lederjacke, die schon einiges mit mir durchgemacht hatte. Ich hatte mir die Haare gekämmt, sogar Gel zum Einsatz gebracht und mich anständig rasiert. Auch sonst legte ich Wert auf mein Äußeres. Aber wenn man den halben Tag im Wasser verbrachte, war es schwierig mit einer vernünftigen Frisur, und Hemden waren unpraktischer als Shirts. Jeder, der am Wasser lebte und arbeitete, täglich mit Salz und Wind zu tun hatte, kannte das Dilemma. Doch wenn man sich daran gewöhnt hatte oder zufällig drauf stand, war Salz auf der Haut das beste Gefühl.

Plötzlich erinnerte ich mich daran, wie Charlies Haut schmeckte. Meine Küsse auf ihrer zarten, salzigen

Haut, die selbst frisch geduscht noch nach Meer roch, als wäre es unmöglich, es von ihr abzuspülen. Untrennbar miteinander verschmolzen. Vermutlich spielte mir mein Gehirn nur einen Streich, ganz bestimmt sogar, schließlich war es unmöglich, dass die Haut eines Menschen dauerhaft die Gerüche seiner Umgebung annahm, oder? Aber wenn meine Zunge sie berührte, schmeckte ich immer den Ozean.

„Weißt du denn, ob sie heute Abend auch kommt?"

Liv grinste mich frech an. „Wer weiß schon, was das Wassermädchen heute Abend so tut."

Das Wassermädchen war natürlich da. Ich entdeckte sie sofort. Sie stand mit dem Rücken zu mir an der Bar und unterhielt sich mit der Barkeeperin, einer flippigen Mittzwanzigerin mit knallpinken Haaren, eine Seite zum Undercut rasiert, ihre voll tätowierten Arme wahre Kunstwerke. Charlie trug ein eng anliegendes weißes Kleid, das eine Handbreit über den Knien endete. Die Haare hatte sie locker eingedreht und auf der rechten Seite festgesteckt. Ihr Nacken sowie ihr Rücken bis zu der Stelle, wo ein BH sitzen würde, waren frei. Ich unterdrückte den Impuls, über dieses nackte Oval zu streicheln und meine Hand an die verborgenen Stellen wandern zu lassen. Mein Mund war trocken und das Schlucken fiel mir schwer. Vielleicht würde ich ihr später aus diesem Stück Stoff helfen dürfen.

„Charlie."

Sie drehte sich um und schenkte mir ein strahlendes Lächeln. „Da bist du ja endlich! Herzlichen Glückwunsch!" Ehe ich mich's versah, hatte sie ihre Arme um mich geschlungen und ihre Lippen auf meine gepresst.

Ich schloss die Augen und verlor mich für einen Moment in dem Kuss. Konnte das Leben noch besser werden?

Durch das Rauschen in meinen Ohren hörte ich Liv Getränke für uns alle bestellen.

Charlie löste sich von mir und lachte leise. „Alles okay?"

„Mehr als okay. Du siehst fantastisch aus."

„Vielen Dank. Du kannst dich aber auch sehen lassen." Sie nahm meine Hand und verschränkte unsere Finger ineinander. Charlie strahlte, als wären die letzten Wochen nicht eine einzige Achterbahnfahrt gewesen.

„Was machst du morgen?", fragte ich.

„Ausschlafen, denn der Abend wird lang. Schließlich haben wir etwas zu feiern."

„Und danach?"

Sie runzelte die Stirn. „Alex, wenn du mich fragst, ob ich etwas mit dir unternehmen möchte – ich sage sowieso ja."

„Und was ist mit Hao? Steht morgen kein Besuch bei ihm an?"

„Dem geht's deutlich besser. Guck, er ist sogar mitgekommen." Ich schielte zu Hao rüber, der einige Meter entfernt mit Josh an einem Stehtisch stand.

„Wenn das so ist ... Charlie, hast du Lust, morgen Abend mit mir essen zu gehen? Nach deinem Training?"

„Sehr gern."

Wir schlenderten zur Bar, um Liv mit den Drinks zu helfen, und gesellten uns dann gemeinsam zu Hao und Josh.

Bestens gelaunt hob ich mein Glas. „Leute, ihr wisst, ich bin kein Mann großer Worte, dennoch ist der Tag besonders und deswegen springe ich über meinen Schatten. Wenige Monate nach Eröffnung ausgebucht zu sein, grenzt an ein Wunder. Ja, ich arbeite hart, aber wir wissen alle, dass der Erfolg ohne euren Support nicht möglich gewesen wäre. Also, danke!“

Aufs Stichwort erhoben alle ihre Gläser. „Auf die *Beach Dive!*“

Hao schüttelte leicht den Kopf, als wollte er mir widersprechen. Ich umrundete Liv, die zwischen Hao und mir stand, und stupste ihn kameradschaftlich an. „Hey.“

„Alex“, grüßte er mich.

„Dir steht quer übers Gesicht geschrieben, dass du dich gerade nicht angesprochen gefühlt hast, Mann.“

Hao sah mich mit unbewegter Miene an, kein einziger Muskel regte sich, und jetzt verstand ich auch, was Charlie damit gemeint hatte, als sie mir mal erzählte, Hao könnte einem in die Seele blicken. Mit trockener Kehle fuhr ich fort: „Weißt du, indem du Charlie unterstützt, hilfst du mir indirekt, denn eine glückliche Charlie ist eine gute Charlie.“ Ich ließ meine Augenbrauen tanzen und hoffte, Charlie würde die anzügliche Geste nicht sehen.

„Eine weit hergeholte Erklärung.“

„Mag sein. Vielleicht ist diese dann besser: Wir sind Freunde.“

Endlich zeigte sich eine Regung in Haos Gesicht. „Das gefällt mir. Auf die Freundschaft!“

Ich erhob mein Glas und stieß mit ihm an.

Charlie behielt recht: Der Abend würde feuchtfröh-
lich und lang werden.

31. I want it all

Charlotte

Die Sonne schien viel zu hell. Obwohl sie sich den ganzen Tag schon hinter einer dichten Wolkendecke versteckte, die Regen versprach, ohne ihn zu bringen, war das Licht zu viel für meine übermüdeten Augen.

Wir hatten Alex' Erfolg weit in die Nacht hinein gefeiert, bis wir mit den unter unseren Schuhen knirschenden Snackkrümeln aus der Bar gefegt worden waren. Arm in Arm waren wir in Schlangenlinien nach Hause gelaufen; nur Hao hatte sich schon früh am Abend verabschiedet, um uns Kids, wie er sagte, in Ruhe feiern zu lassen. Natürlich hatten wir protestiert, er solle bleiben, doch er war mit seiner ruhigen Art unnachgiebig geblieben und hatte betont, einer müsse morgen fit sein – und er hätte freiwillig das Los gezogen.

In solchen Momenten fragte ich mich, womit ich Hao in meinem Leben verdient hatte, womit meine Eltern ihn verdient hatten und warum sie so leichtsinnig gewesen waren, ihn auch noch zu verprellen. Hao, die Stimme der Vernunft, die gute Seele in meinem Leben. Er könnte so viele andere Wege gehen, könnte aus seiner Kunst mehr machen, woanders leben, jemanden kennenlernen, vielleicht eine eigene Familie gründen, aber er blieb. Besonders in den letzten Wochen hätte ich es gut nachvollziehen können, wenn er sich distanziert hätte.

Erstaunlicherweise war ich heute früh ohne Kater aufgewacht, was ich vermutlich Livs Idee verdankte, eine Aspirin vor dem Schlafengehen einzunehmen.

Alex und ich waren so fertig gewesen, dass wir beim gegenseitigen Ausziehen beinahe eingeschlafen wären. Ein Lächeln breitete sich über meinem Gesicht aus, als ich daran dachte, welchen Anblick er heute Morgen geboten hatte. Seine wild zerzausten Haare, der Bartschatten, das halb aufgeknöpfte Hemd und der riesige Knutschfleck über der linken Brust bezeugten die wilde Party. Falls ich je so gefeiert hatte wie gestern, konnte ich mich beim besten Willen nicht dran erinnern. Auch ohne Übelkeit, Schwindel oder gleißenden Kopfschmerzen steckte mir die Party in den Knochen. Ich war einfach nicht in Übung. Mein Körper hatte mich den ganzen Tag angebettelt, eine Pause einzulegen.

Ich gönnte sie ihm nicht.

Das war der Fehler.

Ich absolvierte mein Training, schaffte dieselben Tricks wie sonst auch. Heute kostete es mich mehr Konzentration als an den anderen Tagen. Ich war müde, nicht nur von der Feier, sondern von der Ungewissheit, die ständig an mir zerrte. Ich fürchtete, mit meinen neuen Plänen zu versagen. Fürchtete, dass alles, was ich – wir – nun taten, nicht genügte.

Ich war tief in Gedanken versunken. Die Rufe des Mannes hörte ich erst, als das Speedboot fast neben mir war. Dann ging alles viel zu schnell. Das Boot rammte

das Heck meines Boards. Mit einem überraschten Aufschrei stürzte ich ins Wasser, überschlug mich, wurde
vom Sog mitgerissen, verlor die Orientierung, aber zum
Glück nicht das Bewusstsein.

Sofort hatte mich die Angst fest im Griff, denn das
hier war nicht vergleichbar mit kalkulierten Stürzen
bei Stunts. Die Wucht des Aufpralls war das
Schlimmste, denn sie hatte mir die Luft aus der Lunge
gedrückt. Ich hielt den Atem an, ohne Reserven in meiner Lunge zu haben. Die Leine, die das Board mit meinem linken Fußgelenk verband, zerrte mit einem heftigen Ruck an mir, der einen Schmerzblitz durch mein
Bein schickte. Ich biss die Zähne fest aufeinander,
kämpfte darum, nicht in Panik zu geraten. Panik bedeutete Wasser zu schlucken. Wasser zu schlucken bedeutete zu ertrinken.

Wasser, überall Wasser. Wenn ich mich nur an meinem Board orientierte, würde ich an die Oberfläche
kommen. Nichts leichter als das. Ich griff nach der
Leine, schob den heftigen Schmerz in meinem Bein beiseite, ignorierte das Brennen meiner Augen, das unendliche Blau, in dem alles gleich aussah, das keinen An-
haltspunkt bot. Das Board war weg – losgerissen. An
meinem Knöchel Leere.

Mein Rettungsanker für die Oberfläche – fort.

Dann ergriff die Panik von mir Besitz. Verzweifelt riss
ich die Augen auf, sah mich um. Spürte das Brennen
des Salzwassers auf meiner Netzhaut, schenkte ihr
keine Aufmerksamkeit. Luft, ich brauchte Luft! Wo war
die verdammte Oberfläche?

Da! Helleres Blau! Ich strampelte los. Mein Bein
pochte, die Augen brannten. Blindlings. Kopflos.

Hauptsache, raus aus dem Wasser! Doch im selben Augenblick war ich mir nicht mehr sicher, ob ich in die richtige Richtung schwamm. Das Blut rauschte in meinen Ohren, mein Körper in höchster Alarmbereitschaft. Im Überlebensmodus.

Hoffentlich ist nichts mit dem Bein, ploppte ein überraschend klarer Gedanke in meinem Kopf auf. Ein Blitzlicht inmitten tausend wirrer Gedanken und Warntöne meines Körpers. Dann noch einer. *Wie lange bin ich schon unter Wasser? Eine Minute, anderthalb? Zwei?*

Meine Lunge kreischte nach Luft. Ich unterdrückte den Impuls zu atmen. Ich brauchte Luft! *Luft ...*

Wasser ... da war zu viel Wasser um mich herum.

So fühlt es sich also an, zu ertrinken.

Plötzlich nahm ich eine Bewegung vor mir wahr. Jemand packte mich. Im nächsten Moment durchbrach ich japsend die Wasseroberfläche. Meine Lunge brannte lichterloh, musste den frischen Sauerstoff erst verarbeiten.

Jemand krallte seine Hände in die dünne Schicht meines Neoprenanzugs, quetschte mir die Haut. Obwohl ich den Druck spürte, stellte sich kein Schmerz ein. Das Adrenalin, das durch meine Adern pumpte, hatte meinen Körper betäubt.

Mein Retter zog mich über den Bootsrand – hart landete ich auf dem Rücken, hatte keinerlei Kontrolle mehr über meinen Körper. Ich fühlte mich, als hätte ein Lkw auf mir geparkt. Die Wolken über mir drehten sich und schwankten; mir wurde kotzübel. Das Herz pochte wild in meiner Brust, pumpte viel zu schnell Blut und Sauerstoff in jeden Winkel meines Körpers. Ein gutes Zeichen, oder?

Jemand kniete auf dem blendend weißen Kunststoffboden neben mir und inspizierte mich, aber ich erkannte ihn oder sie nicht. Ich sah alles verschwommen. Mit jedem weiteren Atemzug ebbte die Aufregung ab. Meine Augen brannten und tränten von dem Salz. Ich spürte Hände, die meinen Kopf vorsichtig anhoben und etwas unterschoben, ein Handtuch vielleicht. Mein Bein pulsierte. Ich wollte etwas sagen, doch mir blieben die Worte im Hals stecken.

Vielleicht, dachte ich, war ich länger unter Wasser gewesen.

„Sie muss ins Krankenhaus, sofort!“

Diese Stimme, ich würde sie immer erkennen. „Alex?“

„Ganz ruhig, Charlie. Ich bin da.“

Er nahm meine Hand und ich schloss die Augen.

32. I don't want to lose you

Alexander

„Zum jetzigen Zeitpunkt können wir davon ausgehen, dass Miss Campbell wieder vollständig genesen wird, Mister Reid. Sie wird allerdings mindestens die nächsten vierundzwanzig Stunden hierbleiben, um mögliche Folgeschäden durch das Beinahe-Ertrinken auszuschließen. Außerdem hat sie eine starke Muskelzerrung am Oberschenkel, vermutlich ausgelöst durch den plötzlichen Richtungswechsel oder die Strömung unter Wasser. Miss Campbell hatte großes Glück, dass sie nicht vom Boot verletzt wurde und Sie rechtzeitig vor Ort waren." Die Ärztin lächelte mir aufmunternd zu. „Sie können gleich zu ihr, wenn Sie möchten."

„Danke", murmelte ich. Zu mehr war ich nicht imstande. Die Anspannung, die Aufregung und Ungewissheit – plötzlich fiel alles von mir ab. Liv nahm mich in den Arm, sie weinte vor Erleichterung. Auch Hao war da, Liv musste ihn angerufen haben, denn ich hatte es in meiner Panik vergessen.

Seit ich mit ansehen musste, wie das Ausflugsboot Charlie gerammt hatte, war es, als hätte eine andere Person von mir Besitz ergriffen, die mich fernsteuerte. Die instinktiv das Richtige getan hatte: ins Wasser zu springen und Charlie rauszuholen. Sie war nicht lange im Meer gewesen, schätzungsweise weit unter zwei Minuten. Aber lange genug, um orientierungslos zu sein, sobald sie auf unserem Boot gewesen war. Der andere Kapitän hatte den Notruf verständigt und war sofort zum Anleger zurückgefahren, wir ihm dicht auf den Fersen. Dass ich Taucher an Bord hatte, dass Josh am Steuer stand, all das hatte ich ausgeblendet, weil ich nur auf Charlie fokussiert war. Ich war wie im Rausch gewesen – und jetzt sackte ich in mich zusammen. Liv hielt mich. Sanft bugsierte sie mich zurück auf die unbequemen Plastikstühle, von denen wohl jede Krankenhausverwaltung der Meinung war, sie wären das Nonplusultra für Wartende.

Liv reichte mir eine Cola. Ihre Augen waren gerötet und sie wirkte so erleichtert, wie ich mich fühlte. „Das sind gute Neuigkeiten. Sie ist hier in den besten Händen."

„Ja." Ich trank einen Schluck.

„Kaum auszumalen, wenn du nicht da gewesen wärst …"

„Dann wäre hoffentlich der Mistkerl, der sie gerammt hat, ins Wasser gesprungen, um sie rauszuholen." Inzwischen kratzte die Wut an meinen Eingeweiden. „Ich weiß sowieso nicht, was der so nah in der Bahn einer Surferin zu suchen hatte. Wo hat der seinen Bootsschein gemacht?"

„Das wird die Polizei herausfinden. Falls er schon vernehmungsfähig ist. Der stand ganz schön neben sich."

„Ich habe mitbekommen, wie er zu seinem Freund gesagt hat, Charlie sei wie aus dem Nichts aufgetaucht. Sie war so schnell auf der Welle unterwegs, er hat sie zu spät gesehen. Er konnte ihr nicht mehr ausweichen", meldete sich Hao zu Wort.

„Er hat sie nicht gesehen?" Das konnte ich kaum glauben. „Sie trug doch diesen auffälligen Neoprenanzug! Den übersieht man nicht." Er war am Rumpf dunkelgrau, hatte weiße Ärmel, auf denen großflächig bunte Farbmuster prangten. Ein Retromotiv.

„Wie dem auch sei." Liv überging meinen Einwand. „Ich denke, du solltest mal nach Charlie sehen, bevor ihre Eltern kommen."

„Du hast ihre Eltern angerufen?"

„Nein, das habe ich gemacht." Entgeistert sah ich Hao an. „Natürlich habe ich sie informiert. Sie haben den nächsten Flug gebucht und sollten spätestens morgen früh hier sein. Das überrascht dich doch nicht wirklich, Alex?"

„Ehrlich gesagt schon! Sie haben sich seit Wochen nicht gemeldet und sich einen Scheiß für dich, die *Surfers' Heart* oder Charlie interessiert. Jetzt hatte sie einen Unfall – und das ändert was?"

Hao bedachte mich mit diesem weisen Blick, der dieses Mal an mir abprallte. Ich kochte vor Wut und hatte keinen Bock auf seinen altklugen Scheiß. Bevor er etwas sagen konnte, giftete ich: „Das alles ist ihretwegen passiert! Alles, was Charlie tut, tut sie nur wegen ihren Eltern. Erst reißt sie sich den Arsch auf, um das Blatt noch zu wenden. Und dann, als sie am Boden lag, hatte sie einen neuen Traum. Für den sie sich wieder den Arsch aufgerissen hat. Der Stand auf dem *Winter-Blues-*Festival, der Relaunch der Website, das harte Training. Alles für diesen einen Traum. Und was ist dabei herumgekommen?" Ich deutete mit einer ausladenden Bewegung auf die klinisch weißen Krankenhauswände um uns herum. „Und jetzt sag mir, Hao, weshalb haben Judy und Sam verdient, herzukommen und an ihrer Seite zu sein?"

Schwer atmend heftete ich meinen Blick auf Hao.

„Du bist jung, Alex. Du hast keine Kinder. Aber glaub mir, egal, was vorher passiert ist, ein solcher Unfall verändert alles. Ob Streit oder nicht, du wärst dankbar, wenn ich dich anrufen würde, wenn Charlie im Krankenhaus liegt und du die Chance hast, etwas wiedergutzumachen oder nur bei ihr zu sein."

Ich grummelte etwas Unverständliches.

„Wenn ihre Eltern da sind, warnt mich", knurrte ich mit schmerzhaft geballten Fäusten, denn ich konnte für nichts garantieren.

33. When I dream, you are gone

Charlotte

„Kleines, was hast du dir nur dabei gedacht?"

Von irgendwo weit her kitzelte Mums weiche Stimme mein Bewusstsein. Andererseits … vielleicht träumte ich das nur.

„Sam, was, wenn sie nicht aufwacht?"

Doch, eindeutig Mum.

„Was, wenn wir unsere Tochter verlieren?"

Gemurmel. Piepen. Licht und Schwärze.

Ich wollte ihnen sagen, dass es mir gut ging, dass ich nur so unendlich müde war. Mein erster Versuch zu antworten scheiterte kläglich. Ich dämmerte weg, träumte vom Wasser, vom endlosen Blau um mich herum. Überall tiefes, dunkles, oberflächenloses Blau. Ich wollte aufwachen, unbedingt aufwachen, atmen.

Wieder hörte ich dieses Piepen, etwas schneller als vorhin, aber vielleicht war mein Denken auch nicht mehr so langsam und die Geräusche hatten ihre normale Geschwindigkeit zurückerlangt.

Erst die Augen öffnen, eins nach dem anderen. Ich kämpfte gegen die Schwere an, die mich zurück in den Schlaf ziehen wollte. Es roch nach Desinfektionsmittel und bitterer Medizin, die selbst den Geruch des Meeres übertüncht hätte, wenn das Krankenhaus direkt am Strand liegen würde. Denn das wusste ich ohne jeden Zweifel: Ich befand mich im Krankenhaus.

Langsam kehrten die Erinnerungen zurück. Das Boot, das plötzlich viel zu nah gewesen war und mich gerammt hatte. Der Sturz ins Wasser. Mein Board, losgerissen, vermutlich mit der Strömung fortgespült. Ob sie es gefunden hatten?

Ein weiterer Versuch, die Augen zu öffnen.

„Mum?", krächzte ich. Lange würde ich nicht wach bleiben, aber vielleicht lange genug, um zu kapieren, was los war.

Dann wurde es hektisch. Mum griff nach meiner Hand, zerquetschte sie beinahe, fing an zu schluchzen. Nie hatte ich sie meinetwegen so aufgelöst erlebt.

Das muss echt übel gewesen sein.

Allmählich wurde alles klarer, die Schemen bekamen Konturen, der scharfe Geruch von Desinfektionsmittel brannte mir die Schleimhäute weg. Himmel, die hatten es gut gemeint mit der Virenbekämpfung.

Im Hintergrund entdeckte ich Alex. Seine lässige Haltung mit den vor der Brust verschränkten Armen passte nicht zu seiner ernsten Miene und dem wachsamen Blick, mit dem er mich bedachte. Er hielt sich zurück, ließ meinen Eltern den Vortritt und wirkte wie ein übel gelaunter Geist, auf den niemand achtete, der aber jeden Moment einen Fluch aussprechen würde, sobald etwas nicht so lief, wie er es sich vorstellte.

„Schatz, geht es dir gut?" Meine Mutter schien vergessen zu haben, dass sie Dad eine Frage gestellt hatte, die
auf Dauerschleife durch mich hindurchfloss. *Was,
wenn wir unsere Tochter verlieren?*

Statt ihr zu antworten, beobachtete ich Alex, konnte
nicht aufhören, ihn anzusehen. Wie er da stand, mit un-
terdrückter Wut. Was war geschehen? Was hatte ich
vergessen? Mühsam versuchte ich, mich zu erinnern,
griff nach einzelnen Fragmenten, Puzzleteilen, bis sie
sich zu einem vollständigen Bild zusammensetzten.

Es war die perfekte Welle gewesen, die eine, in der ich
all mein Können hatte beweisen wollen. Ich hatte gewusst, ich würde sie beherrschen, ich hatte sie unter
dem Brett gespürt, ihre gewaltige Kraft. Sie war wie ein
Lebewesen gewesen, pulsierend, laut, stark, eigensin-
nig – ich hatte sie nicht bezwingen können, war ins
Straucheln geraden. War unkonzentriert gewesen,
hatte das Boot zu spät gesehen. Dann hatte sie mich ver-
schlungen, hatte mich unter sich begraben.

Dunkles Blau.

Alex hatte mich gerettet.

Scheiße.

Dort stand er, mein Ritter in schwarzem Neopren.

Na gut, nicht in Neopren, sondern in einem lächerli-
chen Hawaiihemd und lockerer Chinohose, beides total
unpassend zu der schwarzen Ewigkeitstinte unter seiner Haut, dennoch absolut Alex. Ich sah ihn vor mir, im
Wasser. Umgeben von Blau und Weiß und den Wirbeln
des Sogs. Sein schönes, herbes Gesicht. Dann hatte er
mich rausgezogen, bevor mir die Luft ausgegangen
war. Ich hatte nur etwas Wasser geschluckt, nicht zu

viel. War bei Bewusstsein geblieben. Es war eine riskante Situation gewesen, keine Frage. Aber wenn ich nicht etwas Elementares vergessen hatte, war ich glimpflich davongekommen. Dank Alex' Einsatz. Ohne ihn wäre ich vermutlich nicht hier.

Was allerdings nicht erklärte, was meine Eltern hier zu suchen hatten, denn nach allem, was sie mit der *Surfers' Heart* angestellt hatten, waren sie die letzten Personen, die ich sehen wollte. Ich wünschte, ich hätte mehr Kraft, dann würde ich sie rauswerfen.

Als Alex erkannte, dass ich mich erinnerte und es mir den Umständen entsprechend gut ging, schenkte er mir ein düsteres Lächeln, das nicht zu ihm passte. Der Ärger umhüllte ihn als bedrohliche Aura. War er sauer auf mich, weil ich mich in Gefahr begeben hatte? Er stieß sich von der Wand ab. „Ich lasse euch dann mal allein." Mit langen Schritten durchquerte er den Raum.

„Bitte warte!", rief Mum.

Alex hielt inne, drehte sich aber nicht um. Verwirrt beobachte ich, wie er sich erneut anspannte und seine Hände zu Fäusten ballte.

„Alex?" Irgendwie gelang es mir, mich aufzurichten und die Übelkeit zu unterdrücken, die sofort da war. Etwas stimmte ganz und gar nicht und erforderte meine gesamte Aufmerksamkeit. Was war los?

„Ich sollte besser gehen", wiederholte er. Nun sah er Mum an. „Oder willst du das wirklich hier besprechen, Judith? Sam? Vor eurer Tochter?"

Mum und Dad fochten wortlos miteinander. Mum gewann, wie immer. Sie schüttelte den Kopf und Alex nickte, als hätte er damit gerechnet.

„Geht es hier um den Deal?", fragte ich. Anscheinend war er nicht auf mich sauer. Damit blieb nicht mehr viel übrig, das mit meinen Eltern zu tun hatte.

Dad sah erst mich überrascht an, dann wandte er sich Alex zu. „Du hast versprochen, nicht darüber zu reden!" Keine Spur von Überraschung oder Reue. Mum wich meinem Blick aus.

„Das war, bevor ich es mir anders überlegt habe, Sam. Du hast keine Ahnung, was Charlie in den letzten Wochen durchgemacht hat, was sie auf die Beine gestellt hat, um eure Surfschule doch noch irgendwie zu retten! Sie hätte alles geschafft, wenn ihr nur früher mit ihr geredet hättet. Stattdessen habt ihr das Grundstück verkauft und die *Surfers' Heart* dem Erdboden gleichgemacht. Ihr wisst einen Scheiß von dem, was hier in den letzten Wochen abgelaufen ist, nur eines ist ziemlich klar: Sie braucht euch nicht!"

Mum war kreideweiß geworden. „Was meinst du mit *dem Erdboden gleichgemacht?*" Ihr Blick huschte zu Dad, der einige Male blinzelte, als könnte er ebenfalls nicht glauben, was er hörte.

Alex schnaubte. „So, wie ich es sage. Die *Surfers' Heart* und euer Haus sind abgerissen worden.

„Was?" Mum wurde noch eine Spur blasser. Sie schwankte leicht und hielt sich an Dad fest, der seine Stimme noch nicht wiedergefunden hatte. „Er hat uns versprochen, zu warten", flüsterte Mum.

„Da habt ihr euch wohl verarschen lassen", knurrte Alex ohne jede Spur von Mitleid.

Dad hingegen schien seinen Schock überwunden zu haben und setzte zum Gegenschlag an: „Das geht dich alles nichts an! Das ist eine Familienangelegenheit!"

Alex' Gesicht verzog sich zu einer zynischen Grimasse. Ich erkannte ihn kaum wieder. „Das hättest du dir überlegen sollen, bevor du mir letztes Jahr angeboten hast, eure Schule zu kaufen – und mir eine Schweigepflicht auferlegt hast, mit der du mich zum Lügner gemacht hast. Ach, und übrigens, Charlie ist meine Freundin! Ihre Probleme sind auch meine."

„Ihr seid ein Paar?" Mums Gesichtszüge wurden für eine Sekunde ganz weich, bevor sie sich in Anbetracht der angespannten Situation wieder verhärteten. Typisch Mum, wenn es um die Liebe ging, wurde alles andere zur Nebensache. Ich nickte mit zusammengepressten Lippen und angehaltenem Atem. Was für ein Schlagabtausch.

„Allerdings! Und falls es euch interessiert: Sie wohnt bei mir und arbeitet in der *Beach Dive*. Und das auch in Zukunft!"

Bevor ich intervenieren konnte, fing Alex meinen Blick ein. Ein kurzer nonverbaler Austausch genügte, um zu verstehen, dass ich mich ruhig verhalten sollte, weil er einen Plan hatte.

„Charlie, du kommst nicht mit nach Nepal?" Mum war näher ans Bett gekommen und legte ihre Hand auf meine. Ich schluckte.

„Machst du Witze? Ihr lasst euch verarschen, die *Surfers' Heart* abreißen und glaubt, ich würde nach Nepal ziehen? Zu euch? Habt ihr sie noch alle? Und überhaupt, was wäre ich ohne das Meer?"

„Sieh, wo es dich hingebracht hat, dein Meer." Sie überging meine Vorwürfe und deutete auf die weißen nüchternen Wände um uns herum.

„Das war ein Unfall!"

„Du hättest tot sein können!"

„Bin ich aber nicht." Ich seufzte. In meinem Kopf hämmerte es und mir fehlte eindeutig die Kraft für einen Wutausbruch. „Mum, das ist nicht so einfach ... Ein Koch hört auch nicht auf zu kochen, nur weil er sich in den Finger schneidet." Ich schüttelte ihre Hand von meiner ab, um die Arme vor meiner Brust zu verschränken. Im Laufe des Gesprächs hatte ich das Bett in eine aufrechtere Position gebracht. Ich ignorierte das Piksen in meinem Handgelenk, weil sich der Zugang des Tropfes bei der Geste verhakte.

„Ein Schnitt in den Finger bringt niemanden um", widersprach Mum vehement. „Ich dachte, du wärst nun ein für alle Mal mit dem Meer durch." Sie klang enttäuscht.

„Was wollt ihr eigentlich von mir? Warum lasst ihr mich nicht einfach mein Leben leben, wie ich es will? Ich will nicht mit euch nach Nepal, das habe ich euch schon vor Wochen gesagt. Ich will hier sein, bei dem, was von der *Surfers' Heart* übrig ist. Bei Alex. Macht, was immer ihr wollt. Aber tut nicht mehr so, als wären wir eine Familie und als wäre es meine Aufgabe, mitzumachen. Ich weiß von den Schulden. Ich weiß, warum ihr sie verkauft habt. Ich habe den Brief gefunden – den ich erst hätte lesen sollen, sobald die *Surfers' Heart* Geschichte ist. Warum habt ihr nicht mit mir geredet? Warum seid ihr abgehauen? Und warum um alles in der Welt habt ihr mir nichts von dem geplanten Abriss und eurer Vereinbarung mit diesem Schmierlappen gesagt? Habt ihr euch je gefragt, wie es für mich war, mit ansehen zu müssen, wie dieses Ungetüm seine Schaufel in ihr versenkt hat? Wie er die Wände niedergerissen hat, als wären sie aus Papier? Ist euch überhaupt klar, dass ich von jetzt auf gleich obdachlos war?"

„Das war so nicht geplant."

„Ach nein? Wie denn dann?" Ohne ihre Antwort abzuwarten, redete ich weiter. „Alex hat recht. Es hat sich viel verändert in den letzten Wochen. Ich war mit Hao auf dem *Winter-Blues*-Festival. Die neue Website ist der Kracher, ich habe sogar Anmeldungen, obwohl ich keine Surfschule, sondern nur ein paar Boards habe. Aber weil ihr in Nepal mit dem Davonlaufen beschäftigt wart, statt um das zu kämpfen, was noch da ist, habt ihr von alldem natürlich nichts mitbekommen. Und wisst ihr was? Entgegen allen Prognosen, entgegen eurer Schwarzmalerei, bin ich mir sicher, dass ich es schaffen kann! Geht doch nach Nepal! Ist mir egal! Ich will euch nicht mehr sehen!"

„Schluss mit diesem Unsinn!" Dad schlug mit der Faust gegen die Wand. Seine Lippen waren ein schmaler Strich in seinem zornesroten Gesicht. „Die *Surfers' Heart* ist Geschichte. Was redest du von neuer Website und Buchungen? Du hattest ein paar Wochen deinen Spaß, nun reicht's!"

„Spaß? Ich habe hart gearbeitet! Ich habe Geld investiert, das ich in dem Moment verloren habe, in dem dieses Schoßhündchen des Immobilienhais auf unserem Grundstück aufgetaucht ist und meinte, er würde die Gebäude abreißen. Sie ist deine Schule gewesen, Dad, dein Traum! Was auch immer bei dir passiert ist, ich habe noch Träume und Ziele. Und ich werde sie erreichen – auch ohne eine Surfschule!"

Mein Blick zuckte zu Alex, der mir aufmunternd zunickte.

„Wir hatten keine andere Wahl, nachdem Alexander abgesagt hat", sagte Dad. „Die Idee war eigentlich, die beiden Schulen zusammenzulegen, was leider nicht aufging. Die Schulden waren real, die verschwinden nicht einfach, nur weil man eine neue Website hat oder einige Tage ausgebucht ist." Bitterkeit überlagerte seinen unterdrückten Zorn. „Du bist jung, Charlie. Du verstehst nicht, was es bedeutet, monatelang nach einem Ausweg zu suchen und am Ende einsehen zu müssen, dass es keinen gibt. Du hast recht, du bist nicht die Einzige, die diese Schule geliebt hat. Wenn du wirklich glaubst, wir hätten sie leichtfertig verkauft, kennst du uns schlecht. Wir haben die *Surfers' Heart* aufgebaut, mit unseren Händen! Jedes Brett ist von uns errichtet worden. Mit Schweiß und Herzblut. Byron Bay ist unsere Heimat. Wenn du den Brief nicht nur gelesen, sondern auch verstanden hättest, dann wüsstest du, wie es uns geht. Sieh sie dir doch an, deine Mutter. Sieht so jemand aus, der glücklich ist? Glaubst du wirklich, wir wollten, dass das hier passiert? Der Käufer hat uns sein Wort gegeben!"

„Wie gesagt, da hat er euch aufs Kreuz gelegt", sagte Alex mit grimmiger Miene, und an mich gewandt: „Wie vermutet."

Ich stöhnte, weil mir jetzt erst dämmerte, wie die ganze Sache abgelaufen war. Ein zynischer Spruch lag mir auf den Lippen. Wie hatten meine Eltern nur einem grundstücksgeilen Typen vertrauen können? „Ich fasse es nicht", murmelte ich.

Mir schwirrte der Kopf. Die Bilder der zerstörten *Surfers' Heart* und unseres abgerissenen Wohnhauses schoben sich immer wieder in den Vordergrund.

„Ihr hättet sie sehen sollen", warf Alex nun ein. „Ihr wisst nicht, was ihr eurer Tochter angetan habt. Ihr hättet mir ihr reden sollen, sie ist kein Kind mehr!"

Sofort spürte ich, dass Alex besser den Mund gehalten hätte. Dads Stirnader trat hervor, pochte bedrohlich. Nie zuvor hatte ich ihn so wütend erlebt. „Halt dich verdammt noch mal raus!" Seine Worte hallten von den kargen Wänden wider. Mir klingelten die Ohren. Dazwischen das Fiepen, die Gerüche, die aufgeladene, überreizte Stimmung. Bittere Galle stieg in mir hoch. Nur mit größter Mühe gelang es mir, mich nicht zu übergeben. Ich brauchte Ruhe. Mit einem Mal war ich unendlich müde. Selbst Alex' Anwesenheit war zu viel, und sein Einmischen, so nobel seine Absichten gewesen sein mochten, hatte die Situation verschlimmert. Heute käme nichts Gutes mehr dabei herum.

„Lasst mich allein."

Als keiner reagierte, schrie ich: „Verschwindet!"

Mum sprang mit geweiteten Augen auf, als hätte sie sich die Hand an mir verbrannt. Sie gingen zur Tür, wobei mir alle drei nach jedem Schritt einen unsicheren Blick zuwarfen, als befürchteten sie, ich würde entweder durchdrehen oder jeden Moment tot umfallen.

„Sie kriegt sich schon wieder ein. Das ist der Schock, Judy", hörte ich meinen Vater grummeln. Mum nickte. Ich funkelte sie an. Sollten sie ruhig merken, wie aufgewühlt ich war. Als sie weg waren, sank ich in die Kissen, schloss die Augen und drehte mich um.

Aber einer war nicht gegangen. Alex. Ich spürte seine Anwesenheit.

„Was hast du an *Ich will allein sein* nicht verstanden?", fuhr ich ihn an. Er stand am Fußende meines Bettes und sah auf mich herab.

„Es tut mir leid, Charlie. Ich hatte keine Ahnung, dass dein Vater ausrasten würde."

Ich auch nicht. „Jetzt weißt du es", sagte ich, gefolgt von einem tiefen Seufzer, der an den Rippen schmerzte.

Ich schloss die Augen, weil ich nur noch schlafen wollte. Weil ich hoffte, wenn ich das nächste Mal erwachte, würde sich herausstellen, dass dieses schreckliche Gespräch, wenn man es denn so nennen konnte, nur ein übler Traum gewesen war.

Alex setzte sich neben mich auf die Bettkante. Die Matratze sank ein unter seinem Gewicht und mein Herz schlug trotz meiner Verwirrung, trotz der Erschöpfung schneller – und zwar hörbar. Besten Dank an den Monitor, dieser miese Verräter.

„Charlie." Er nahm meine Hand. Ich öffnete die Augen und sah Schmerz und Mitleid in seinem Blick. Die dunkle Aura, die ihn umgeben hatte, war mit meinen Eltern verschwunden. „Es tut mir so leid."

„Schon gut", log ich.

Natürlich durchschaute er mich sofort. Sein zuckender rechter Mundwinkel verriet ihn. Sanft strich er mir eine Strähne hinters Ohr, bevor er meine Hand nahm. Mein Schädel pochte. Dennoch wollte ich eine Sache wissen, bevor ich in einen tiefen, traumlosen Schlaf sinken würde. „Warum hast du ihnen erzählt, dass ich in der *Beach Dive* arbeite? Das geht sie nichts an."

„Weil ich befürchtet habe, dass sie dir einen Strick draus drehen, wenn sie erfahren, dass du den Namen der *Surfers' Heart* behalten hast. Ich glaube nämlich, dass ihnen das gar nicht so bewusst ist. Es waren gerade ziemlich viele Informationen auf einmal." Er schüttelte den Kopf. „Aber am Ende hätte ich einfach meinen verdammten Mund halten sollen. Du hattest die Situation gut im Griff. Ich habe es einfach gesagt, um von deinen Plänen abzulenken, dennoch meine ich es ernst. Wenn du willst, stelle ich dich dauerhaft ein, Charlie. Das sage ich nicht als dein Freund, das sage ich nicht, weil ich mit dir zusammen sein will und auch nicht, weil ich dich liebe. Das sage ich, weil ich davon überzeugt bin, dass du einen guten Job machst. Ich glaube an dich."

Sein Daumen fuhr über meine Handfläche. Eine sanfte Berührung, die ich überdeutlich wahrnahm, weil sie direkt von meiner Hand in meinen Bauch floss, wo es plötzlich ganz warm war. Er hatte mir gesagt, dass er mich liebte. Ob ich mich je daran gewöhnen würde, diese drei Wörtchen von ihm zu hören? Ob sie sich je abnutzen würden? Mein Herz schlug so schnell, das ich fürchtete, der Monitor würde explodieren. „Kannst du *bitte* dieses Ding abschalten?"

Er grinste und zog den Stecker. „Dir ist schon klar, dass gleich eine Horde nervöser Schwestern das Zimmer stürmen wird?"

Gefühlsduselig nickte ich. „Mir egal. Das ist es mir wert, wenn du bitte wiederholst, was du da geschickt in deiner kleinen Ansprache untergeschummelt hast."

„Der Teil, in dem ich dir sagte, dass ich an dich glaube?" Er grinste schelmisch.

„Nein, der andere.“

„Ach, der. Na gut … Charlotte Campbell, ich liebe dich.“ Er nahm meine Hand und führte sie an seinen Mund, hielt dabei meinen Blick mit seinem fest.

„Ich liebe dich auch, Alex.“

Er beugte sich vor und küsste mich erst auf die Stirn, dann auf die Nase und schließlich fanden unsere Lippen zueinander. Für einen zauberhaften Moment surfte ich auf einer Glückswelle.

Dann drangen die anderen Worte, die er gesagt hatte, in mein Bewusstsein.

„Alex? Ich will nicht bei dir arbeiten. Die *Beach Dive* ist dein Laden, dein Traum. Für den Übergang war das in Ordnung, doch ich will auf eigenen Beinen stehen, ich will etwas tun, mit dem ich mich identifizieren kann. Die *Surfer's Heart* ist Geschichte, war sie schon lange, bevor unser Nachbar seine Tauchschule aufgemacht und uns die letzten Wassersportbegeisterten vor der Nase weggeschnappt hat.“ Alex sah betreten zur Seite und ich knuffte ihn am Arm. „Das war ein Witz. Mittlerweile weiß ich ja, dass ich mich ziemlich verrannt habe. Tja, keine Ahnung, ob das, was ich vorhabe, aufgehen wird. Ich muss es einfach versuchen. Für mich selbst.“

„Das verstehe ich. Es führen immer viele Entscheidungen und Faktoren zu einem Ergebnis. Und ich habe scharf zurückgeschossen, nachdem diese Nachbarsfurie beinahe meinen schönen Laden zerlegt hätte.“ Er grinste mich schief an. Allerdings, das hatte ich. Danach waren wir im Bett gelandet.

„Weil ich in dem Moment einen Schuldigen brauchte, einen Buhmann, dem ich alles an den Kopf werfen konnte, was schiefgelaufen ist. Das warst eben du. Das, was du über die Summe von Entscheidungen sagst, klingt logisch. Das Ergebnis ist eine Reihe von Entscheidungen, die meine Eltern getroffen haben. Eine davon war, mich nicht ins Boot zu holen, sondern ihre Sorgen mit sich selbst auszumachen – unter Erwachsenen. Fakt ist, der Erfolg deiner Tauchschule wirkte sich kaum auf die *Surfers' Heart* aus. Klar, ab und an verirrte sich mal eine Surfer-Seele zu dir, aber die meisten wissen, was sie wollen. Ein Surfer ist und bleibt ein Surfer. Und ein Taucher ein Taucher."

„Apropos tauchen. Wenn du es dir anders überlegst, probieren wir es mal aus. Ich bin mir sicher, du hast Talent. So wie du dich beim Schnorcheln verhalten hast, habe ich keinen Zweifel daran, dass du für die Unterwasserwelt genau so eine Leidenschaft entwickeln wirst wie für die Wellen. Lern tauchen, für dich. In dir schlummert eine hervorragende Taucherin, vielleicht sogar eine, die das Zeug hat, später mal eine Tauchlehrerin zu werden, wenn sie will. Unterrichten kannst du, das wissen wir beide. Du und das Meer, das passt einfach." Mit jedem Wort wurde er euphorischer. „Stell dir vor, wir beide rund um die Uhr, hier in Byron Bay."

Mir schwirrte der Kopf von Alex' Ideen und den Möglichkeiten, die sie mit sich brachten. Sein Angebot, bei ihm zu arbeiten, das er nun indirekt erneuerte, obwohl ich ihm gesagt hatte, ich wolle auf eigenen Beinen stehen, mein eigenes Ding durchziehen.

„Darüber muss ich später nachdenken", flüsterte ich in die viel zu laute Stille, die sich zwischen uns gelegt hatte.

„Natürlich. Es sind nur Ideen."

„Alex? Mit später meine ich, wenn das, was ich mir in den Kopf gesetzt habe, nicht läuft oder ich feststelle, dass es nicht meins ist, ja? Denn noch ist nichts vorbei, oder?“

Er schien ernsthaft über meine Frage nachzudenken, bevor er antwortete. „Nein. Noch ist es nicht vorbei, Charlie.“

Dann stürmten die Schwestern herein, bereit, mich wiederzubeleben.

34. It's all about Charlie

Alexander

Ich hätte wissen müssen, dass mich Judy und Sam nicht so einfach davonkommen lassen würden. Sie lauerten vor der *Beach Dive*. Wie zwei hungrige Haie umkreisten sie die Lounge, und als sie mich entdeckten, verdüsterten sich ihre Mienen. Sam sah so aus, als wollte er mir eine reinhauen. Judy legte eine Hand auf seinen Arm, um ihn zu beruhigen. Keine gute Ausgangssituation. Ich straffte die Schultern und ging auf sie zu.

„Kommt mit."

Sie folgten mir in die Wohnung. Auf jeden Fall wollte ich verhindern, dass meine Kundschaft die nachfolgende Auseinandersetzung mitbekam. Denn Sams Gesichtsausdruck zufolge war mit einer solchen zu rechnen.

„Setzt euch. Kaffee, Tee?"

„Nein. Wir stehen."

Judy flüsterte Sam etwas zu, das ich akustisch nicht verstand. Was auch immer sie gesagt hatte, er atmete tief durch und entspannte sich etwas. Seine Fäuste lockerten sich, die Fingerknöchel traten nicht mehr weiß hervor. „Wie ernst ist es dir mit Charlie?"

Ich zog eine Augenbraue hoch. Ach so, darum ging es also. Die überfürsorglichen Eltern ließen ihre Tochter wochenlang mit dem Kadaver ihrer Existenz allein, im Glauben, sie könnte noch etwas ausrichten, obwohl die Entscheidung längst getroffen worden war. Sobald ein Kerl im Spiel war, sorgten sie sich plötzlich um das Wohl ihrer Prinzessin?

„Ernst genug."

„Pass auf, Charlie hat eine Menge mitgemacht. Wenn du ...", setzte Sam an.

Eine viel zu leise Stimme in mir warnte, ich sollte die Klappe halten, ich sollte mich nicht einmischen. Aber *bloody hell*, es reichte! Was für Kindsköpfe! „Nein, *ihr* passt jetzt auf! Charlie hat *euretwegen* so eine Scheiße durchgemacht! Euretwegen hat sie sich wochenlang den Arsch aufgerissen, und wofür? Um eine marode Surfschule vor der Pleite zu bewahren, um das Ruder irgendwie herumzureißen. Und wisst ihr was? Sie hat das großartig gemacht! Sie hatte Ideen und einen Plan. Ihr habt ihr das alles nicht zugetraut, habt nicht einmal nachgefragt, wie es läuft. Stattdessen habt ihr die Sache beendet und hattet nicht einmal den Mumm, sie vorzuwarnen. Ich weiß nicht, was bei euch nicht stimmt, was schieflaufen muss, damit man seiner eigenen Tochter so wenig zutraut, aber eines sehe ich ganz klar: Ihr seid diejenigen, die Charlie das angetan haben. Euretwegen hat sie härter gekämpft als jemals zuvor. Euretwegen liegt sie jetzt im Krankenhaus!"

„Wir wollten mit ihr reden", räumte Judy mit schwacher Stimme ein, während mich Sam weiterhin böse anfunkelte. An seiner Stelle wäre ich auch wütend, denn wer ließ sich schon gern von einem Kerl etwas sagen, der halb so alt war wie man selbst und dazu mit der Tochter schlief? Nein, verdenken konnte ich es ihm nicht. Am liebsten hätte ich sie beide vor die Tür gesetzt. Nur Charlie zuliebe ließ ich mich überhaupt auf dieses Gespräch ein. Ich wollte es ihr nicht noch schwerer machen, als sie es ohnehin schon hatte. Was für ein Freund wäre ich, wenn ich ihr Steine in den Weg legte?

„Charlie hat dir den Brief gezeigt, oder?" Ich nickte. „Dann weißt du auch, dass in der Vergangenheit nicht immer alles glattlief", sagte Judy. Ihre ruhige Art führte dazu, dass Sam und ich abkühlten. „Hat sie dir erzählt, dass Sam früher an Wettbewerben teilgenommen hat?"

„Judy", mahnte Sam. „Das tut nichts zur Sache."

„Ich denke schon. Alles, was wir tun oder lassen wirkt sich auf uns selbst und auf unser Umfeld aus. Sieh doch, an welchem Punkt wir stehen. Obwohl wir das Beste für sie wollten, ist das Verhältnis zu Charlie fast zerstört." Sie nahm die kleine Taucherfigur in die Hand, die Charlie mir geschenkt hatte. Ihr erstes Geschenk an mich. Judy erkannte Haos Handschrift. „Hao ist sehr talentiert. Sam war es auch. Wir lebten früher in Kalifornien. Ich weiß nicht, ob sie dir das erzählt hat? Charlie ist Amerikanerin."

„Sie erwähnte es."

Judy betrachtete weiterhin das geschnitzte Stück Holz in ihrer Hand, das sanfte Liebkosen des Tauchers schien ihr dabei zu helfen, ihre Gedanken zu sortieren. Die Geste erinnerte mich an Charlies ersten Besuch in der *Beach Dive*. Wie wir gemeinsam am Briefing Board gestanden und über das Riff gesprochen hatten, über das sie bis vor Kurzem hinweggesurft war. In diesem

Moment waren sich Judy und Charlie so ähnlich. Gespannt lauschte ich jedem ihrer Worte. „Sie war zwei Jahre alt, da zogen wir nach Hawaii. Wegen der Wellen. Wir waren nie zuvor dort gewesen. An diesem Ort zu leben und einmal diese Wellen zu reiten, ist wohl der Traum eines jeden Surfers. Auch der meines Mannes. Ich hatte nichts dagegen einzuwenden, hatte mich nie ganz in Kalifornien zu Hause gefühlt. Wichtiger als ein Ort war mir immer, bei Sam zu sein." Sie sah ihren Mann mit liebevoller Zuneigung an. „Also wagten wir einen Neuanfang. Charlie war noch sehr klein, ein Umzug daher kein Problem. Je älter die Kinder sind, desto schwieriger wird es, dann kommt ein Kindergarten oder eine Schule dazu, Freunde, ein festes Umfeld. Wir mögen die Freiheit. Trotzdem haben wir uns für Charlie einen festen Wohnort gewünscht, kein Vagabundenleben, wie es viele Hippies führen. Ein Kind braucht Stabilität in seinem Leben. Wie dem auch sei ... wo war ich? Ach ja. Hawaii. Als Sam das erste Mal mit seinem Board eine hawaiianische Welle ritt, wusste ich, es war um ihn geschehen. Ich stand mit Charlie am Strand, hielt sie auf meiner Hüfte, blinzelte gegen die Sonne, das Wasser glitzerte – und Sam, mein Sam ... nie hatte ich ihn glücklicher gesehen." Judy stellte den kleinen Taucher zurück an seinen Platz, die schöne Erinnerung glättete ihre angespannten Gesichtszüge.

Für einen Augenblick sah ich die junge Ehefrau und Mutter, die ihrem Mann überallhin folgte, das starke Band, das die beiden miteinander verband. Dann verschwand die Erinnerung, machte einer düsteren, traurigen Platz.

„Seine Karriere war vorbei, bevor sie begonnen hatte. Haiattacke. Guck nicht so, Alex. Die gibt es wirklich, nicht nur im Film oder in Romanen, um die Spannung zu steigern.“

Natürlich wusste ich, dass Haie Surfer angriffen, neusten Erkenntnissen zufolge aus Neugier, nicht wie bisher angenommen, weil sie den Surfer auf dem Brett mit einer Robbe verwechselten. Ein entschlüsselter Mythos. Die Wahrscheinlichkeit, von einem Hai attackiert zu werden, lag bei eins zu drei oder vier Millionen, irgendwie so. Jedenfalls war es fast vergleichbar mit einem Lottogewinn. Dennoch gab es sie, die Leute, die gebissen wurden, ebenso wie diejenigen, die Millionen gewannen. „Tut mir leid“, murmelte ich.

„Ist lange her.“ Die Worte kamen Sam leise über die Lippen. Seine Wut schien vorerst verraucht zu sein. Auch wenn ich weiterhin gespannt war, wohin uns Judys Ausflug in die Vergangenheit der Familie Campbell führen würde, hatte sie bereits erreicht, dass ihr Mann mir nicht mehr die Zähne einschlagen wollte. Ein Etappensieg.

„Charlie war zu klein, um das zu realisieren. Und kaum war Sams Wunde verheilt, stand er schon wieder auf dem Board. Die beiden sind sich so ähnlich.“ Sie seufzte, als würde ihr die Vorstellung missfallen, *wie* ähnlich sich Vater und Tochter waren. „Der Hai hat Sams Muskulatur am Oberschenkel nachhaltig geschädigt. Der Körper kann viele Wunder vollbringen, aber er kann dir nicht zurückgeben, was weg ist.“

Mir fiel ein, dass ich Sam nie in Shorts gesehen hatte. Wir hatten uns nur wenige Male überhaupt gesehen, außerdem war es Winter. Mein Blick huschte automatisch zu seinem Oberschenkel und zum ersten Mal glaubte ich, eine Art Ausbuchtung zu sehen, das Fehlen von Gewebe. Warum hatte er kein Gewebe transplantiert bekommen?

„Zum Glück konnte er wieder surfen. Nur stundenlange Trainings, wie sie für Wettkampfvorbereitungen nötig sind, waren nach dem Unfall undenkbar. Eines Abends sagte Sam zu mir: *Judy, lass uns eine Surfschule eröffnen. Ich will den Leuten beibringen, wie man die Wellen bezwingt – und sie die Gefahren lehren, die unterhalb der Oberfläche lauern.* Es war ihm wichtig, seine Schülerinnen und Schüler vorzubereiten, denn wenn er vorher gewusst hätte, wie er sich gegen einen Hai hätte verteidigen müssen, wäre der Unfall nicht passiert."

„Doch, das Biest hätte mich angegriffen – und ich hätte ihm einen Tritt verpasst, der gesessen hätte."

Judy lächelte mild. Natürlich hätte er das. Vielleicht hätte er den Hai damit sogar wirklich verscheucht. Oder verärgert, denn in dem Artikel, den ich irgendwann einmal gelesen hatte, war mehrfach betont worden, dass es wichtig war, Ruhe zu bewahren. Wenn man einen Hai sah, sollte man sich senkrecht im Wasser positionieren und sich mit einer Hand am Brett festhalten. Dann galt es, ruhig zu bleiben und sich langsam dem Hai zuzudrehen, ihn zu fixieren. Abwarten, hoffen, dass er das Interesse verlor. Sobald er nicht mehr zu sehen war, aufs Brett legen und ruhig und mit gleichmäßigen Armzügen zum Ufer paddeln. Die Beine auf dem Board lassen. Sich freuen, dass man überlebt hat. Obwohl ich kein Surfer war, hatte ich mir diesen Abschnitt gemerkt, vermutlich, weil es nie falsch war,

Überlebenstipps in den hintersten Winkeln des Gedächtnisses abzuspeichern.

Was Sam getan hätte oder nicht, spielte jetzt keine Rolle mehr, denn der Angriff hatte seine potenzielle Surfkarriere beendet und anscheinend den Grundstein für die *Surfers' Heart* gelegt.

Judy erzählte weiter. „Erst wollten wir auf Hawaii bleiben. Wir sparten auf eine eigene Surfschule. Sam hatte das Glück, einen Job als Surflehrer zu ergattern und ich durfte stundenweise im Laden aushelfen. Mit jedem Jahr, das verstrich, erkannten wir, wie schwer es sein würde, sich auf Hawaii etwas Neues aufzubauen, mit dem man erfolgreich sein konnte. Die Konkurrenz ist riesig, denn Hawaii ist die Insel, auf der das Wellenreiten groß wurde. Das weiß jeder. Der Druck wuchs ins Unermessliche, wir fühlten uns zunehmend von der Idee erdrückt. Schließlich haben wir beschlossen, uns einen Spot zu suchen, an dem man fantastisch surfen kann und der weniger überlaufen ist als Hawaii. Es ging nie darum, das große Geld zu verdienen; wir wollten nur genug zum Leben haben."

„Byron Bay", schlussfolgerte ich.

„Byron Bay", bestätigte Judy. „Wieder packten wir unsere Habseligkeiten, dieses Mal sollte es das letzte Mal sein. Als das Grundstück zum Verkauf stand und wir es uns auch noch leisten konnten, schien das Glück perfekt. Wir investierten alles in die *Surfers' Heart*. Es waren harte, aber schöne Jahre."

„Bis die Vergangenheit uns einholte." Nun ergriff Sam überraschend das Wort. „Charlie wurde größer. Ich habe früh erkannt, was für ein Talent in ihr schlummerte. Wir diskutierten, ob wir sie als Kind zu Wettbewerben anmelden sollten, entschieden uns schließlich gemeinsam dagegen, weil wir nicht wollten, dass ihr Leben aus Trainings und Wettbewerben bestand. Charlie sollte Zeit für Freunde und andere Dinge haben. Sie blieb hartnäckig, wollte sich unbedingt mit den anderen Surfern messen. Jedes Jahr wurde es schlimmer und die Kluft zwischen uns größer. Tja, den Rest der Geschichte kennst du."

Ja, den Rest kannte ich. Die Campbells entfernten sich voneinander, das Verständnis für den jeweils anderen schwand Jahr um Jahr. Charlie sah in ihren Eltern zunehmend die Hippies, die ich nach dieser Geschichte vergeblich suchte. Abgesehen von den etwas zu langen Haarmähnen und den etwas zu flippigen Kleidern erschienen sie mir wie ganz normale Eltern, die Fehler machten. Sie unterschieden sich damit wenig von meinen Eltern. Und meine eigene Geschichte kaum von Sams. Erschreckend, wie ähnlich wir alle uns waren.

Im Gegensatz zu den Problemen, die ich mit meinem Vater hatte, sah ich bei Judy, Sam und Charlie noch Hoffnung. Die Wunde, die sie ihrer Tochter zugefügt hatten, war riesig. Ihre Fehler groß, denn sie waren feige davongelaufen, hatten sich nach Nepal abgesetzt, jemandem vertraut, der nichts auf sein Wort gab, anstatt ihrer Tochter die Wahrheit zu sagen. Am Ende war alles, was Charlie etwas bedeutet hatte, zerstört worden. Im wahrsten Sinne des Wortes. Wäre ich nicht gewesen, hätte der neue Eigentümer das Gebäude samt Inhalt weggerissen, inklusive des Briefes, den Judy und Sam Charlie hinterlassen hatten.

Zum Glück war ich vor Ort gewesen, um die Sachen der Campbells rauszuholen. Unter der Feigheit und den ganzen Missverständnissen erkannte ich die Liebe zweier Eltern für ihr einziges Kind, das ihnen so ähnlich war. Ein starkes Familienband.

Ich dachte daran, wie tapfer Charlie in den letzten Wochen gewesen war, dachte daran, wie häufig sie ihre Traurigkeit weggelächelt hatte. Da war dieser kleine Funke Hoffnung. Winzig, aber vorhanden. Also sagte ich: „Noch könnt ihr es kitten. Es ist nicht zu spät, die Sache zu bereinigen.“

Judy und Sam warfen sich einen Blick zu. „Wie?“

„Gebt Charlie die Chance, die sie von Anfang an verdient hat. Unterstützt sie, helft ihr, das neue Gesicht der zukünftigen *Surfers' Heart* zu sein. Vielleicht verzeiht sie euch dann. Vielleicht könnt ihr sogar als Familie in Byron Bay bleiben, wenn auch nicht mehr als Geschäftspartner.“

Zwischen uns breitete sich ein Schweigen aus, das nur vom lauten Denken und der nonverbalen Kommunikation der beiden unterbrochen wurde. Schließlich war Sam derjenige, der sagte: „Ich muss zugeben, das mit euch beiden kam unerwartet.“

Darauf konnte ich nur mit den Schultern zucken. Was sollte ich antworten? Charlie war über mich gekommen wie ein Sturm an einem strahlenden Sommertag. „Hat sich so ergeben“, entgegnete ich vage. Unter keinen Umständen würde ich die Details unseres Zusammenkommens vor Charlies Eltern ausbreiten. Freie Liebe mochte ihr Ding sein, meines nicht.

Sam ging nicht auf meinen Kommentar ein. „Aber du scheinst hinter ihr zu stehen, und das weiß ich zu schätzen. Also gut. Sag uns, was sie … was *ihr* vorhabt.“

35. We can do everything

Charlotte

Am nächsten Tag durfte ich das Krankenhaus verlassen. Auf Krücken überquerte ich in Schneckentempo den Parkplatz. Ich hatte gedacht, der Taxistand befände sich direkt vor dem Eingang. Jetzt, mit einem kaum belastbaren Bein und unangenehm in die Arme drückenden Plastikgehhilfen kamen mir die wenigen Meter vor wie ein Tagesmarsch. Und zwar bergauf.

Mein Bein pochte. In zwei Wochen war der Byron-Bay-Cup, ich betete zu allen Göttern dieser Welt um schnelle Heilung. Ich war nicht religiös, aber wenn es eine Macht gab, die Einfluss auf meine Heilung hatte, hoffte ich, dass derjenige oder diejenige mich erhörte. Poseidon. Neptun. Thetys. Irgendwer. Denn momentan war ans Surfen nicht zu denken.

Ich sah auf und stockte. „Mum? Was machst du denn hier?"

„Dich abholen natürlich." Sie stieß sich von einem alten Wagen ab, den ich noch nie zuvor gesehen hatte, und kam auf mich zu.

„Wo ist Alex?"

„Der hat einen Kurs und mich gebeten, dich abzuholen. Das hätte er nicht extra tun müssen, denn natürlich hole ich meine Tochter ab. Ich bin gern hier – und ich habe eine Überraschung für dich."

Ich blinzelte einige Male. „Was ist mit Hao? Hatte der keine Zeit?"

Mum verdrehte die Augen. „Herrgott, Charlie. Nun steig schon endlich ein. Ich bin deine Mutter, nicht deine Entführerin." Sie öffnete die Beifahrertür und hielt sie mir auf. Ich blieb stehen und musterte sie, überlegte, welche Konsequenzen es hätte, mit dem Taxi zu fahren. Mum wäre traurig, was mir nicht so egal war, wie es sein sollte. Ich war weiterhin wütend, keine Frage, aber diese Wut hatte sich als Grundrauschen in meinen Kopf verankert und schlummerte dort, wartete gespannt auf die nächsten Schritte meiner Eltern, auf meine nächsten Schritte. Erst dann würde sie entscheiden, ob sie ausbrach und alles zu Kleinholz schlug oder sich still und heimlich verkroch.

„Na schön." Ich humpelte zur Autotür und ließ mir von Mum auf den Beifahrersitz helfen. Sie verstaute die Krücken auf der Rückbank, ging ums Auto herum und setzte sich hinter das Steuer.

„Gut, dann wollen wir mal", murmelte sie mehr zu sich selbst.

„Wohin eigentlich? Wo wohnt ihr?" Und bevor ich den Seitenhieb verhindern konnte, waren die Worte ausgesprochen: „Unser Haus ist schließlich Schutt und Asche."

Mum schluckte hörbar und atmete tief durch, bevor sie antwortete. „Wir haben uns ein kleines Apartment gemietet. Für den Anfang wird's reichen."

Natürlich interessierte mich brennend, wie sie gedachten, weiterzumachen. Wollten sie zurück nach Nepal? Oder in Byron Bay bleiben? Oder ganz woanders hin? Wenn sie in Byron Bay leben wollten, wie würden wir zueinander stehen? Gab es noch eine Chance für unser empfindliches Konstrukt namens Familie?

„Hast du Hunger, Liebes?", fragte Mum in meine Gedanken hinein.

„Ein bisschen."

„Dann such dir was aus."

„Pancakes", sagte ich wie aus der Pistole geschossen.

Irritiert warf sie mir einen kurzen Seitenblick zu, ehe sie sich wieder auf den Verkehr konzentrierte. Auf den Straßen war wenig los, aber ich schätzte sehr, dass sie zu den Leuten gehörte, die beim Reden meistens den Asphalt und das Geschehen auf diesem im Blick behielten. Bei Dad war ich immer angespannt, denn er redete mit seinem Beifahrer wie in einer Bar. Fokussiert, ständiger Blickkontakt. Erstaunlich, dass er bisher keinen Unfall gebaut hatte.

„Pancakes? Wie kommst du denn darauf?

„Ich habe einfach Bock auf gute Pancakes. Die nach unserem amerikanischen Rezept."

Mum lachte. „Einverstanden, dann mache ich Pancakes. Dafür muss ich nur rasch am *Bay Grocer* anhalten, um Eier zu holen."

Ich aß so viele Pancakes, bis mir schlecht war. Der süße klebrige Ahornsirup auf dem fluffigen Teig –

sündhaft lecker. Dazu frische Blaubeeren. Wir befanden uns in einem Apartment, das nur mit dem Nötigsten ausgestattet war. Alles deutete darauf hin, dass meine Eltern nicht lange bleiben würden, was meinen Überlegungen einen Punkt auf der Nepalseite bescherte. Sogar die Koffer standen noch im Eingangsbereich.

Während mein Magen mit der Ladung Pancakes kämpfte, fragte ich mich zum wiederholten Mal, warum ich hier und nicht bei Alex war. Ich hätte ein Taxi nehmen können, ich hatte eine Wahl gehabt. Man hatte immer eine Wahl. Aber ich kannte die Antwort bereits. Sie waren immer noch meine Eltern. Nach allem, was passiert war. Deshalb war ich hier.

Am späten Vormittag klingelte Hao an der Tür. Seine ernste Miene war undurchdringlich. Ob meine Bauchschmerzen von zu viel Zucker oder von der vibrierenden Anspannung kamen?

Wir setzten uns im Wohnzimmer zusammen, aber niemand wollte den Anfang machen. Mum sah zu Dad, Dad zu Hao, Hao wieder zu meiner Mutter, die wiederum mich ansah.

„Raus mit der Sprache“, forderte ich die drei auf. „Was ist los? Geht es um den Vorfall im Krankenhaus? Ich nehme an, du weißt davon?“ Fragend sah ich Hao an, der nickte. Natürlich hatten sie ihn informiert, schließlich war es das erste Mal gewesen, dass ich meine Eltern vor die Tür gesetzt hatte, weil ich mir nicht länger ihre Ausflüchte und Lügen hatte anhören wollen.

„Wir haben mit Alexander geredet.“ Dad sah mir direkt in die Augen.

„Weshalb?“

„Weil wir dich nie so erlebt und anscheinend eine Menge verpasst haben."

„Das ist eine nette Umschreibung für die riesige Lücke, an der vorher unser Haus und die *Surfers' Heart* gestanden haben. Dafür hättet ihr nicht Alex fragen müssen. Lass ihn einfach in Ruhe." In meinem Magen rumorte es unangenehm.

Dad zuckte mit den Schultern. „Was ist schlimm daran?"

„Dass ihr ihn mit reinzieht!"

„Er sagte selbst, dass ihn das alles etwas angeht, weil ihr beide ein Paar seid." *Touché.* „Aber wollen wir nun wieder darüber streiten, wer wem was wann gesagt hat? Das führt zu nichts."

Da musste ich Dad zustimmen. Die Wut, die Verzweiflung, das Misstrauen, all das führte nur dazu, dass wir uns in rasender Geschwindigkeit auf den Abgrund unserer Existenz zubewegten. Ansonsten half es nichts. Ich seufzte. „Was hat Alex gesagt?"

„Er hat uns von deinem Plan erzählt. Vom *Winter-Blues*-Festival, von den Anmeldungen ohne Surfschule, und wie du dich als Solo-Surflehrerin machst. Er hat uns die neue Website gezeigt und von deinem Training für den Byron-Bay-Cup berichtet. Das alles hat er zwar im Krankenhaus schon erwähnt, aber wir wollten wissen, was dahintersteckt. Ich gebe zu, an deinem Bett waren wir nicht sonderlich empfänglich."

„Und jetzt seid ihr es?"

„Ja."

„Warum?" Auch wenn ich mir vorgenommen hatte, nicht misstrauisch zu sein, fiel es mir nach allem, was geschehen war, schwer.

„Charlie", ermahnte mich meine Mutter. Sofort beschleunigte sich mein Puls. Die Art, wie sie meinen Namen sagte, dieser Tonfall, der mir vorschrieb, ich sollte bloß nicht wieder zu viele Fragen stellen. Wie ich ihn hasste! *Bloody hell* – so würde das nie was werden! Ich schloss die Augen, zwang mich, tief durchzuatmen. Mein Oberschenkel pochte.

Jemand berührte mich am Arm. Hao. „Charlie. Zu einem Fehler gehören immer zwei. Derjenige, der ihn macht, und derjenige, der ihn verzeiht. Das eine funktioniert ohne das andere nicht, zumindest nicht, wenn man gemeinsam einen Weg bestreiten will. Wenn eine der beiden Parteien beschließt, ohne den anderen weitermachen zu wollen, hat der andere keine Chance. Verzeihen erfordert Stärke und Mut. Du bist noch jung, Charlie, aber du bist mutig und stark." *Außer wenn es um die Familie geht. Da kannst du nicht verzeihen.* Hao musste die Worte nicht sagen, denn sie hingen auch so in der Luft.

Und verdammt, ja, er hatte recht, obwohl ich mich fragte, wie er so ruhig bleiben konnte. Schließlich hatten meine Eltern ihn ebenfalls verraten, nicht nur mich. Sie hatten auch seine *Surfers' Heart* zerstört, hatten auch ihn in Byron Bay sitzen gelassen, ihn ebenfalls nicht informiert. Er hatte allen Grund, wütend zu sein, dennoch sah er mich nur aus traurigen dunkelbraunen Augen an.

Mir fiel es schwer, meinen Eltern den Wandel abzukaufen. Meine Wut blockierte mich. Warnte mich davor, ihnen zu vertrauen. Beim letzten Mal hatte es mir das Herz gebrochen.

„Mum. Nimm es mir bitte nicht krumm. Erst macht ihr monatelang euer eigenes Ding, ohne ein Wort mit mir zu reden, und jetzt, wo Alex euch eine Ansage gemacht hat, hört ihr mir zu und interessiert euch für meine Ideen? Sorry. Ich kann euch das nicht glauben.“

Sie schluckte meine Vorwürfe. „Dich im Krankenhaus zu sehen, hat uns die Augen geöffnet. Wir haben Fehler gemacht. Wir alle. Als Familie haben wir versagt, weil wir aufgehört haben, miteinander zu reden. Aufgehört haben, einander zuzuhören. Am Ende ist der Unfall nur passiert, weil du dich verpflichtet gefühlt hast, für den Cup zu trainieren, um ein Preisgeld zu gewinnen, mit dem du dich selbstständig machen kannst.“

Sie hatten echt nichts kapiert. „So ein Quatsch! Ich will seit Jahren am Cup teilnehmen, und das wisst ihr genau. Ich wollte endlich wissen, ob ich mit anderen Surferinnen mithalten kann, und jetzt bin ich so weit! Das hat nichts mit dem Geld zu tun. Okay, ich gebe zu: Nachdem die Pläne mit der *Surfers’ Heart 2.0* Gestalt angenommen hatten, war das Preisgeld ein zusätzlicher Trainingsanreiz. Ich will auf eigenen Beinen stehen, und Alex nicht auf der Tasche liegen. Ich kann das Ding gewinnen.“

„Wie dem auch sei“, sagte Mum, „wir denken auch, dass du gewinnen kannst. Und genau aus diesem Grund wollen wir dich unterstützen. Ab sofort gibt es keine Alleingänge mehr, keine wagemutigen Trainings, und erst recht kein Gegeneinander. Wenn du jetzt trainierst, dann ohne Druck im Nacken, weil wir dich unterstützen werden. Erst haben wir es auf unsere

Weise versucht, das hat nicht geklappt. Nun machen wir es auf deine."

Ich wagte kaum zu glauben, was ich da hörte. Wir? Sollte das wirklich der Wendepunkt sein? Mein Blick huschte zu Hao, der ihn auffing und festhielt. Der Ombudsmann. *Du bist mutig und stark*, hatte er gesagt.

Nur wie um alles in der Welt konnte ich verzeihen, was so wehtat?

36. Crocodiles and Macadamias

Alexander

In der Woche nach Charlies Unfall lebten wir aneinander vorbei. Charlie war nicht sie selbst, seit ihre Eltern wieder da waren, und mir gefiel nicht, dass sie ununterbrochen grübelte. Zwar hatten sich die Campbells ausgesprochen, aber ihr Verhältnis hatte sich über viele Jahre schleichend verschlechtert, da bedurfte es mehr als ein gutes Gespräch, um die Risse zu kitten.

Charlie war rastlos, ging zu hart mit sich ins Gericht und stand schon wieder auf dem Brett, obwohl ihr Oberschenkel ihr noch Probleme bereitete. Wenn ich sie drauf ansprach und bat, es ruhiger angehen zu lassen, wich sie mir aus. Sie war wie besessen von der Idee, den Cup zu gewinnen, was mir große Sorgen bereitete. Das einzig Positive an der Geschichte war, dass Judy und Sam Charlie unterstützten. Judy half nun in der *Beach Dive* aus. Das hatte abgesehen davon, dass Charlie mehr Zeit fürs Training hatte und nicht mehr jeden Dollar umdrehen musste, den positiven Nebeneffekt, dass wir uns intensiver um jeden Gast kümmern konnten, weil nicht mehr einer von uns nebenbei den Shop schmeißen musste. Wir waren den Trubel nicht gewohnt und ich hatte anfangs meine Zweifel gehabt, ob ich Judy ertragen könnte. Am Ende des Tages bekam ich sie aber kaum zu Gesicht, und sobald ich den Anflug eines Grolls verspürte, erinnerte ich mich daran, dass ich sie Charlie zuliebe aushielt. Außerdem bemühte sie sich sehr, das Geschehene wiedergutzumachen.

Liv hingegen war begeistert von Charlies waghalsigen Manövern auf dem Wasser, zumindest aus Sicht der Marketingberaterin und Social-Media-Managerin, die sie nun offiziell für Charlie war. Die beiden waren übereingekommen, dass Charlie jegliche Muse für die Präsentation im Internet oder auf anderen Plattformen fehlte und Liv ihr goldener Anker für die raue See aus Likes, Klicks und Kommentaren war. Liv bewegte sich mit einer Selbstverständlichkeit in der digitalen Welt, die ich immer wieder bestaunte, nicht zuletzt, weil niemand in unserer Familie auch nur wusste, wie man dieses Internet wieder ans Laufen brachte, wenn es einmal ausfiel.

Dass in Charlie etwas vor sich ging, bemerkte Liv allerdings auch, und so kam es, dass sie mich eines morgens in ihrer unverbesserlichen Art bat, mich zu kümmern. „Los, geh zu ihr und sprich mit ihr. Lass sie nicht vom Haken, bis sie dir endlich sagt, wo ihr Problem ist. Keiner von uns will sie wieder im Krankenhaus sehen.“

Da ich selbst bereits zu dem Schluss gekommen war, Charlie zur Rede zu stellen und wenn nötig zu bremsen, kam ich Livs Aufforderung nach.

Doch Charlie wäre nicht Charlie, wenn sie es mir einfach machen würde. Bevor ich mit ihr reden konnte, musste ich sie erst finden. Weder trainierte sie auf dem Wasser noch war sie bei ihren Eltern. In der angemieteten Bude traf ich Judy, die mir mitteilte: „Charlie war kurz hier und ist dann sehr früh wieder aufgebrochen. Sie wollte zum *Wildlife Sanctuary*.“

„Was will sie denn da?“, fragte ich völlig perplex. Bisher hatte ich Charlie immer nur im, am oder mit den Gedanken beim Wasser erlebt. Dass sie Interesse an Tieren hatte, war mir neu.

„Das musst du sie wohl selbst fragen. Ach, Alex?“

„Ja?“

„Danke, dass du dich um sie kümmerst und für sie da warst.“

Ich hielt inne und überlegte einen Augenblick, was ich sagen sollte. Mein erster Impuls war ein schlichtes *Gern* zu antworten, was weder meinem tiefgreifenden Bedürfnis gerecht wurde, Charlie zu umsorgen, noch angemessen auf die Ehrlichkeit einging, die in Judys Stimme mitschwang. Da waren all diese Worte und Gefühle in mir, alles, was Charlie und ich in den letzten Monaten erlebt hatten, war mit einem Mal überpräsent. Die Höhen und die Tiefen zwischen uns und Charlies persönliche Odyssee. Judy sah mir erwartungsvoll dabei zu, wie ich mit mir rang, dennoch konnte ich keine angemessene Antwort formulieren.

Also nickte ich Judy freundlich zu, murmelte „Sehr gern“ und fuhr zum Byron Bay Wildlife Sanctuary, das circa zwanzig Kilometer südlich des Main Beach im Landesinneren lag.

Ich fand Charlie bei den Schlangen. Ausgerechnet dort! Ich hasste Schlangen.

„Hey." Ich lehnte mich neben sie an die Brüstung, die einen respektablen Abstand zum vollverglasten Gehege hatte. Warum gerade Schlangen, wo das Sanctuary auch Koalas und Kängurus beherbergte?

„Hey", erwiderte sie und schien nicht überrascht über meine Anwesenheit.

„Ist alles okay bei dir?"

Sie beobachtete eine Schlange, die kurz den Kopf gehoben hatte und sich nun wieder einrollte. „Wusstest du, dass in Australien insgesamt zweihundertfünfzigtausend Krokodile leben? Davon sind einhundertfünfzigtausend Salzwasserkrokodile, *Saultys*. Früher dachte ich immer, sie hießen so, weil sie nur im Salzwasser überleben – ich hatte ihretwegen ziemliche Angst vor dem Meer. Dann habe ich erfahren, dass sie sich vorwiegend im Norden Australiens angesiedelt haben, weil es dort schön kuschelig warm ist. Und zwar sowohl im Salzwasser als auch im Süßwasser. Sie heißen nur Salzwasserkrokodile, weil ihnen wohl salziges Futter besser schmeckt – wer kann es ihnen verübeln? Ihr Vorkommen hat also in keiner Weise etwas mit dem Salz- oder Sauerstoffgehalt im Wasser zu tun wie bei Fischen. Tja, die Wahrscheinlichkeit, im Adelaide River oder im Northern Territory als Snack zu enden, ist fast so hoch wie bei uns von einem Hai angegriffen zu werden. Insgesamt führt Australien die weltweite Statistik mit den meisten Todesfällen durch Wildtiere an. Paradox ist, dass die wenigsten, die sich mit einer

Australienreise oder einer Auswanderung beschäftigen, sich vor den großen Tieren fürchten, sondern mehr vor dem Kleinvieh. Und vor Schlangen."

Zu denen ich definitiv gehörte.

„Wusste ich nicht", murmelte ich. „Ich dachte immer, wir hätten hier Alligatoren."

Charlie heftete ihren Blick weiterhin fest auf das unspektakuläre Terrarium vor sich. In meinem Hals bildete sich ein Kloß. Sie musste nichts sagen, um mir deutlich zu signalisieren, dass sie Sorgen hatte. „In Australien gibt es keine Alligatoren oder Kaimane, nur verschiedene Arten von Krokodilen. Man unterscheidet sie an ihren Mäulern. Der Alligator hat ein breites u-förmiges Maul und das Krokodil ein schmales v-förmiges Maul. Ein ausgewachsenes Krokodil ist wesentlich größer als ein Alligator. Krokodile sind reine Fleischfresser. Wie gesagt, ich habe mich erkundigt." Nun sah sie mich an und lächelte schief. Mein Herz schlug einen Takt schneller. „Du fragst dich sicher, warum ich dir einen Vortrag über Krokodile halte."

„Ehrlich gesagt schon."

„Das erzähl ich dir bei einer Tüte Macadamias, denn die sind hier absolute Weltklasse."

Charlie hatte nicht zu viel versprochen. Im Shop hatten wir zwei Tüten vortrefflicher Macadamias erworben, den Klassiker mit Salz und eine ausgefallenere Variante mit Kokosnuss und Honig. Außerdem zwei große Latte Macchiato. Wir saßen in der milden Wintersonne auf einer Bank unweit des Shops und beobachteten das Treiben. Mittlerweile war es später Vormittag und das *Wildlife Sanctuary*, das früher unter dem Namen *The Macadamia Castle* bekannt gewesen war, wartete neben den Wildtiergehegen mit einigen themenparktypischen Attraktionen auf – und hervorragenden Speisen aus und mit Macadamias, der Königin der Nüsse. Die Kombination war fragwürdig, insbesondere die Einheimischen fanden immer wieder Grund zum Meckern. Ich war der Meinung, dass so mehr Touristen der Wildtierrettung Geld in die Kassen spülten, und das wiederum kam dem Wildtier-Krankenhaus in der Nähe zugute.

Ich hatte meinen Arm um Charlie gelegt. „Hao hat vor einigen Tagen wieder mal etwas sehr Kluges gesagt. Das ist nichts Neues, macht er öfter. Aber das war außerordentlich schlau“, sagte Charlie.

„Was hat er denn gesagt?“

„Er meinte, ich wäre mutig und stark, und beides bräuchte man, um einem Menschen, der einen Fehler gemacht hat, zu verzeihen.“

„Deine Eltern.“ Natürlich ging es um Judy und Sam, die nach Charlies Unfall unverzüglich ihren Nepalaufenthalt abgebrochen und sich in den nächsten Flieger gesetzt hatten, um bei ihrer Tochter zu sein. Obwohl sie sie zuvor im Stich gelassen und den Eindruck vermittelt hatten, alles würde sie einen feuchten Dreck interessieren.

Sie seufzte. „Ich will ihnen wirklich verzeihen, weil ich sehe, dass es ihnen leidtut und sie sich redlich bemühen, aber ich bin wütend. Auf ihren Lebensstil, dieses groteske Hippiedasein, diese Versessenheit, bloß nicht zu sehr Teil der Gesellschaft zu sein, obwohl es ohne nicht geht – zumindest nicht, wenn man auf Kunden angewiesen ist. Seit Jahren verstehe ich nicht, was bei ihnen los ist. Wie soll ich das einfach abstellen?“

Ich ahnte, dass sie sich diese rhetorische Frage bereits beantwortet hatte oder auf dem besten Weg war, eine Lösung für sich zu finden.

„Also versuche ich, sie zu verstehen. Warum haben sie sich für diese Art von Leben entschieden, warum Hawaii, warum Byron Bay? Wir haben viel geredet, und ehrlich gesagt schwirrt mir der Kopf. Mum hat gesagt, sie hätte dir von Dads Unfall damals erzählt. Dass er Surfprofi werden wollte und ein Hai seine Karriere beendet hat. Obwohl ich die vernarbte Haut ständig sehe, habe ich aufgehört, darüber nachzudenken. Über das, was dieser Unfall bewirkt hat, was er mit Dad, mit Mum und auch mit mir gemacht hat. Wie wären unsere Leben verlaufen, wenn dieser Hai Dad nicht gebissen hätte? Ich meine, wie hoch ist die Wahrscheinlichkeit, von einem Hai attackiert zu werden? Eins zu Lottogewinn? Ich erinnere mich nicht mehr an den Unfall, aber ich weiß, was danach war. Dad war wochenlang im Krankenhaus, kaum entlassen ging er weniger surfen, nahm einen Job in der nächstbesten Surfschule an, der ganz okay war. Trotzdem war er nie mehr derselbe. Der Unfall hat ihn verändert, uns als Familie. Ich frage mich, wenn dieser Hai nicht zur selben Zeit am selben Ort wie Dad gewesen wäre, wären wir dann noch auf Hawaii? Oder würden wir wie Vagabunden um die Welt ziehen, immer auf der Suche nach der perfekten Welle?" Sie hielt kurz inne, wählte ihre nächsten Worte mit Bedacht. „Ich weiß es nicht, und es spielt auch keine Rolle, weil alles anders kam. In einer Sache bin ich mir jedoch sicher: Sie hätten mir erlaubt, an Surfcontests teilzunehmen. Mich unterstützt. Tja, ich fange an zu verstehen, warum sie mir die Wettbewerbe verboten haben. Weil sie nicht wollten, dass mich ein Unfall so verändert wie Dad.“

„Und, hilft dir diese Erkenntnis? Wirst du ihnen verzeihen können, dass sie weggelaufen sind?“

„Ich weiß es nicht. Wie gesagt, ich will es versuchen, denn falls ich je Kinder habe und mal etwas wirklich richtig Blödes mache, das sie total verletzt, dann würde ich mir von Herzen wünschen, dass sie mir verzeihen.“ Erneut schenkte sie mir ein halbes Lächeln, das jetzt ein bisschen weniger traurig, ein bisschen weniger bitter wirkte. „Aber ich schätze, es wird noch dauern. Vor allem, weil ich auch Schiss habe, Alex.“

„Vor Krokodilen?“

Endlich lachte sie. Ein heller Ton, der von einem kräftigen Fausthieb gegen meinen Oberarm begleitet wurde.

„Hey!“ Kaffeeschaum schwappte durch die kleine Öffnung des Plastikdeckels, den ich sofort abtrank. „Der gute Kaffee – und aua, mein Arm!“ Ich rieb mir die Stelle, die zwiebelte. Die gute Frau Surferin hatte einen ordentlichen Schlag drauf. Als wäre ich nicht genug gepeinigt, schnappte sie sich auch noch ein paar Macadamias aus meiner Tüte, die sie eine nach der anderen genießerisch aß. Ich betrachtete sie kopfschüttelnd, zog sie an mich und drückte ihr einen Kuss auf den Haaransatz.

Eine Weile saßen wir eng aneinander gekuschelt schweigend da, die Welt ausblendend, zufrieden Nüsse essend und Kaffee trinkend, losgelöst, weil Charlie mir endlich ihre gar nicht mal so wirren Gedanken anvertraut hatte. Für mich waren ihre Ängste und ihr Verhalten logisch und nachvollziehbar.

Dann, als ich längst nicht mehr damit rechnete, flüsterte sie: „Was, wenn sie mich wieder ausschließen? Wenn wir es nicht schaffen, eine Familie zu sein? Wenn sie wieder davonlaufen, wenn die nächste Hürde kommt?"

„Das werden sie nicht tun", antworte ich mit absoluter Gewissheit. Judy und Sam hatten großen Mist gebaut, keine Frage, aber sie legten sich mächtig ins Zeug. Sie bereuten und büßten.

„Ich hoffe, du hast recht."

37. The perfect wave

Charlotte

Wie sich herausstellte, war meine Sorge, was einen Alleingang meiner Eltern anging, unberechtigt. Zumindest aktuell. Alex hatte recht, sie legten sich ins Zeug wie nie zuvor. Fast war es mir unangenehm, wie sie sich um mich bemühten. *Charlie, brauchst du etwas? Charlie, sollen wir dir helfen? Charlie, wie ist der nächste Schritt? Was sollen wir tun?*

In wenigen Wochen war ich von der Interims-Besitzerin einer abgerissenen Surfschule zur Surflehrerin ohne Verleih bis hin zum Familienoberhaupt mutiert, nach dessen Meinung sich alle richteten. Wir waren den *Rettet-die-Surfers'-Heart-Plan* einmal gemeinsam durchgegangen, und zwar Mum, Dad, Hao, Alex, Liv und ich. Die Bezeichnung hatten wir bewusst so gewählt, weil es immerhin noch einen guten Namen zu retten galt. Die *Surfers' Heart* war eine Größe in Byron Bay. Auch wenn das Gebäude hinüber war, sollte ihr Geist weiterleben. Für mich.

Nun gab es also dieses fragile Familie-Campbell-Konstrukt, von dem ich noch lange nicht überzeugt war. Und ein Team, für das ich durchs Feuer gehen würde. Das Glück, Alex und Liv an unserer Seite zu haben, war unbeschreiblich und allein dem Umstand geschuldet, dass es bei Alex weiterhin überragend gut lief. Die *Beach Dive* war ausgebucht, weshalb Alex von morgens früh bis in den späten Nachmittag hinein selbst genug zu tun hatte, aber dank Joshs Unterstützung konnte er sich immer wieder losreißen. Ebenso wie Liv, die marketingtechnisch so viel für die *Beach Dive* vorbereitete hatte, dass sie nur ab und an frisches Material benötigte und ansonsten für Berichte und Beiträge auf einen enormen Fundus zurückgreifen konnte. Nicht zum ersten Mal bewunderte ich sie für ihre perfekte Organisation, die sich nun auszahlte. Kaum zu glauben, dass sie einige Jahre jünger war als ich und in wenigen Wochen erst mit dem Studium beginnen würde. Ich würde sie sehr vermissen.

Jeder hatte seine Aufgaben. Dad kümmerte sich um Anfragen, die über die neue Website reinkamen, Mum half im Shop der *Beach Dive* aus und übernahm die Aufgaben, die ich zuvor erledigt hatte. Ich trainierte. Wenn ich den Cup gewann, würde ich ein Preisgeld von zehntausend Dollar gewinnen. Das war eine stolze Summe, die ich als Startkapital für die Anmietung eines neuen Gebäudes nutzen konnte. Oder für neue Boards. Die Einnahmen aus den Kursen flossen in diese Gedanken mit ein – Alex, der sich dank seiner Neueröffnung erst kürzlich mit all diesen Themen befasst hatte, unterstützte Hao bei der Planung. Und Liv? Sie klebte an mir und fotografierte, filmte jede meiner Bewegungen.

Dann kam der große Tag.

Ich hatte es mit zwei anderen Frauen ins Finale geschafft; das *Surfers'-Heart*-Rettungsteam sah sich das Spektakel von den Logenplätzen aus an, die sie sich vor der *Beach Dive* eingerichtet hatten. Der Strandabschnitt war für Besucher weitestgehend abgesperrt worden.

Wir befanden uns in der letzten Heat, den letzten zwanzig Minuten, die über Sieg und Niederlage entschieden. Unsere zwei besten Surfs wurden bewertet, mehr nicht. Aber während ich mitbekam, wie meine Konkurrentinnen eine Welle nach der anderen surften, schaufelte ich mit gleichmäßigen Bewegungen das Wasser von mir weg, wie ich es unzählige Male zuvor getan hatte. Die perfekte Welle versteckte sich vor mir.

Vom Strand schwappte die durch Lautsprecher verzerrte Stimme des Moderators zu mir. „Heute mit Startnummer zwölf: Charlotte Campbell! Lucy, was wissen wir über die Newcomerin, die es mit ihrem kräftigen, schnörkellosen Surfstil direkt ins Finale geschafft hat?"

„Nun, Rick, Charlie mag zum ersten Mal an einem Surfcontest teilnehmen, aber die große Unbekannte ist sie nicht, zumindest hier nicht, im schönen Byron Bay! Apropos – ist es nicht ein herrlicher Tag?"

„Absolut! Die Sonne strahlt an ein paar Schäfchenwolken vorbei, stetiger Wind und ordentliche Wellen, einfach perfekt. Nun zurück zu Miss Campbell, die gerade auf ihren Moment zu warten scheint."

„Charlotte, sorry, ich meine *Charlie*, ist die Tochter von Samuel und Judith Campbell, den Inhabern der *Surfers' Heart*. Stell dir vor, die wurde kürzlich erst abgerissen und es geht das Gerücht um, dass Charlie bald neu eröffnen wird. Sie stand vermutlich schon auf dem Brett, bevor sie richtig laufen konnte. Warum sie nicht früher teilgenommen hat, ist unklar. Fakt ist jedoch, dass der Byron-Bay-Cup ein absolutes Heimspiel für sie ist, denn keine andere Teilnehmerin kennt die Wellen am Main so gut wie sie. Wir dürfen also Großes erwarten!"

Klar, baut ruhig ein bisschen Druck auf, schoss es mir durch den Kopf. Während sie weiter über die *Surfers' Heart,* die Hintergründe des Abrisses und meine bisherigen Surferfahrungen philosophierten, blendete ich das Moderatorenduo weitestgehend aus.

Da sah ich sie. Diese eine Welle, die sich von denen davor und allen, die danach kämen, abhob. Die eine, die mein Können herausforderte, mein Talent untermalte, mich als Königin präsentierte, während ich sie bezwang. Ich hielt auf sie zu, fixierte sie, ruderte, so schnell ich konnte. Mein Körper vibrierte vor Nervosität und Adrenalin. Vergessen war all die harte Arbeit der letzten Wochen, der Krach mit meinen Eltern, die Liebe, die ich für Alex empfand, der Unfall, der Schmerz in meinem Oberschenkel. Jetzt gab es nur mich und diese Welle.

Mit einem kräftigen Ruck sprang ich aufs Brett, spürte kurz, wie mein Bein unter der Belastung zitterte, sich aber stabilisierte. Zwölf Sekunden, so lange war eine Welle im Schnitt am Main surfbar, bevor sie in sich zusammenfiel – nur zwölf Sekunden, um zu zeigen, wer Charlotte Campbell war.

Ich surfte, als hinge mein Leben davon ab. Mit angewinkelten Knien nahm ich eine gebeugte Haltung ein, durchbrach mit den Fingerspitzen die Wasseroberfläche. Schmiss das Board mit aller Kraft nach rechts, links, berauscht, wie von Sinnen, verlangte ich mir selbst und meinem Brett alles ab. Setzte alles auf eine Karte. Wagte zum Schluss einen Sprung, schwebte für einen Augenblick über dem Wasser. Das Salz auf meiner Haut, die Sonne im Hintergrund, in der Ferne Jubel – dann war der Ritt vorbei.

„Wow! Meine Damen und Herren, was war *das* denn?"

Ein lauter Ton erklang, der das Ende der Heat verkündete. Das war unser Zeichen, das Meer zu verlassen. Die Würfel waren gefallen. Ich hoffte, die Jury war ähnlich begeistert wie der Moderator, den es – wenn ich es aus der Entfernung richtig sah – sogar von seinem Platz gerissen hatte.

***

„Platz drei: Lola Williams! Herzlichen Glückwunsch!"

„Charlie, du zerquetschst meine Hand", sagte Alex neben mir.

„Entschuldige." Ich lockerte den Griff, hielt aber dafür den Atem an. Wir starrten abwechselnd zum Siegertreppchen, das auf einer Bühne aufgebaut war, und zum Monitor, wo vor wenigen Sekunden Lolas Wertung erschienen war. Nur noch zwei Namen. Zwei Plätze.

Mit geschlossenen Augen lauschte ich, hörte mein eigenes Blut in den Ohren rauschen, fühlte mein Herz pochen, den Wind, der an mir zerrte.

„Meine Damen und Herren, Platz zwei geht an ..."

Bitte sag nicht meinen Namen, sag nicht meinen Namen.

„... die große Überraschung des heutigen Tages: Charlotte Campbell!"

Applaus brandete auf.

In mir zerbrach etwas. Platz zwei. Zweitbeste. Ich hatte es nicht geschafft, es hatte nicht gereicht. Das, was ich bereits auf dem Wasser befürchtet hatte, war eingetreten. Der eine Ritt war perfekt gewesen, aber eine außergewöhnliche Leistung war nicht genug, wenn die Konkurrenz zwei sehr gute Ergebnisse abgeliefert hatte. Ich hatte versagt.

„Charlie, du musst aufs Treppchen." Alex' sanfter Schub in Richtung Tribüne riss mich aus meinen negativen Gedanken. Mechanisch setzte ich mich in Bewegung und zauberte ein Lächeln auf die Lippen, versuchte zwanghaft, Haltung zu wahren, mir einzureden, dass der zweite Platz auch gut war. Das erste Mal dabei und gleich aufs Treppchen. Aber ich stand nicht ganz oben. Der zweite Platz brachte nur die Hälfte der Siegesprämie ein.

„Herzlichen Glückwunsch!" Hände wurden geschüttelt, Lola gratulierte mir und sagte etwas von wegen guter Leistung und große Überraschung. Ab jetzt würde sie mich auf dem Schirm haben. Dann bestieg Janine Wahlberg ihren ersten Platz und strahlte, wie ich es selbst getan hätte.

38. Waves to my heart

Alexander

Zweite. Charlies Enttäuschung war ihr deutlich anzusehen. Obwohl ihr Surf für meine laienhaften Augen hervorragend gewesen war, war es nicht genug. Die Erstplatzierte hatte sie in der Gesamtwertung knapp abgehängt. Charlies erster Ritt war längst nicht an den zweiten herangekommen, sodass in Summe wenige Punkte gefehlt hatten. Für mich war sie dennoch eine Siegerin. Ich nahm sie in den Arm und drückte ihr einen Kuss auf die Stirn.

„Ich habe nicht gewonnen", murmelte sie. Die Silbermedaille glänzte in der Sonne. Ihre Traurigkeit war schwer zu ertragen. Für Außenstehende mochte es gar verwirrend sein, denn immerhin hatte der Contest-Neuling den zweiten Platz ersurft; eine großartige Leistung, von der man sich in Byron Bay lange erzählen würde. Niemand wusste, dass Charlie die zehntausend Dollar für ihren Neustart gut gebrauchen konnte. Alle sahen nur die getrübte Fassade, keiner den Grund dahinter.

Ich wagte einen Versuch, sie aufzuheitern. „Charlie, hör mal. Du hast dich auf dieses Board gestellt, nur wenige Wochen nach dem Unfall, hast zum ersten Mal überhaupt an einem Wettkampf teilgenommen und dich gegen fast einhundert Teilnehmerinnen aus aller Welt behauptet, die teilweise jahrelange Wettkampferfahrung hatten. Ich weiß, du wolltest Gold holen. Am Ende ist das zweitrangig, denn du hast so viel mehr erreicht: Die Surfszene kennt nun deinen Namen, weil du sie heute umgehauen hast. An deine zweite Wertung kam diese Janine nicht heran! Du kannst wirklich stolz auf dich sein. Ich bin es jedenfalls!"

Das war die Wahrheit, ich empfand Stolz für meine Freundin. Sie war eine Kämpferin.

„Danke, lieb von dir", sagte sie wenig überzeugt. Ich verstand sie zu gut. Sie befand sich in der Falle, die jahrelang mein Leben dominiert hatte: Die gute Leistung war verblasst, weil jemand anderes besser war als man selbst und weil man von sich selbst zu viel erwartet hatte. Ich hoffte, Charlie würde nicht in die gleiche Abwärtsspirale geraten, in der ich mich befunden hatte. Andererseits wusste ich, was hinter ihrem Ehrgeiz steckte, und das war keine persönliche Bestleistung, sondern die *Surfers' Heart*. Jetzt mit ihr darüber zu reden, wäre sinnlos, sie war zu verletzt.

Wir gingen Richtung *Beach Dive*. Nach wenigen Metern hielt uns ein Mann ungefähr Anfang vierzig mit langen, vom Wind zerzausten Haaren und hellblauen Augen auf. „Miss Campbell? Haben Sie einen Moment für mich? Mein Name ist Nick Harding, ich bin von *Seafinity*." Er deutete auf ein Logo auf seinem Hoodie, ein stilisierter Surfer auf einer Welle in einem Kreis.

Ich wollte ein „Noch nie gehört" murmeln, verkniff es mir und sah stattdessen fragend Charlie an. Die nickte nur, machte aber keine Anstalten, mich wegzuschicken, sondern stellte mich als ihren Freund vor. Harding und ich reichten uns die Hand.

„Sie können sich bestimmt denken, worum es geht", eröffnete er.

„Nein, eigentlich nicht." Charlie sah mich fragend an. Ich zuckte mit den Schultern und die Art, wie er sich verhielt, ließ mich vermuten, dass wir mit Harding einen Talentscout vor uns hatten.

„Sie haben uns doch das Video geschickt?" Hardings wirkte inzwischen ebenfalls irritiert.

„Welches Video?" Sämtliche Farbe war aus Charlies Wangen gewichen. Also kein Talentscout.

„Das, auf dem Sie sensationell surfen, wenn ich das so sagen darf. Es sind verschiedene Sequenzen – nun, wie dem auch sei. Es hat uns gefallen. Ehrlich gesagt waren wir ziemlich aus dem Häuschen. Wir haben selten jemanden gesehen, der so eins mit sich, dem Board und dem Meer wirkt wie Sie, Miss Campbell."

„Welches Video?", wiederholte Charlie und schielte zu mir rüber.

„Ich habe keine ... Liv! Sie muss das Video verschickt haben. Olivia Reid, meine Schwester", ergänzte ich für Harding, dessen Stirn erneut Falten zierte.

„Bitte sagen Sie mir nicht, dass wir im Besitz eines unautorisierten Videos sind und Sie kein Interesse an einem Sponsoring haben?" Harding seufzte.

„Sponsoring? Was?" Charlie hielt inne. Ich beobachtete sie ganz genau, konnte jeden ihrer Gedankengänge förmlich mithören, weil in ihrem Gesicht so viel los war. Sie war sauer auf Liv, da sie das Video ohne ihr

Wissen eingeschickt hatte. Doch ein Sponsoring bedeutete eine Chance für die *Surfers' Heart*. Innerhalb von Sekunden wägte sie ab.

Dann traf sie einen Entschluss, gefolgt von einem zaghaften Lächeln. „Dass Sie das Video erhalten haben, ist vollkommen korrekt. Ich bin nur noch etwas durch den Wind, entschuldigen Sie bitte. Miss Reid kümmert sich vollumfänglich um meine Marketingangelegenheiten. Also alles bestens. Ich bin ganz Ohr!"

***

„Und dann hat er mir ein Sponsoring angeboten! Ich war erst skeptisch, bis Alex und ich uns die Klamotten von *Seafinity* angesehen haben – die sind der Hammer!"

Wie gut es tat, Charlie nach ihrer vermeintlichen Niederlage beim Cup so schnell wieder strahlen zu sehen. Dennoch würde ich Liv, die sich schon die ganze Zeit im Hintergrund hielt, die Ohren lang ziehen. Was hatte sie sich dabei gedacht, einfach ein Video an mögliche Sponsoren zu schicken, ohne vorher um Erlaubnis zu fragen? Andererseits war ich froh, dass sie genau das getan hatte, denn so hatte Charlie gar nicht erst die Gelegenheit gehabt, Nein zu sagen.

Wir waren alle in der *Beach Dive* zusammengekommen, standen nun draußen am Grill, wo Würstchen und Maiskolben vor sich hin brutzelten.

Charlie fuhr fort: „Nick meinte auch, ich bräuchte einen YouTube-Kanal, auf dem ich immer wieder neue Videos uploaden könnte, gegebenenfalls auch in einem Livestream meine Fans – *Fans*, das war seine Wortwahl! – mitnehmen könnte. Ich habe keinen Plan, was er genau damit meint, aber ich sagte zu ihm: *Ach Nick, ich habe doch schon einen YouTube-Kanal.* Woraufhin er überrascht fragte: *Wirklich? Wie heißt der denn?* Er hat schon sein Smartphone gezückt, um sich eine Notiz zu machen, da sagte ich: *Sie finden meinen Kanal auf der Website und natürlich auf YouTube. Es ist noch nicht viel los dort, doch soweit ich weiß, hat Liv bereits zwei oder drei Videos hochgeladen.*" Charlie trank einen Schluck Ingwerbier und schien das Hinauszögern der Pointe zu genießen. Der Name des Channels war bisher ein gehütetes Geheimnis zwischen meiner Schwester und Charlie geblieben. Livs Augen funkelten. Charlie fuhr mit dem Zeigefinger einen Kreis um die Flaschenöffnung.

„Sag schon!", forderte sie ausgerechnet Hao auf, der Ruhigste von uns allen.

Endlich sah Charlie auf, unsere Blicke trafen sich: „*Waves to my heart.* Und ich finde den Namen verdammt passend."

39. The Future is ahead of us

Charlotte

„Und du bist dir ganz sicher?", fragte ich zum ungefähr eintausendsten Mal. Alles musste wasserdicht sein, bevor ich aufsprang, um den billigen Champagner aus dem Kühlschrank zu holen und ihn lachend zu entkorken.

Hao nickte. Vor ihm stand der aufgeklappte Laptop, links und rechts von ihm lagen Stapel an Unterlagen. Darunter auch der unterzeichnete Sponsoringvertrag für *Seafinity* und der Scheck über die fünftausend Dollar Preisgeld vom Byron-Bay-Cup.

„Ja, es reicht. Aber es wäre besser, wenn ..." Weiter kam er nicht. Ich sprang von meinem Platz am Esszimmertisch auf, an dem wir alle gehockt hatten, um erwartungsvoll Haos Analyse abzuwarten, entschied mich dann aber dazu, nicht auf direkten Weg den Champagner anzusteuern. Stattdessen umarmte ich Hao, so fest ich konnte, gab ihm einen dicken Schmatzer auf die Wange, die er sich glucksend mit dem Handrücken abwischte. Dabei war der Kuss nicht mal feucht gewesen.

Erst dann holte ich den Champagner, schenkte uns allen ein und verteilte Gläser. Der Schaumwein reichte nur für eine Pfütze pro Glas, denn die Hälfte war beim Köpfen bereits in der Küche verteilt worden, aber hier ging es nicht ums Trinken, sondern um die Symbolik. Das war ein großer Moment. Er würde zwar nicht in die Geschichtsbücher eingehen, allerdings in die persönliche Historie der *Surfers' Heart*. Ein kleiner Schritt für die Menschheit.

Plötzlich war mir danach, ein paar Worte zu sagen. Hao, Mum, Dad, Alex und Liv sahen mich überrascht an, als ich mich nicht wieder zu ihnen setzte, sondern mit etwas Abstand zum Tisch das Glas erhob.

„Was für ein Ritt!", begann ich. „Vor zwei Monaten haben Mum und Dad mir die Verantwortung für die *Surfers' Heart* übertragen. Was dann passiert ist, wisst ihr alle. Als ich glaubte, alles sei zu Ende, haben diese wundervollen Menschen mir geholfen, wieder aufzustehen." Ich deutete mit einer raumgreifenden Geste auf Hao, Alex und Liv. „Wir wissen alle, dass die *Surfers' Heart* eigentlich verloren war, ihr kennt die Geschichte, ihr kennt die Zahlen. Aber *eigentlich* bedeutet in der Familie Campbell nichts. Das Gebäude ist weg, das Grundstück ist weg, doch das, was die *Surfers' Heart* ausmacht, lebt weiter. Wir sind die Surfschule – ich bin die *Surfers' Heart!* Seht euch an, was wir erreicht haben!" Mit dem Sektglas deutete ich unbestimmt in Richtung des Schildes, das wir rasch neben dem Eingang der *Beach Dive* platziert hatten und auf dem in verschnörkelter Schrift *Surfers' Heart* zu lesen war.

Mit dem zweiten Platz beim Byron-Bay-Cup hatten uns die Leute praktisch die Bude eingerannt, so ziemlich jede und jeder, der auch nur ein oder zwei Tage in Byron Bay war und über die Lokalpresse Wind bekommen hatte, wollte bei mir surfen lernen. Ich hatte alle Hände voll zu tun, und die wenigen Bretter, die den Abriss überstanden hatten, waren im Dauereinsatz. Im Shop der *Beach Dive* war ein mobiler Kleiderständer eingezogen, auf dem nagelneue Surfanzüge hingen, die ich vom Preisgeld gekauft hatte. Es war alles provisorisch, unperfekt und wackelig. Aber das war der Beginn der neuen *Surfers' Heart* – Generationswechsel in Byron Bays berühmtester Surfschule.

Ich wusste, allein wäre ich nicht an diesen Punkt gekommen. „Ich danke euch. Liv, deine Lebensfreude und Kreativität, mit der du einfach das tust, was du für richtig hältst. Hao, du ruhiger, kluger, wundervoller Fels in der Brandung, immer mit dem richtigen Rat. Mum, Dad – ich bin so froh, dass ihr die Kurve bekommen habt und wieder da seid, dass ihr euch entschieden habt, mit mir diesen Weg zu gehen, für unsere *Surfers' Heart* einzustehen. Und schließlich Alex, *verdammt*, erinnerst du dich an unsere erste Begegnung am Strand? Ich war völlig durch den Wind und dachte, die Pommesbude würde neu eröffnen. Von wegen! Ein topmodernes Tauchsportzentrum hast du hochgezogen. Ihr alle – *wir* – haben das Unmögliche möglich gemacht. Ohne euch wäre an eine neue *Surfers' Heart* nicht zu denken. Darauf möchte ich mit euch heute anstoßen! Auf Neuanfänge, auf zweite Chancen. Auf uns!"

Wir erhoben die Gläser, ein einstimmiges „Auf uns" ertönte.

Meine Eltern tuschelten etwas, das ich nicht verstand. Dann stand mein Vater auf. „Charlie, es ehrt dich, dass du den Erfolg mit uns teilst. Aber die Wahrheit ist, ohne dich wären wir alle nicht hier. Deine Mutter und ich wären in Nepal, Hao in seiner Werkstatt, er würde diese genialen Tische bauen, in deren Mitte Flüsse eingegossen sind. Alex und Liv würden ihre jetzt schon bekannte *Beach Dive* zu einer neuen top Sehenswürdigkeit Byron Bays machen. Jeder negativen Prognose zum Trotz hast du gekämpft. Dein Mut, deine Liebe und Hartnäckigkeit haben die *Surfers' Heart* gerettet. Wir haben keine Ahnung, woher du diesen unerschütterlichen Optimismus hast. Glaub mir, wir sind verdammt stolz auf dich. Charlie, wir haben noch etwas für dich."

Überrascht beobachtete ich, wie mein Vater einen Umschlag aus seiner Hosentasche zog, den er behelfsmäßig glatt strich, bevor er ihn mir reichte.

„Was ist das?"

„Sieh nach."

Ich stellte das Sektglas zur Seite und nestelte am Umschlag herum. Alle Augen waren auf mich gerichtet.

Dann war der Umschlag endlich offen, vor lauter Ungeduld aufgerissen an den Seiten, und was ich in den Händen hielt, raubte mir den Atem. Ich starrte meine Eltern an. „Ist das euer Ernst?"

Sie nickten einvernehmlich, Dad hatte einen Arm um Mums Schulter gelegt.

„Was denn! Sag schon?" Liv reckte den Hals, um einen Blick auf den Zettel in meiner Hand zu erhaschen.

„Wir können nicht wiederholen, was weg ist, aber sieh es bitte als Wiedergutmachung und Neuanfang. Investier es in die neue *Surfers' Heart*", sagte Dad.

„Oder besuch uns mal in Nepal", ergänzte Mum.

Ich nickte und hielt den Scheck in die Runde. „Mein Anteil am Verkauf der Surfschule", erklärte ich den anderen. Und an meine Eltern gewandt: „Danke."

Hao warf einen Blick auf den Scheck. „Jetzt reicht das Geld auf jeden Fall! Auf Charlie!"

„Auf Charlie!"

Erneut stießen wir an, aber da war dieser riesige Kloß in meinem Hals, der mich am Trinken hinderte. Plötzlich zitterte ich am ganzen Körper, weil ich nicht wusste, wohin mit den Gefühlen. All die Anspannung der vergangenen Monate war weg. Die *Surfers' Heart* – verloren und gerettet! Meine Eltern – stolz auf mich und dazu noch mit einer fetten Überraschung im Gepäck. Und an meiner Seite Alex, dieser hart wirkende, zynische Kerl, der mich von Moment eins an aufgezogen hatte, ohne den ich mir mein Leben lieber nicht vorstellen wollte. Unsere Reise hatte gerade erst begonnen, und zwar hier, in Byron Bay. Unsere Blicke trafen sich, und ich erkannte in Alex' Augen dieselbe Liebe, die ich für ihn empfand.

Es war Liv, die schließlich leise „Och, Charlie" murmelte und die Arme fest um mich schlang, und es war Livs Sweatshirt, das ich vollheulte.

40. The Mountains beyond the sea

Charlotte

Ein Jahr später

Das Brett schaukelte sanft im Takt der Wellen. Die tief stehende Nachmittagssonne überzog das Meer mit einem glitzernden Rotschimmer. Goldene Stunde, so nannten Meteorologen diesen Stand der Sonne, der für Fotografen eine besondere Bedeutung hatte, da die Welt in ein weiches orangerotes Licht getaucht wurde. Das hatte mir Liv während eines Besuchs bei ihrem Bruder verraten.

Seit einigen Monaten studierte sie mit wachsender Begeisterung in Sydney Marketing und Public Relations, ihren Schwerpunkt wusste sie schon lange: Social Media. Foto und Film waren ihre zweite große Liebe, ihre Leidenschaft, die sie in jeder freien Minute ausübte, die ihr neben dem Studium blieb. Ihre liebsten Motive: die Landschaft in und um Byron Bay, Architektur, ich und mein Surfbrett, das Meer, ich surfend, Alex unter Wasser, Alex und ich. Durch die Arbeit mit ihr hatte ich längst die Scheu vor der Kamera verloren und nahm das Team von *Seafinity* um mich herum gar nicht mehr wahr, das mich für die neueste Kampagne ablichtete. Ich tat einfach das, was ich immer tat, sobald ich auf dem Wasser war: Ich surfte und vergaß die Welt um mich herum.

Entgegen Alex' Ankündigung im Krankenhaus war aus mir bisher noch keine meisterhafte Tauchlehrerin geworden, dafür eine halbwegs passable Schülerin, die es immerhin schaffte, nicht mehr wie ein Ballon aufzusteigen, sobald sie einem Fisch zu nahe kam. Anfangs hatte ich bei aufregenden Begegnungen mit Meeresbewohnern ab und an für wenige Sekunden die Luft angehalten. Was unter der Wasseroberfläche zur Folge hatte, dass mich meine volle Lunge nach oben zog. Alex wäre fast an mir verzweifelt. Nach vielen Übungsstunden war es mir endlich gelungen, selbst bei der wundersamsten Entdeckung konstant weiter zu atmen.

Alex war der perfekte Tauchlehrer, und das sagte ich nicht nur, weil ich parteiisch war. Ich verbrachte einen Großteil meiner Freizeit mit ihm in seiner *Beach Dive* und arbeitete von dort aus am neuen Konzept der *Surfers' Heart*. Ich dachte gar nicht daran, auszuziehen. Wer weiß, vielleicht würde eines Tages aus mir doch noch eine Tauchlehrerin werden. Offen blieb auch, ob es Alex je gelingen würde, das Gleichgewicht auf einem Surfboard zu halten. Ich scheute mich vor dem Wort talentfrei, nur ich hatte selten jemanden gesehen, der sich so schwer mit der Balance tat. Es ehrte ihn, dass er jeden Tag auf dem Balanceboard übte.

Mir erschien nichts mehr unmöglich. Auch nicht, für zwei Wochen mit meinen Eltern durch Nepal zu reisen. Unser Verhältnis war nicht perfekt, keine Frage. Doch nach einigen weiteren offenen Gesprächen hatte es sich deutlich verbessert.

Die Koffer waren bereits gepackt; direkt nach dem Byron-Bay-Cup, an dem ich morgen zum zweiten Mal in meinem Leben teilnehmen würde, ging es los. Hoffentlich mit einer Goldmedaille im Gepäck.

„Bist du dir sicher, dass ich nicht mitkommen soll?", hatte Alex mich vor einigen Wochen skeptisch gefragt. „Du und deine Eltern allein im Urlaub? Da sind Mord und Totschlag vorprogrammiert."

„Unsinn. Das wird gut."

„Du scheinst dir sehr sicher zu sein."

„Bin ich auch. Das ist unser erster gemeinsamer Urlaub. Kalifornien, Hawaii, Byron Bay – die schönsten Strände der Welt darf ich nicht mitzählen, denn Urlaub haben wir dort nie gemacht."

Daraufhin hatte Alex nur den Kopf geschüttelt. „Wenn man am Meer lebt, fährt man für den Urlaub in die Berge, verstehe."

Für einen Augenblick hatten wir überlegt, zu viert in den Urlaub zu fahren. Aber so gut wir als Team in der Mission *Surfers' Heart* zusammengearbeitet hatten, so sehr schätzte Alex den Abstand zu meinen Eltern. Während ich ihnen verziehen hatte, knabberte er weiterhin an ihrem Verrat mir gegenüber.

Also würden wir zu dritt in unseren ersten Familienurlaub fliegen. Und Alex wollte endlich die Gelegenheit nutzen, seinen besten Freund Ethan in Ägypten zu besuchen. Die beiden hatten sich seit Ewigkeiten nicht mehr gesehen. Und es gab einen weiteren Grund, weshalb ich in den Urlaub eingewilligt hatte: Ich wollte Nepal sehen, wollte verstehen, weshalb meine Eltern vor über einem Jahr so begeistert von der Vorstellung gewesen waren, dorthin auszuwandern. Der Grund, dem Wasser den Rücken zuzukehren, waren die Schulden gewesen. Von allen Ländern der Welt Nepal auszuwählen, begründeten Mum und Dad mit der mystischen Spiritualität, die das Land auf sie ausübte. Sie waren fasziniert von Land und Leuten. Dort, im Himalaja-Gebirge, war man dem Himmel näher, die ganze Welt erschien einem als ein besserer, friedlicherer Ort.

Ich betrachtete das Meer, diese unendliche Wassermasse vor mir, wie es stetig seine Wellen dem Strand entgegen schob, nur um sie wieder in sich aufzunehmen. Vor, zurück, vor, zurück. Derselbe Ablauf seit Jahrtausenden, Jahrmillionen. Derselbe Ozean, dasselbe Wasser.

Nur dieser winzige Punkt auf der Oberfläche war nicht mehr derselbe wie vor einem Jahr. Ich, Charlie Campbell, hatte mich verändert. Ich war immer noch hier, surfte auf meinem geliebten Meer, mit Blick auf die *Surfers' Heart*, einem unspektakulären Anbau neben der *Beach Dive*. Am endlos wirkenden Strand von Byron Bay, dem Ort, der mir die Welt bedeutete. Für den ich den Kampf meines Lebens gekämpft, mich selbst herausgefordert hatte. Ich war über mich hinausgewachsen, hatte meine Komfortzone verlassen, von der ich bis dato die Grenzen nicht gekannt hatte. Ich hatte Freunde fürs Leben gefunden, die Liebe und meine Familie. Mit alldem hätte ich niemals gerechnet. Und als wäre das alles nicht genug, war ich auf dem besten Weg, eine erfolgreiche Surferin mit Website, YouTube- und diversen anderen Social-Media-Kanälen zu werden. Mit meiner ersten *Waves to my heart*-Kollektion für *Seafinity, dem* jungen, aufstrebenden Klamottenlabel. Ich konnte es kaum erwarten.

Während ich über alles sinnierte, was im letzten Jahr passiert war, entdeckte ich sie, diese eine Welle, die sich von den anderen unterschied.

Ich ruderte, so schnell ich konnte, nahm Kurs auf ihren breiten Rücken, sprang auf das Board und surfte, weil es das schönste Gefühl der Welt war.

ENDE

Ein paar Schlussworte

„Das Meer zwischen uns" ist für mich mehr als nur eine Geschichte. Es ist mein Debütroman. Das erste Werk, mit dem ich hinaus in die weite Welt des undurchsichtigen Buchmarktes trete. Die erste Romanhandlung von vielen, die meiner Feder entschlüpft sind, und der es gelungen ist, einen Verlag von sich zu überzeugen. Ich bin glücklich, dass es Charlies und Alex' Geschichte ist, denn mit den beiden eint mich die unbändige Liebe zum Meer und zur Unterwasserwelt.

Einer meiner Lieblingsautoren, Kai Meyer, schrieb einmal, man soll die Geschichten zu Papier bringen, die man selbst lesen möchte. Nun, liebe Leserin, lieber Leser, das habe ich mit „Im Klang des Meeres" getan! Diese Geschichte habe ich (auch) für mich geschrieben, es ist so viel von mir in ihr.

Jeder Roman ist die Summe der Arbeit vieler kreativer Köpfe und fleißiger Menschen, die fest daran glauben, dass diese Geschichte es verdient hat, gedruckt und gelesen zu werden.

Mein Dank gehört euch:

Maddy, du bist und bleibst meine Beste und Leserin Nummer eins. Ohne dich wäre ein Kreis nur ein Oval.

Oliver, du bist mein Fels in der Brandung.

Andrea und Georg, weil ihr mir die Liebe zum Reisen, Lesen und Weltentdecken in die Wiege gelegt habt.

Katjachen, denn in unseren Kinderzimmern reiften Mut, Kreativität und schiefe Reime – *'cause baby, there ain't no mountain high enough.*

Alisha, meine Agentin, weil du an meine Geschichten glaubst und sie in unermüdlichen Einsatz zu den Leserinnen und Lesern bringst.

Dem Team von dp, insbesondere Alexandra und Mira. Alex, du hast mir die Chance und Möglichkeit gegeben, mein Debüt zu veröffentlichen und mit deinen Anregungen dem Konflikt die gehörige Portion Meersalz verpasst.

Mira, danke für dein Lektorat. Ich hätte mir keine bessere Lektorin vorstellen können. Du hast jedes Haar in der Salzsuppe gefunden und mir auf charmante Weise beigebracht, wie ich politisch korrekt fluche und dass Quartett besser ein Kartenspiel bleibt.

Heidi, weil du seit Zeile eins an mich glaubst und mir den Mut zugesprochen hast, den ich brauchte, um diese Worte nun schreiben zu dürfen.

Und zu guter Letzt danke ich dir, liebe Leserin, lieber Leser. Ohne dich wäre „Im Klang des Meeres" nur Druckerschwärze auf teurem Papier